In liebevoller Erinnerung an meine Oma

Donnerstag, 21. November 2019, 07:38 Uhr

In jedem Mann steckt etwas Gutes, auch wenn es nur ein Küchenmesser ist.

Diana muss schmunzeln, als sie den Spruch auf dem Türmagneten liest, den sie zum einjährigen Dienstjubiläum geschenkt bekommen hat. Zusammen mit einigen Sixpacks Villacher Bier. Sie kann sich ein Lächeln nicht verkneifen, auch wenn der Witz schon einen Bart hat, der sich länger zieht als alle Faschingssitzungen, in denen er bisher vorgekommen ist. Wenn ihre Kollegen wüssten, wie sehr sie mit diesem Geschenk ins Schwarze getroffen haben. Von Männern hat sie die Nase jedenfalls gestrichen voll. Seit ihrer Scheidung sind die einzigen Männer in ihrem Leben Sherlock und Columbo, ihre zwei norwegischen Waldkater. Kastriert wohlgemerkt. Und natürlich die straffälligen Villacher, um die sie sich kümmern muss.

Sie nimmt sich einen Schluck Milch für ihren Tee, schließt die Tür des Kühlschranks mit einem gekonnten Hüftschwung und greift nach der Zeitung. Als sie die Schlagzeile liest, verdreht sie die Augen und wundert sich, was in Österreich alles möglich ist. Viel besser war es in England aber auch nicht, das muss sie zugeben. In London war die Situation noch desaströser. Sowohl was den Brexit betraf als auch ihre persönlichen Fluchtgedanken. Vom Wetter ganz zu schweigen.

Vor einem Jahr konnte sie endlich in ihre Heimatstadt zurückkehren, da die Stelle eines Kommissars frei geworden war. Passender hätte der Zeitpunkt nicht sein können. Heimo Pichler hatte einen Schlaganfall erlitten und sitzt seither im Rollstuhl. Er kämpft sich zurück ins Leben. Dafür bekam Diana die Chance, ein neues Kapitel in ihrem Leben aufzuschlagen. Als sie letztes Jahr von der raschen Nachbesetzung des Postens des Kommissars über ihre Mutter erfahren hatte, bewarb sie sich sofort. Nach ein paar Tagen führte sie ein Gespräch mit dem Chef der Kriminalabteilung in Klagenfurt. Sie verstanden sich am Telefon auf Anhieb ausgezeichnet. Außerdem war er von ihrem Lebenslauf mehr als beeindruckt. Polizeiausbildung in Wien, Weiterbildungen und Spezialschulungen in London und drei Jahre intensive Erfahrung mit Tod und Verderben. In der Hauptstadt Großbritanniens weht ein anderer Wind.

Zurück in Villach hat sie sich sofort wieder zu Hause gefühlt. Weg aus der Großstadt. Weg von dem Gestank, der sie tagtäglich bei ihrer Arbeit begleitet hat. Und endlich weg von ihrem Exmann. Das war das schönste Geschenk für Diana, ihre persönliche Freiheit wiederzuhaben. Ihrer Mutter hat sie den wahren Grund für die Scheidung verschwiegen. Die Wahrheit darf sie nie erfahren, das würde sie nur unnötig aufregen. Aufregung gab es Anfang dieses Jahres in Villach schon genug. Drei Drogentote, Vermisstenmeldungen, Einbrüche, Verkehrsunfallopfer und ein Familiendrama mit tödlichem Ausgang. Das kam ihr gerade recht. Die neuen Fälle waren eine willkommene Ablenkung. Die Erinnerung an die harte Zeit vor ihrer Rückkehr war noch zu frisch. Sie musste erst Gras über die Sache mit ihrem Exmann wachsen lassen.

Auch einige Monate nach dieser turbulenten Zeit hat sie keine Lust auf Vergangenheitsbewältigung. Da ist es nicht hilfreich, dass es aktuell in Villach keine Straftaten gibt, die ihre vollste Aufmerksamkeit benötigen würden. Nur kleine Fälle, die von ihren Kollegen übernommen werden. Die Stadt ist seit dem Sommer ein ruhiges Pflaster geworden. Bis auf ein paar Delikte wie Taschendiebstähle, Sprayer, die glauben, die Stadt verschönern zu müssen, Ehestreits, die in Handgreiflichkeiten enden, und einen Juwelenraub, der noch nicht aufgeklärt wurde. Das war ein gefundenes Fressen für die lokale Presse, die in der Berichterstattung nicht ganz bei der Wahrheit geblieben ist.

Diana schlägt die Zeitung zu, trinkt ihren Tee aus, packt sich warm ein, verabschiedet sich von ihren beiden Katern und macht sich mit ihrem E-Roller auf den Weg in die Arbeit.

Donnerstag, 21. November 2019, 12:23 Uhr

Heute ist der Tag, an dem sie in ein anderes Büro umziehen soll. Die Räumlichkeiten in der Ankershofengasse wurden endlich renoviert und neu eingerichtet. Diana ist schon seit vorgestern damit beschäftigt, die Inhalte der alten Kästen und Rollcontainer in Kartons zu verpacken. Aber zuerst muss sie noch einige von einer dicken Staubschicht befreien. Als sie tief Luft holt, um den Staub wegzublasen, klopft es an der Tür.

„Ja bitte."

Franz Siebert, ihr Kollege, erscheint im Türrahmen. Ein klein geratener Mann mit schütterem Haar. Sein Schnurrbart sprießt indessen prächtig und wird von ihm mit größter Präzision gestutzt. Er erinnert eher an einen Pornodarsteller aus den Achtzigerjahren als an einen Kriminalpolizisten. Mit einem Schenkelbesen durch die Gegend zu laufen, ist doch nicht mehr en vogue, findet Diana. Am liebsten würde sie ihn an einen Stuhl fesseln, seinen Kopf in den Schwitzkasten nehmen, ihm ein Stofftaschentuch in den Mund stecken und Hand an seinen grässlichen Schnauzer anlegen. Aber nicht mit einem BIC-Rasierer, sondern mit Kaltwachs. Mit Genugtuung würde sie den Streifen ganz langsam abziehen und jedes Haar einzeln ausreißen, damit er den Schmerz verspürt, den ihre Augen jeden Tag bei seinem Anblick ertragen müssen. Doch ihre Rachefantasien werden von seinem dämlichen Gegrinse zunichtegemacht.

„Hast du Fälle fürs Archiv? Ich nehme sie gerne mit", bietet er seine Hilfe an.

Diana reicht ihm einen Karton, in dem sie die uralten Unterlagen verstaut hat.

„Das ist doch lächerlich. Warum können wir das alte Zeug nicht einfach durch den Shredder jagen?", beschwert sie sich und streicht sich eine brünette Strähne aus dem Gesicht.

Er schüttelt den Kopf.

„Leider, Diana. Auftrag vom Chef. Wir müssen alles aufbewahren", erklärt er schon zum dritten Mal in dieser Woche.

Sie verzieht ihren Mund zu einer Schnute. Die Bürokratie hat sich nicht geändert.

„Die Fälle habe ich alle bereits in die neue Datenbank eingegeben", stöhnt sie und wirft dabei einen Blick auf den hohen Stapel, der ihr noch bevorsteht. So viel zur Digitalisierungsoffensive.

Die Jungpolizisten, die sonst für diese Tätigkeit vorgesehen sind, waren eingeplant, aber das Budget wurde gekürzt. Daher ist sie auf dieser undankbaren Arbeit sitzen geblieben und kann auf keine weitere Unterstützung hoffen. Die Akten müssen von ihr händisch eingepflegt werden. Da hilft kein Jammern und kein lautstarker Protest, den sie jetzt liebend gerne von sich gegeben hätte. Aber die zusätzliche Arbeit hält sie wenigstens davon ab, über ihre Vergangenheit nachzudenken.

Franz hebt den Karton mit abgeschlossenen Fällen hoch und verabschiedet sich. Er muss auch noch seinen Schreibtisch von den vielen Akten frei räumen. Er ist froh darüber, dass nun die ruhige Zeit anbricht. Weihnachten steht vor der Tür.

Wenn die Temperaturen weiter sinken, die großen Feiern über die Bühne gehen und der Alkohol in Strömen fließt, dann hofft Diana nur, dass es in Villach keine erfrorenen Alkoholleichen gibt. Die würden sie zu sehr an ihre Zeit in London erinnern. Vor ein paar Jahren waren um die Weihnachtszeit Feiernde nach übertriebenen Alkohol- und Drogenexzessen in der Themse gelandet. Zuerst ging Diana von unglücklichen Zufällen aus, aber in diesem Winter hat sie gelernt, dass es keine Zufälle gibt. Das war ein harter Fall, aber sie hat ihn gelöst und ist dem Officekiller auf die Spur gekommen. Ein frustrierter Programmierer, der es ehemaligen Kollegen, die ihn gemobbt hatten, heimzahlen wollte. Für Diana war es damals entscheidend, hinter die Fassade dieser verschrobenen Persönlichkeit zu blicken, um das Motiv und die Tathergänge rekonstruieren zu können. Aber auch in die Opfer musste sie sich hineinfühlen, um das Geschehene vollständig nachzuvollziehen. Das ist die Schattenseite ihres Jobs.

London hat sie geprägt und es sind noch einige einschneidende Ereignisse aufzuarbeiten. Hinzu kam das fragliche Verhalten ihres Exmanns ihr gegenüber, der im Speziellen auf ihre Fälle neidig war. Nur weil er als Streifenpolizist tagein, tagaus eine langweilige Arbeit verrichtete, wie er ihr mehr als nur einmal deutlich gemacht hatte. Da konnte es auch vorkommen, dass Diana professionelle Hilfe in Anspruch nehmen musste, um nicht nur die Vorkommnisse mit ihrem Exmann zu verarbeiten.

Sie erinnert sich noch gut an ein Gespräch mit ihrem Psychologen in ihrer Wahlheimat, der ihr erklärt hat, dass gerade zur besinnlichen Zeit Depressionen und Selbstmordgedanken an der Tagesordnung von labilen Personen stehen. Angeblich werden es immer mehr. Mehr Menschen, die ihr Leben nicht mehr in den Griff bekommen und vor einem Abgrund stehen. Viele haben sich wahrscheinlich schon auf den Weg nach unten gemacht.

Die Kommissarin wünscht sich, dass es in Villach in den nächsten Wochen wie letztes Jahr in der stillen Zeit zu keinen gröberen Zwischenfällen kommt. Schon gar nicht zu Selbstmorden. Die können einem das Weihnachtsfest ganz schön madig machen. Die einzigen Villacher, die sie wahrscheinlich beschäftigen werden, sind die Obdachlosen. Und die, hofft sie, werden gut über den Winter kommen.

Diana konzentriert sich wieder auf ihre Arbeit und beginnt, die Schubladen unter ihrem Schreibtisch auszuräumen. Sie wirft Stifte, Post-its und allerlei andere Büromaterialien in eine Schachtel. Einen Hefter findet sie im hintersten Eck und zieht ihn heraus. Dabei fällt ihr auf, dass der Boden der Schublade ein eigenartiges Geräusch gemacht hat. Sie steckt ihre Hand hinein und klopft darauf. Der Klang ist hohl. Diana drückt mit ihren Fingern dagegen und merkt, dass das Kunststoffteil nachgibt. Das muss sie genauer unter die Lupe nehmen und hebt die Lade aus der Führung. Vorsichtig stellt sie sie auf den Tisch. Nun klopft sie auf die Unterseite der Schublade und wundert sich erneut über den hohlen Ton. Sie zieht die andere Schublade heraus, um den gleichen Klopftest noch einmal durchzuführen. Ein anderer Klang ertönt. Zwei baugleiche Schubladen mit zwei verschiedenen Klängen? Sie nimmt ihren Brieföffner und versucht, mit der Spitze den Boden aus der Verankerung zu lösen. Mit Gewalt rammt sie die Spitze des Brieföffners in die Seite der Schublade, drückt nach innen und hebt ihn hoch. Plötzlich springt ihr die Kunststoffplatte entgegen. Sie hat es geschafft. Diana ist erstaunt. Mit einem Doppelboden hat sie gerechnet, aber es kommt noch etwas anderes zum Vorschein. Akten, die schon älter wirken und fein säuberlich zusammengebunden wurden, lugen hervor. Sie nimmt das Päckchen an sich und legt es vor ihrem Computer hin.

„Dann schauen wir mal, was mein Vorgänger zu verheimlichen hatte“, flüstert sie und ist nicht nur verblüfft über das Versteck, sondern auch darüber, dass der frühere Kommissar, der für seine Integrität allerorts bekannt war, diese Überraschung für sie bereithält. Was hat es mit diesen Fällen auf sich, dass sie es wert sind, in einem Geheimfach verstaut zu werden?

Diana löst den Knoten, der die Akten zusammenhält. Sie riechen modrig. Die Kartoneinbände haben auch schon bessere Zeiten gesehen, rümpft sie die Nase. Behutsam öffnet sie die erste Akte und ein Foto fällt ihr sofort ins Auge. Eine halb nackte Frau, mit bläulichroten Flecken und Blutspuren auf ihrem Körper, liegt auf einem Bett. Bei genauerer Betrachtung erkennt sie an den Handgelenken Einschnitte. Es sieht aus, als ob sie sich die Pulsadern aufgeschnitten hätte. Diana begutachtet auch noch die anderen Fotos, die von der Toten geschossen wurden. Eines ist abscheulicher als das andere. Was ist mit dieser armen Frau bloß passiert?

Sie überfliegt das Protokoll der Spurensicherung und den Bericht der Forensik. Sie haben keine Spuren gefunden, die auf ein Verbrechen hinweisen, sondern sie gehen von Selbstmord aus. Die Frau soll sich selbst die Wunden zugefügt und zusätzlich mit einer Überdosis Tabletten ins Jenseits befördert haben. Der Fall ist laut Vermerk abgeschlossen. Aber warum wurde die Akte in einem Zwischenboden versteckt?

Diana hat schon viel Leid gesehen und in den letzten Jahren die merkwürdigsten Verbrechen inklusive Mord und Selbstmord untersucht. Daher überrascht sie der Bericht. Ihr Bauchgefühl sagt ihr, dass da etwas nicht stimmen kann. Vielleicht wurde bei der Spurensicherung oder in der Gerichtsmedizin geschlampt oder es wurden Beweismittel entwendet. Der schlimmste Fall, der eintreten könnte, wäre, dass etwas vertuscht wurde und jemand eine andere Person in Schutz nimmt. Aber warum? Und wen?

Zu oft musste Diana während ihrer Laufbahn schon miterleben, wie Ermittler ihre Kollegen geschützt haben oder gar Personen des öffentlichen Lebens, von denen man im Regelfall ein Verhalten erwarten würde, das fern von Lügen und Intrigen ist. Doch weit gefehlt. Diana fragt sich, ob diese Niedrigkeit auch vor einer Kleinstadt wie Villach nicht haltmacht. Bevor sie falsche Schlüsse zieht, muss sie sich in den Sachverhalt einlesen.

Neugierig wirft sie einen Blick in die Akte, die darunter liegt. Als sie diese öffnet und ein grausames Foto von einer ausgeweideten Katze sieht, schlägt sie mit einer Faust auf den Tisch. Die Bilder, die mit einer Heftklammer am Blatt befestigt sind, schauen nicht besser aus. Ein Hund mit abgehackten Pfoten liegt in einer Blutlache. Eine andere Katze hat schwerste Verbrennungen erlitten. Jemand hat sie wohl angezündet. Diese Aufnahmen sind äußerst verstörend und dass sie in einer Schublade dahinrotten, ohne an die Öffentlichkeit zu gelangen, ist Diana nicht begreiflich. Tote Menschen sind eine Sache, aber bei Tieren kennt sie kein Erbarmen. Dieser Fund bringt sie zur Weißglut. Zornerfüllt überfliegt sie den Bericht. Hier bietet sich ihr ein ähnliches Bild wie bei dem ersten Fall. Abgeschlossen. Zu wenig Beweise und kein Hinweis auf einen Tierquäler.

„Das ist doch offensichtlich“, schnauzt sie laut und schickt ein Schimpfwort hinterher. „Da wurde wirklich geschlampt oder absichtlich schlecht gearbeitet“, wirft sie den Verantwortlichen vor.

Diana ist jetzt so richtig in Fahrt und öffnet die nächste Akte. Eine Frau hat Anzeige erstattet, da es in der Nachbarwohnung vermehrt zu gewalttätigen Übergriffen auf eine Bewohnerin gekommen ist. Doch nach dem Eintreffen der Polizei hat die Betroffene alles abgestritten. Sie sei beim Putzen ausgerutscht und hätte sich Blessuren zugezogen. Drei Wochen später ist sie die Treppe hinuntergefallen und war sofort tot. Genickbruch. Sie hätte das Stiegenhaus gewischt und sei dabei unglücklich gestürzt. Niemand will etwas gesehen oder gehört haben, daher kein Fremdverschulden. Fall somit abgeschlossen.

„In Villach machen sie es sich aber einfach“, murmelt Diana, als sie die Akte wieder schließt.

Langsam kocht die Wut in ihr hoch. Sie atmet tief ein. Als sie die angestaute Luft scharf durch die Nase ausbläst, greift sie nach der letzten Akte und hofft, dass der Inhalt nicht ebenso schwer verdaulich ist. Generell hofft sie, dass sich die Akten nur versehentlich in diese Schublade verirrt haben. Dass es eine plausible Erklärung gibt. Dass diese Fälle gar nicht abgeschlossen sind und dass auch niemand die Täter decken möchte. Aber auch die letzte Akte hat es in sich. Sie erblickt Kinder, die geschlagen wurden. Mit Striemen übersät an Oberarmen, Rücken und Oberschenkeln. Manche von ihnen haben blutunterlaufene Gesichter.

Es reicht. Sie hat für heute genug gesehen. Kurz schließt sie die Augen, um die Bilder beiseitezuschieben und einen klaren Kopf zu bekommen. Sie bindet die Akten wieder zusammen. Diese Fälle sind abgeschlossen. Niemand wird sie vermissen, ist sich Diana sicher und tut etwas, das sie üblicherweise nicht tun würde. Sie lässt das Päckchen in ihrem Rucksack verschwinden. Diana muss herausfinden, warum sie nicht weiterbearbeitet wurden, und denkt nicht einmal daran, die Datenbank mit diesen schrecklichen Verbrechen aus den geheimen Akten zu füttern. Erst wenn sie weiß, was genau dahintersteckt, wird sie alles mit Vergnügen ins System eingeben, die Presse informieren und die Verbrecher zur Strecke bringen. Aber sie muss Vorsicht walten lassen. Sie hat keine Ahnung, wer im Revier von diesen Akten weiß. Franz hat jahrelang mit ihrem Vorgänger zusammengearbeitet. Vielleicht hat er ja etwas mitbekommen.

Es klopft erneut und Diana wird aus ihren Gedanken gerissen. Siebert steckt seinen Kopf durch den Türrahmen.

„Einsatz. Es gab einen Angriff auf eine Frau am Hauptbahnhof."

Sogleich hüpft sie von ihrem Stuhl hoch, schnappt sich ihre Jacke, ihre Sonnenbrille und nimmt ihre Kaugummipackung mit. Die kann sie sicher noch brauchen.

Donnerstag, 21. November 2019, 13:42 Uhr

Am Tatort angekommen wird ein Mann mit den Händen am Rücken gegen die Wand gedrückt. Die Kollegen haben ihn bereits überwältigt. Ein anderer hat die Rettung informiert. Eine Frau liegt blutend am Boden und atmet schwer. In der Nähe ihres Kopfes ist eine abgebrochene Bierflasche zu sehen.

Diana stürzt sofort zu ihr.

„Hallo, können Sie mich hören?"

Die junge Frau reagiert nicht. Diana dreht sie sachte auf, um zu sehen, wo sie verletzt wurde. Ihr Oberkörper ist komplett mit Blut überströmt. Sie vermutet eine Verletzung im Halsbereich. Die Kommissarin legt sie auf den Rücken und verliert keine Zeit. Jetzt geht es um Leben und Tod. Rasch streift sie ihre Jacke ab, zieht ihre Bluse aus und drückt sie gegen die Stelle, wo sie die Wunde erahnt. Indessen wird das Gesicht der Frau immer bleicher.

„Bleiben Sie bei mir!", fordert sie lautstark ein. „Sie schaffen das." Doch als sie in die Augen der Frau blickt, drehen sie sich über. Sie wird bewusstlos.

Dianas Unbehagen steigt und ihre Nerven sind zum Zerreißen angespannt. Eine Leiche ist etwas anderes, als einem Menschen beim Sterben zuzusehen und zu wissen, dass sie ihn vielleicht nicht mehr retten kann. Aber so schnell will Diana nicht aufgeben und sie hofft, die junge Frau in ihren Armen auch nicht.

„Verdammt! Wo bleibt die Rettung?“, schreit sie ihre Kollegen an.

Das Blut färbt ihre hellblaue Bluse bereits in ein dunkles Rot. Diana ist auf den Brustkorb der Frau fixiert, deren Atmung immer flacher wird. Das Wimmern scheint auch leiser zu werden. Im Hintergrund tauchen Schritte auf, die auf sie zulaufen. Diana ist wie versteinert. In ihrem Kopf ertönt plötzlich ein melancholisches Klavierkonzert, das sie gestern im Fernsehen mitverfolgt hat. Wie in Trance wirft sie einen Blick nach hinten und erkennt die Rettungssanitäter, die sich ihr nähern. Worte, die auf sie treffen, werden von ihr nicht wahrgenommen. Noch immer fest auf die Wunde drückend wird ihre Hand von einer anderen befreit. Jemand zieht sie von der Frau weg, damit die Rettung ihre Arbeit machen kann. Diana starrt auf die Männer, die sich über die Verletzte beugen und ihre Wunde versorgen. Zwei Spritzen werden aufgezogen und verabreicht. Es geht alles ganz schnell. Die Frau wird auf die Trage geschnallt und abtransportiert. Zurück bleiben ein großer Fleck am Boden und Dianas mit Blut durchtränkte Bluse.

Langsam löst sie sich von dieser Stelle und ihr Blick fällt auf eine Kamera, die für diesen Fall ungünstig angebracht ist, aber sie wird sicher trotzdem Aufschluss geben, was genau passiert ist. In ihrem Kopf spielen sich Szenarien ab, die sie erschaudern lassen. Und etwas macht Klick. Wie das Geräusch des Klickers, wenn sie ihre Katzen trainiert. Ihre Zornesfalte auf der Stirn wird erneut sichtbar und ihre Augen werden dunkler. Siebert erscheint in ihrem Blickfeld und reicht ihr die Jacke. Er hilft ihr wieder auf die Füße. Aber anstatt sich zu bedanken, geht sie schnurstracks auf den Mann zu, der in Gewahrsam genommen wurde und noch immer mit dem Gesicht gegen die Wand starrt. Einer der Polizisten kontrolliert die Papiere des Mannes und redet in sein Handfunkgerät.

„Ist das der Typ, der die Frau so zugerichtet hat?“, fragt sie ihren Kollegen von der Streife.

„Auch wenn er die Tat bestreitet, können wir davon ausgehen, dass er es war. Zumindest hat uns der Herr dahinten“, zeigt er auf die gegenüberliegende Seite der Unterführung, wo ein junger Mann mit einem anderen Polizisten in ein Gespräch vertieft ist, „verständigt und den Angriff bestätigt.“

„Habt ihr ihn schon überprüfen lassen?“, schwenkt sie ihren Kopf wieder zum Angreifer.

Der Polizist nickt.

„Der hat einiges am Kerbholz“, sagt er leise, doch Diana lässt sich von solch missratenen Werdegängen nicht abschrecken.

Am liebsten würde sie alle gemeingefährlichen Straftäter öffentlich aushängen. Aber wer könnte dann noch ruhig schlafen? Niemand. Wie in dem Spiel „Wer hat Angst vorm schwarzen Mann“, denn wenn er kommt, dann laufen alle davon. So würde wahrscheinlich die Devise der Mitbürger lauten. Doch Weglaufen ist keine Option für sie.

„Dreht ihn um. Ich möchte das Gesicht des Wichsers sehen, der glaubt, Gott spielen zu müssen.“

Als sie ihm in die Augen blickt, ist er da, der Moment, der sie an ihren Exmann erinnert. Er hatte genau den gleichen Ausdruck im Gesicht. Diese Kaltschnäuzigkeit, mit der er sie ansieht, bringt Dianas Blut zum Kochen. Am liebsten würde sie ihm ein Messer an die Kehle setzen und einen feinen Schnitt vollziehen. Wie Susan Haddington, die sich als böser Clown verkleidet und ihren Mann auf bestialische Art und Weise ins Jenseits geschickt hat. Die Chirurgin hat ihr beim Verhör detailgenau erzählt, wie der Mord abgelaufen ist. Wie sie ihrem Mann aufputschende Drogen verabreicht hat, damit er alles bei vollem Bewusstsein miterlebt. Wie sie ihm für seine leeren Versprechungen die Zunge gespalten, wie er geröchelt und wie sie dann sein Leben mit dem Aufschneiden der Pulsadern beendet hat. Bis zu seinem letzten Atemzug wusste er nicht, wer ihm sein Leben genommen hat. Das war einer ihrer absonderlichsten Fälle in London. Ihre Kollegen machten geschmacklose Witze über die Frau, nannten sie Creepy Susan, doch Diana hatte Mitleid mit ihr. Sie weiß aus eigener Erfahrung, wozu Männer fähig sind, wenn sie sich selbst nicht mehr spüren.

Diana hat sich nach diesem bizarren Verbrechen geschworen, Männer wie Jason Haddington aus dem Verkehr zu ziehen und hinter Gitter zu bringen. Wegsperren ist die einzige Möglichkeit, um die Bevölkerung, insbesondere Frauen und Kinder, vor dieser fehlgeleiteten Männlichkeit zu schützen.

„Abmarsch. Ins Revier", dirigiert sie ihre Kollegen und stiefelt mit Franz hinter ihnen her.

Donnerstag, 21. November 2019, 15:04 Uhr

„Hast du den Mann in den Verhörraum gebracht?“, fragt sie Siebert, nachdem sie sich in ihrem Büro ein frisches T-Shirt angezogen hat. Für alle Fälle hat sie immer eines mit dabei.

„Ja, aber du wirkst heute sehr impulsiv. Hast du dich auch wirklich unter Kontrolle?“, ist ihr Kollege besorgt, da er ein teuflisches Aufflackern in ihren Augen erkennen kann, als er ihr die Tatwaffe, vorsorglich in einem Plastikbeutel verwahrt, in die Hand drückt.

„Lass das meine Sorge sein. Ich bin bereit für diesen Bastard“, antwortet sie ihm und stopft sich einen Kaugummi in den Mund, während sie sich auf den Weg zu der Befragung macht.

Er wagt es nicht, Diana von ihrem Verhör abzubringen. Franz hat sie schon kennengelernt, wenn ihr etwas gegen den Strich geht. Da kann sie sehr ungehalten werden.

Vor dem Verhörraum sind zwei Streifenpolizisten platziert, einer öffnet ihr die Türe. Als sie eintritt, steigt ihr ein beißender Geruch der Respektlosigkeit in die Nase. Der dringend Tatverdächtige ist ein Alphamännchen par excellence. So ein Exemplar hatte sie schon länger nicht mehr in der Mangel. Die Bilder der jungen Frau, blutend auf dem Boden liegend, lodern kurzzeitig auf. Sie ermahnt sich, die Contenance zu bewahren. Auch wenn sie am liebsten den Verhörraum stürmen, ihn anschreien und seinen Kopf mit voller Wucht auf den Tisch knallen würde. Nicht nur einmal. Mehrmals, um ihm seine kranken Vorstellungen aus dem Hirn zu schlagen. Aber sie atmet tief durch und nimmt aufgewühlt Platz.

Sie würdigt ihn keines Blickes, sondern sieht auf den Zettel, den Franz ihr zugesteckt hat. Darauf stehen die persönlichen Informationen des Hurensohns, der ihr ruhig gegenübersitzt.

„Herr Mayrhofer Siegmund, richtig?“, beginnt sie ihr Gespräch.

Er sieht sie herablassend an.

„Stört es Sie, dass ich eine Frau bin?“

„Nein“, antwortet er prompt.

„Gut“, schaut sie ihn nun direkt an.

Ein Mann, Mitte vierzig, bereits an den Schläfen ergraut, wirkt eher wie ein Opfer als der Täter. Sein Gesicht ist leicht gebräunt und weist einige tiefe Furchen auf seiner Stirn und um seine Mundwinkel auf. An seinem Mittelfinger blinkt sie ein goldener Ring an. Wie eine junge Frau sich in so einen schmierigen Typ verlieben kann, ist Diana schleierhaft. Aber wo die Liebe hinfällt. Davor ist leider keiner gefeit. Und sie weiß, wovon sie spricht.

„Erklären Sie mir bitte, was Sie dazu veranlasst hat, auf die junge Frau loszugehen“, legt sie das Corpus Delicti vor ihn hin.

„Ich war das nicht.“

„Interessant“, klingt sie schnippischer. „Dann gehört Ihnen also nicht diese Flasche Bier, mit der Michaela verletzt wurde.“

Vehement schüttelt er den Kopf.

„Dann erzählen Sie mir doch, wem die Flasche gehört und wer es Ihrer Meinung nach gewesen ist“, verschränkt sie ihre Arme vor der Brust und lehnt sich zurück. Auf diese Geschichte ist sie jetzt echt gespannt.

„Der junge Mann.“

„Welcher?“

„Der Sie angerufen und behauptet hat, dass ich der Angreifer war."

„Sie meinen Alexander Maurer?"

Ahnungslos zuckt er mit den Schultern.

„Der nette junge Mann, der sich bereit erklärt hat, gegen Sie auszusagen."

„Er lügt", beben seine Lippen.

Diana beginnt innerlich zu lächeln, steht auf und geht zu der Glasscheibe, hinter der ihr Kollege Siebert das Verhör mitverfolgt.

„Franz", klingt sie streng und klopft einmal gegen die Scheibe. „Beschaff mir die Videoüberwachung vom Bahnhof und zitiere Herrn Maurer ins Revier", erhöht sie den Druck, um aus Siegmund ein Geständnis herauszupressen.

„Das ist doch wieder mal typisch Polizei", echauffiert er sich.

„Was ist schon wieder mal typisch Polizei?", äfft sie ihn nach.

„Dass sie immer die Falschen verdächtigt. Die Guten werden bestraft und vorgeführt."

„Wollen Sie mir weismachen, dass Sie zu den Guten gehören?", setzt Diana sich ihm gegenüber wieder hin.

Erleichtert nickt er, da die Kommissarin kapiert hat, wie er wirklich ist.

„Das würde dann auch bedeuten, dass Herr Maurer die Tat begangen hat."

„Natürlich hat er das."

„Was hatte er für ein Motiv?"

„Eifersucht."

„Auf Sie?", klingt ihre Stimme merkwürdig.

„Natürlich, auf wen denn sonst?"

„Wissen Sie, ich bin mir noch nicht sicher, in welche Schublade ich Sie stecken soll. Notorischer Lügner, Möchtegern-Cowboy … oder einfach nur Idiot."

„Nichts davon."

„Ah, okay. Was sind Sie dann?"

„Ein rechtschaffener Bürger."

Mit einem lauten Knall schlägt sie mit ihrer Faust auf den Tisch, dass Siegmund zusammenzuckt.

„Ich kann es absolut nicht leiden, wenn mich jemand für dumm verkauft", braust sie auf und wartet auf seine Reaktion, doch es regt sich nichts in seiner heruntergekommenen Visage.

„Sie sitzen hier lässig, geben vor, eine weiße Weste zu haben, aber an Ihnen klebt Blut. Michaelas Blut", betont sie nun lauter. „Nicht nur an Ihren Händen", zeigt sie mit einem Finger darauf, „sondern auch auf Ihren ausgeleierten alten Jeans, an denen Sie Ihre Hände abgewischt haben. Und wenn ich Ihre schwarze Lederjacke vom Tarviser Markt kriminaltechnisch untersuchen lasse, gehe ich jede Wette ein, dass wir weitere Spuren von Michaela an Ihnen finden werden. Von der zerbrochenen Bierflasche ganz zu schweigen. Daher hören Sie endlich auf, Scheiße zu labern, sondern gestehen Sie die Tat."

Kurz wird es still zwischen den beiden und der Beschuldigte sieht angespannt auf seine blutverschmierten Hände.

„Wie haben Sie es getan? Kommen Sie schon", stichelt sie ihn an, ihr alles brühwarm zu erzählen.

„Ich wollte doch nur helfen, nachdem dieser Bursche sie angegriffen hat", klingt er erzürnt.

„Diese Leier hatten wir doch schon", erhebt sie sich erneut. Nachdenklich geht sie den Raum auf und ab. „Was hat Alexander, was Sie nicht haben?", fällt ihr plötzlich ein.

Siegmund reißt die Augenbrauen nach oben. Er wirkt verletzt.

„Michi ist mein Mädchen und niemand darf sie haben!", knurrt er und spuckt dabei auf den Tisch.

„Ihr Mädchen? Ist sie Ihre Tochter?“, ignoriert sie sein Fehlverhalten, da das Verhör nun endlich in Schwung kommt.

„Nein, sie ist meine Freundin und sie gehört nur mir. Verstehen Sie?“, wechselt sein Gesichtsausdruck von abgrundtiefer Überzeugung in Verzweiflung.

Das hat Diana am liebsten. Diese abfälligen Bemerkungen über Menschen, als seien sie bloß ein Besitz und Eigentum.

„Sie können keinen Menschen besitzen.“

„Aber ich liebe sie.“

Diana verdreht die Augen und beißt erzürnt auf ihren Kaugummi, dass sich ein stechender Schmerz bis in ihren Kopf zieht. Das leidige Thema mit der missverstandenen Liebe, die nur ein Ausdruck von Schwäche und falschem Stolz ist. Die Arroganz des männlichen Geschlechts nicht zu vergessen.

„Ich liebe Villach auch, aber die Stadt gehört nicht nur mir alleine“, fällt ihr ein passender Vergleich ein, anstatt ihn zu belehren und ihn über den schmalen Grat zwischen Liebe und Hass aufzuklären.

Erstaunt sieht er sie an.

„Sie können die Liebe zu einem Menschen doch nicht mit einer Stadt vergleichen“, erwidert er entrüstet.

„Oh doch. Das kann ich und ich kann auch noch viel mehr. Sie reden nur, wenn Sie gefragt werden. Das hier ist kein Kaffeeklatsch, sondern eine Vernehmung“, weist sie ihn in seine Schranken. „Warum wollten Sie Michi wehtun?“, versucht sie es mit einem psychologischen Ansatz, um den wahren Grund zu erfahren.

Vielleicht knickt er ein, wenn ihm bewusst wird, dass er seine Exfreundin lebensgefährlich verletzt hat.

„Ich habe ihr doch nicht wehgetan. Ich habe sie lediglich vor dem neuen Mann beschützt, damit er sie nicht haben kann.“

Diana spürt, wie ihr die Galle hochkommt. Dieses ganze Gefasel ist ihr zuwider. Sie hasst diese Verhöre, die zu nichts führen, außer

Einblick in ein gestörtes Wesen zu gewähren.

„Wann haben Sie von der Liaison mit Alexander erfahren?“

„Sie hat ihn vor ein paar Wochen kennengelernt. Sie haben sich öfters getroffen. Und letzte Woche hat sie mich verlassen. Wegen diesem Drecksack. Ich konnte …“

„Da haben Sie einfach gedacht, ich setze meine Freundin außer Gefecht, damit mein Elend ein Ende hat“, unterbricht sie ihn entnervt.

Mit gekräuselter Stirn sieht er sie an, da er ihren Sarkasmus überhaupt nicht versteht.

„Nein, so war das nicht. Zuerst habe ich die beiden verfolgt und als er mich von ihr weggestoßen hat, habe ich die leere Flasche Bier, die auf der Treppe stand, geschnappt. Ich wollte ihn damit verscheuchen, da er die ganze Zeit Michaela nachgestiegen ist.“

„Dafür brauchen Sie eine Flasche? Hätten Sie ihm nicht einfach sagen können, dass er gehen soll?“

„Wenn Sie wüssten, wie frech der zu mir war.“

„Was hat er zu Ihnen gesagt?“

„Ich soll Michi in Ruhe lassen.“

„Ja und? Da ist doch nichts dabei“, winkt Diana ab.

„Und ob es das ist. Er ist der größte Fehler ihres Lebens.“

„Woher wollen Sie das wissen?“

„Ich bin schlau genug, um das zu bemerken.“

„Aber zu dumm, um zu verstehen, dass Michaela ihre eigenen Entscheidungen trifft.“

Innerlich macht sich bei Diana eine gewisse Langeweile breit. Es geht bei den Männern doch immer nur um das Gleiche.

„Wissen Sie, was ich glaube?“, versucht Diana auf eine provokativere Art und Weise, ihn zur Weißglut zu bringen, um endlich an ein Geständnis zu kommen. „Ihnen geht es doch nur darum, wer den längeren Schwanz und die größten Eier hat.“

Er schaut Diana in die Augen, aber sagt nichts auf ihre These.

„Alexander ist jünger, attraktiver, knackiger, hat Stil, ist auch noch sehr liebenswürdig und trägt Michaela auf Händen", mutmaßt die Kommissarin.

„Ich habe sie auch immer auf Händen getragen", klingt er fast schon gekränkt.

„Ich glaube, dass Sie mit Ihren Händen was anderes getan haben", zeigt sie erneut auf die blutigen Stellen.

„Nein, nein, so war das nicht", rauft er sich die Haare.

„Aber Alexander kann es nicht gewesen sein. Er hat im Gegensatz zu Ihnen saubere und gepflegte Hände. Vermutlich auch sanftere und geschicktere. Er ist bestimmt der bessere Liebhaber", schwärmt sie ihm vor. „Warum also sollte Michaela Sie ihrem neuen Lover vorziehen?" Diana wartet nicht auf eine Antwort, sondern macht unbeirrt weiter. „Ich gehe jede Wette ein, dass er ein Meister im Bett ist. Er verwöhnt Michaela nach Strich und Faden", setzt sie ein diabolisches Lächeln auf.

Seine Hände sind zu Fäusten geballt. Jede Sekunde könnte er explodieren.

„Ah, ich habe also recht", streut sie noch ein wenig Salz in seine Wunde. „Mit Alexander hat Michaela einen Orgasmus nach dem anderen. Sie sind bloß einer von vielen. Ein Versager. Am absteigenden Ast. Ein Nichts. Ein Niemand", gibt Diana trocken von sich und betont das letzte Wort besonders laut.

„Diese dreckige Schlampe", keift er. „Sie musste allen und jedem schöne Augen machen."

„Vielleicht war sie nur freundlich und höflich zu ihren Mitmenschen ... im Gegensatz zu Ihnen."

Erneut zwingt sie sich zur Ruhe. Sie hatte vorhin schon das Bedürfnis, diesen widerwärtigen Typ zum Schweigen zu bringen, aber sie muss sich zusammenreißen. Sie hat noch kein Geständnis und das braucht sie auf alle Fälle.

„Freundlich? Sie hat sich an jeden rangeschmissen und mit ihren Reizen nicht gegeizt. Sie hat es darauf angelegt."

Diana weiß, wie viele Männer ein völlig abschätziges Bild von Frauen zeichnen und sie als Huren abstempeln. Sie hat das alles schon selbst durchgemacht.

„Nein", faucht er grimmig. „Sie sind ja auch eine von diesen ..."

„Überlegen Sie sich jetzt gut, was Sie sagen. Sonst fasse ich das nicht nur als Beamtenbeleidigung auf", warnt sie ihn, keinen Fehler zu machen.

„Sie sind halt auch nur eine Frau", formuliert er seinen Satz um.

Diana hat bereits damit gerechnet, dass eine respektlose Aussage aus seinem Mund purzeln wird. Es war nur eine Frage der Zeit. Anscheinend hat sie ihn jetzt dort, wo sie ihn gerne haben möchte. Siegmund beginnt, sein wahres Gesicht zu zeigen.

„Wie meinen Sie das, dass ich auch nur eine Frau bin?", bohrt sie nach.

„Euch verfluchten Weibsbildern muss man einfach zeigen, wo der Hammer hängt."

„Mir war nicht bewusst, dass wir einen Hammer brauchen", gibt sie bissig zurück.

„Eine starke Hand hat noch niemandem geschadet. Und sie hatte es gerne hart", legt er noch eins drauf. „Sie wissen schon, einfach mal fester reinstecken", schiebt er seine Hüften nach vorne.

Bei dieser Geste wird Diana schlecht. Am liebsten würde sie vor ihm auf den Tisch kotzen, doch sie unterdrückt dieses aufkommende Gefühl. Sie schnellt in die Höhe, dass ihr Stuhl nach hinten kippt.

„Präpotentes Arschloch." Furcht einflößend sieht sie auf ihn herab. „Ich verstehe nur zu gut, warum Michaela sich in Alexander verliebt und Sie verlassen hat."

„Dieses Flittchen weiß doch nicht, was sie will. Sie wird schon noch draufkommen, was gut für sie ist."

„Genau deswegen haben Sie sie verletzt, um ihr …"

„Irgendetwas musste ich doch tun", fällt er ihr ins Wort.

„Sie mussten etwas tun, um sie an sich zu binden", erkennt Diana die arglistige Denkweise ihres Gegenübers. „Nicht Alexander, sondern Sie haben die Tat begangen", fasst sie zusammen. „Sie haben Michi festgehalten, Ihren Arm um ihren Hals geschlungen und vor lauter Panik, sie zu verlieren, einfach zugestochen."

Siegmund sagt nichts darauf. Diana ist erstaunt, dass er vollkommen unbeeindruckt bleibt.

„Sie wissen, was Ihnen blüht?"

Er schüttelt den Kopf.

„Dämlich sind Sie auch noch", zischt sie und dreht die Augen über.

Diana ist nach wie vor der Meinung, dass solche Menschen es nicht verdienen, dass ihnen Aufmerksamkeit geschenkt wird. Sie ist für einen kurzen Prozess. Lebenslänglich und Steine klopfen bei 38 Grad in der Sonne und im Winter bei Eiseskälte, damit sie nicht auf blöde Ideen kommen.

Die Tür wird aufgerissen. Franz tritt ein, geht auf Diana zu und flüstert ihr etwas ins Ohr. Ihre Augen werden noch dunkler. Sie beginnt, mit den Zähnen zu knirschen, ihre Atmung beschleunigt sich und ihr Blutdruck steigt. Am liebsten würde sie dem Mistkerl, der vor ihr sitzt, eine reinhauen. Sie ist knapp davor, einen Fehler zu begehen. Jetzt muss sie sich echt zurückhalten. Sie zwingt sich zur innerlichen Ruhe. Im Grunde genommen ist das ein unkomplizierter Fall. Täter auf frischer Tat ertappt. Die Tatwaffe eine Flasche Villacher Bier. Kein Alibi und das Motiv ist die Liebe. Wie romantisch.

„Gratuliere. Sie haben erreicht, was Sie wollten. Niemand kann Michaela mehr etwas anhaben. Sie ist tot. Und Sie erleben ab jetzt ihr Elend“, schnaubt sie ihn an. „Franz, schaff mir diesen Abschaum aus den Augen. Ich benötige auch noch eine Auswertung seines Harns. Verdacht auf Drogen“, diktiert sie ihm. „Ich kontaktiere den Staatsanwalt“, hört er sie noch im Hintergrund, bevor er den Täter zur Blutabnahme bringt.

Donnerstag, 21. November 2019, 16:27 Uhr

Diana lässt sich in ihren Sessel fallen und lehnt sich zurück. Sie schließt die Augen und in ihrem Kopf erscheinen die Bilder von Michaela, wie sie in der Blutlache liegt. Eine Träne sucht sich ihren Weg und rinnt ihr über die Wange. Es werden immer mehr. Warum? Sie hatte es schon mit vielen ähnlichen Fällen zu tun, aber heute hat diese Begegnung in ihr etwas ausgelöst, das sie nicht einordnen kann. Es ist Mitleid gepaart mit großer Enttäuschung, dass sie die junge Frau nicht retten konnte. Aber da ist noch ein Gefühl, das sie nicht festmachen kann. Sie hofft, dass es wieder so sang- und klanglos verschwindet, wie es gekommen ist. Doch plötzlich tauchen in ihrem Geist die Bilder aus den verstaubten Akten auf, die sie in der Schublade gefunden hat. Egal wo sie hinschaut, es wird immer auf die Schwächeren eingeschlagen. Im ersten Moment scheint es jedenfalls so.

In London hatte sie stundenlange Diskussionen mit Psychologen, um hinter dieses Phänomen zu kommen. Im Endeffekt ist der Täter immer das Opfer, hineingeboren in miserable Familienverhältnisse, aufgewachsen ohne Liebe und Zuwendung. Aber es gibt auch Menschen, die glauben, durch äußere Umstände ungerecht behandelt worden zu sein. Wenn sie sich in die Ecke gedrängt fühlen, kehren dann die meisten ihre böse Seite nach außen. Diese Opferhaltung führt dazu, dass sie sich an Schwächeren vergreifen, um ihre Stärke zu demonstrieren. Und so beginnt der Teufelskreis.

Ähnliche Zustände herrschten nach ein paar Monaten auch in ihrer Ehe. Schmerzhaft erinnert sie sich an diese widerliche Zeit. Die Rücksichts- und Respektlosigkeit, die ihr Exmann an den Tag legte, dominierten ihre Beziehung und sie zwang sich, das eine Weile zu ertragen, was ganz gegen ihre Natur ist. Bis er mit seiner unüberlegten Aktion das Fass zum Überlaufen gebracht und sie sich zur Wehr gesetzt hat. Doch diesen Vorfall möchte sie am liebsten vergessen.

Diana schaut auf ihr Handy. Es ist fast 17:00 Uhr. Der Tag war ereignisreich genug, findet sie und verstaut ihre persönlichen Sachen im Rucksack. Sie benötigt dringend eine heiße Dusche, um sich das heutige Erlebnis abzuwaschen. Das ist das beste Mittel, um auf andere Gedanken zu kommen.

„Schönen Abend", stürmt sie an Siebert vorbei, der ihr soeben eine Akte auf den Tisch legt. Diana winkt ab und verschwindet um die Ecke. Ab nach Hause.

Freitag, 22. November 2019, 08:10 Uhr

Diana sitzt mit Alexander Maurer in ihrem Büro. Nach dem gestrigen Unglück war er nicht mehr ansprechbar und benötigte psychologische Betreuung, was sie nur zu gut verstehen kann.

„Es tut mir leid, was mit Michaela passiert ist", zeigt Diana Mitgefühl.

Alexander bedankt sich leise.

„Leider konnte ich gestern dem Täter bei der Befragung nicht jedes Detail entlocken. Außerdem hat mir sein Geständnis, dass er die Tat begangen hat, fürs Erste gereicht", erinnert sie sich ungern an das Verhör zurück. „Herr Mayrhofer wollte mir einreden, dass Sie Michi verletzt haben", offenbart sie ihm und sucht den Blickkontakt.

„In gewisser Weise hat er recht. Zugestochen hat er, aber es war meine Schuld", gibt er zur Antwort.

„Wie meinen Sie das?"

„Wenn ich es bloß vorher gewusst hätte."

„Was?"

„Dass er ihr Exfreund ist, den sie für mich verlassen hat und der sie nach der Beendigung der Beziehung gestalkt hat."

„Sie hat Ihnen das tatsächlich verschwiegen?"

„Ja, vielleicht wollte sie unsere junge Liebe damit nicht belasten oder sie hat es auf die leichte Schulter genommen. Ich kann es nicht sagen. Ich weiß nur, für sie war es aus und vorbei und er war kein Thema mehr. Er hat sich damit aber nicht abgefunden."

„Wann haben Sie davon erfahren?"

„Gestern, als wir in die Stadt spaziert sind und ich in Lind bemerkt habe, dass uns ein Mann verfolgt. Sie hat ihm zugerufen, er soll verschwinden und sie in Ruhe lassen ... und da hat sie mir gesagt, was los ist. Wir haben uns umgedreht und wollten weiter, aber er hat uns eingeholt und wüst zu schimpfen begonnen", schüttelt er den Kopf.

„Wie haben Sie reagiert?"

„Ich habe Michi bei der Hand genommen und wir sind Richtung Hauptbahnhof gelaufen ... damit wir an einem Ort mit vielen Menschen sind, dass er ihr nichts antut und sich wieder besinnt."

„Aber er hat weitergemacht", schlussfolgert Diana.

Zustimmend nickt Alexander.

„Ich hätte ihn davon abhalten können, als er die Flasche in der Hand hatte ... es ging alles so schnell", klingt er verzweifelt.

„Können Sie mir sagen, wie das Ganze im Detail abgelaufen ist."

„Als wir die Stiege zum Bahnhof genommen haben, ist Michi gestolpert. Wie ich ihr hochhelfen wollte, hat dieser Geistesgestörte sie gekrallt und zu sich gezogen", schließt er seine Augen, öffnet sie aber sogleich wieder.

Diana sagt nichts, sondern hört nur zu.

„Ich habe ihn gebeten, Michi loszulassen", schluckt er schwer. „Ich habe ihm auch gesagt, dass ich sie nie wieder treffen werde. Er soll sie bloß loslassen und ihr nichts tun. Aber er hat nicht auf mich gehört. Er war wie in Trance, mit einem wahnsinnigen Ausdruck in den Augen. Aus heiterem Himmel hielt er plötzlich eine abgeschlagene Flasche in der Hand. Keine Ahnung, wo er die aufgetrieben hat. Bevor ich reagieren konnte, hatte er die spitze Flasche in ihren

Hals gebohrt und sie sackte zusammen. Reflexartig habe ich sofort den Notruf gewählt", schluchzt er leise.

„Was hat Siegmund dann gemacht?", erhebt Diana wieder ihre Stimme.

„Er ist regelrecht panisch geworden. Er hat sich über sie gebeugt und mit seinen Händen auf die arg blutende Stelle gedrückt. Als er bemerkt hat, dass ich mit der Polizei telefoniere, ist er wie ein Irrer auf mich los. ‚Du Mörder!', hat er mich angebrüllt und vor meiner Nase mit der Flasche herumgefuchtelt."

„Das war auch der Grund, warum Sie Michaela nicht helfen konnten."

Sein Ja geht in einem lauten Schniefen unter.

„Ich weiß, wie schwer das für Sie ist, diese schlimmen Augenblicke nochmals zu durchleben. Aber ich kann Ihnen versichern, Sie haben alles richtig gemacht. Und ich bedanke mich für Ihre Kooperation. Sie waren eine große Hilfe."

Alexander erhebt sich.

„Wenn Sie noch etwas brauchen, melden Sie sich", reißt er sich zusammen und verlässt ihr Büro.

Diana ist bestürzt. Diese dramatischen Szenen werden den jungen Mann ein Leben lang begleiten. Und er wollte doch nur eine schöne Zeit mit seiner Freundin verbringen. Diana kann nichts tun, außer dafür sorgen, dass dieser Mistkerl für lange Zeit weggesperrt wird.

Es ist tragisch, dass es immer bis zum Eklat kommen muss, bevor jemand reagiert. Diana würde sich wünschen, dass es ein Frühwarnsystem für abnorme Verbrechen gäbe, wie bei Erdbeben der Seismograf ausschlägt. Dann müsste die Polizei zugreifen und den Täter vor der Tat aus dem Verkehr ziehen. So wie in „Minority Report", aber das bleibt Wunschdenken. Damit möchte sie sich heute nicht mehr beschäftigen.

Es ist allerhöchste Zeit, ihre Arbeit hinter sich zu lassen, Überstunden abzubauen und auf andere Gedanken zu kommen. Diana hat heute Abend ein Treffen mit ihren ehemaligen Schulkolleginnen am Adventmarkt ausgemacht, das sie keinesfalls versäumen möchte. Im Frühling hat sie ihre alte Clique aus der HBLA, die sie das letzte Mal an ihrem Polterabend getroffen hatte, wieder zusammengeführt. Es hat sich fast wie die Reunion der Spice Girls angefühlt.

Freitag, 22. November 2019, 18:58 Uhr

Die Temperatur ist auf minus zehn Grad gefallen. Ungewöhnlich kalt für Ende November. Diana hat sich vorsorglich warm angezogen, nach dem bewährten Zwiebelschalenprinzip. Außerdem freut sie sich schon auf den ersten Glühwein der Saison. Als Treffpunkt mit den Mädels haben sie die Adventhütte Warmbad ausgemacht.

Es war gar nicht so einfach, einen gemeinsamen Termin zu finden. Einige sind schon verheiratet und haben familiäre Verpflichtungen. Eine Schulkollegin ist nach Amerika ausgewandert und die andere glaubt, aufgrund ihres Jobs bei einem Marketingunternehmen in Wien etwas Besseres zu sein. Sie hat mit ihrer Heimat und der Vergangenheit abgeschlossen, wie sie Diana am Telefon wissen ließ. Daher sind nur vier der Schulkolleginnen, mit denen sie eng befreundet war, übrig geblieben.

Lilli, Linda und Sabsi warten bereits vor der Hütte. Tina erreicht soeben ihr Ziel. Diana ist wie immer zu spät. Beruflich bemüht sie sich, pünktlich zu sein, aber bei privaten Verabredungen sieht sie es nicht so eng. Das war schon immer so. Das kennen die anderen noch aus der Schulzeit.

„Mädels, könnt ihr das glauben? Es ist 18 Jahre her, dass wir gemeinsam die Matura bestanden haben“, beginnt Sabsi und ihnen wird bewusst, wie schnell doch die Zeit vergeht.

Die Freundinnen stimmen ihr zu.

„Das war eine wunderschöne Zeit. Wir hatten immer so viel Spaß", schwelgt Lilli in Erinnerungen.

Linda macht eine Handbewegung und die Mädels stecken ihre Köpfe wie früher zusammen, wenn sie etwas zu besprechen hatten.

„Wisst ihr noch, wie wir beim Kochen an der Uhr gedreht haben, um den Nachmittagsunterricht so schnell wie möglich hinter uns zu bringen, und der Frau Professor einreden wollten, dass die Stunde schon längst vorbei ist."

Lilli kichert.

„Ja, aber die Brenner hat sich nicht lumpen lassen."

„Ich kann mich vor allem noch daran erinnern, wie die Jungs vom Bundesheer unsere Schule immer als Feigenburg bezeichnet haben", hören sie eine Stimme neben ihnen.

Diana hat sich, wie es sich für eine Kommissarin gehört, leise angeschlichen und dem Gespräch gelauscht.

„Diana", sagen sie fast unisono und sind froh, dass sie es geschafft hat.

Tina sieht auf ihre Uhr.

„Deine Pünktlichkeit lässt auch heute noch zu wünschen übrig", möchte sie Diana ein wenig ärgern.

„Ich komme immer im richtigen Moment, du kleine Spaßbremse", antwortet sie keck und gibt ihr einen Kuss auf die Wange.

„Du mich auch", erwidert Tina und umarmt sie.

„Mein Job lässt es nicht immer zu, pünktlich zu sein. Eine Leiche hier, eine Leiche dort."

„Die Leichen haben doch Zeit und können warten, die sind eh schon tot", vermutet Sabsi und schaut Diana mit einem fragenden Blick an.

„Nein, können sie nicht. Schaut ihr nie Krimis? Oberstes Gebot: Leiche entdeckt, Spurensicherung gecheckt. Dann Abtransport in die

Pathologie. Wenn leblose Körper nicht gekühlt werden, können sie ziemlich schnell zu riechen anfangen. Körpersäfte treten an jeder erdenklichen Öffnung aus, begleitet von einem herb-würzigen Aroma, das bei den meisten ein unerbittliches Würgen auslöst. Ein bestialischer Gestank, der sich tagelang auf der Haut und in der Lunge festsetzen kann. Und dann", wird Dianas Blick dunkler, „kriechen die Maden aus der Finsternis hervor, beißen sich durchs Fleisch, laben sich am Blut, suhlen sich in den Gedärmen …"

Diana hört sich wie bei den Pfadfindern an, wenn sie sich am Abend noch die Taschenlampe unters Gesicht halten, um Gruselgeschichten zu erzählen. Mit weit aufgerissenen Augen sehen sie ihre Schulkolleginnen an.

„Iiiii, wie eklig", graust sich Sabsi.

„Ich könnte das nicht", meint Linda.

„Schon in der Schulzeit wolltest du unbedingt Kommissarin werden, aber wie hältst du das bloß aus?", möchte Lilli wissen.

„Was?"

„Na, das mit den Leichen. Die toten Menschen. Ich kann da nicht hinsehen."

„Das stört mich nicht. Schlimmer ist es, sterbenden Menschen zuzusehen", erklärt Diana und denkt wieder an Michaela, der sie nicht mehr helfen konnte.

„Dafür hast du das erreicht, was du immer wolltest", klingt Linda wehmütig.

„Stimmt. Ich habe meinen Traum verwirklicht, aber jetzt habe ich einen Bärenhunger", stellt Diana fest und greift nach der Karte, um nicht länger über ihren Job reden zu müssen.

Die Freundinnen tun es ihr gleich.

„Wir brauchen eine feste Unterlage, bevor wir uns in die Partynacht stürzen und dem Alkohol frönen", merkt Tina an.

„Da muss ich passen. Ich darf derzeit keinen Alkohol trinken“, wirft Linda ein.

Tina jauchzt laut.

„Sag bloß, du bist schwanger!?“, glaubt sie, den Grund für Lindas plötzliche Abstinenz zu wissen.

Linda bestätigt ihre Vermutung mit einem Nicken und einem breiten Grinsen im Gesicht. Die Mädels freuen sich mit ihrer Freundin. Alle bis auf Diana. Das Thema Schwangerschaft hat ihr heute gerade noch gefehlt. Sie tut, als ob nichts wäre, und lächelt tapfer. Um den Schmerz, der nun in ihr hochsteigt, sofort wieder hinunterzuschlucken, bestellt sie rasch ein großes Bier. So hofft sie, den Abend gut zu überstehen, ohne weitere Gedanken an Leichen, Frauenschänder und unglückliche Wendungen des Schicksals.

Samstag, 23. November 2019, 07:06 Uhr

Mit einem Aua greift sich Diana auf die Stirn. Sie blinzelt und der Druck in ihrem Kopf verschwindet nicht, als sie sich aufrichtet. Im Gegenteil. Die Schmerzen werden schlimmer und das Dröhnen in den Ohren wird lauter. Sie sieht sich um. Sie ist in ihrem Bett. Wie ist sie hierhergekommen? Daran kann sie sich beim besten Willen nicht erinnern. Sie hat das Gefühl, soeben noch bei ihrem feuchtfröhlichen Adventauftakt in Waschers Bar gewesen zu sein. Sie sieht vor ihrem inneren Auge, wie sie mit Lilli verrückt getanzt hat. Sogar den Song hat sie noch im Ohr. Aber sie weiß nicht, wie sie nach Hause gekommen ist.

Das Gedröhne wird nicht leiser. Diana versucht, herauszufinden, woher das Geräusch rührt. Eine Vermutung lässt sie unter ihre Decke greifen. Mit einem Handgriff zaubert sie ihr Handy hervor, das einfach nicht mehr aufhört zu vibrieren. Sie stöhnt laut, als sie den Namen auf dem Display liest. Wenn er anruft, bedeutet das nichts Gutes. Zögerlich hebt Diana ab.

„Komm schnell. Es gibt eine Leiche“, stammelt Siebert aufgeregt ins Telefon.

„Es gibt keinen anderen, der einem den Tag so vermiesen kann wie du“, gibt sie ihm mit kratziger Stimme zur Antwort und ist völlig unbeeindruckt von seiner Aussage.

„Eine Leiche, hast du verstanden?“, fragt er nach, ob sie den Sensationswert seiner Nachricht erfasst hat.

Am liebsten hätte sie einfach aufgelegt, zu sehr pocht es in ihren Schläfen. Das war gestern Nacht tatsächlich ein Zuviel an Glühwein und Bier.

„Wir erwarten dich in zehn Minuten in der Richtstraße beim alten Schlachthof.“

Diana murmelt etwas Unverständliches ins Telefon und legt auf. Sie schlägt die Decke zur Seite und setzt ihre Füße vorsichtig auf dem Boden ab. Für Eierspeise mit Käse, ihr Katerfrühstück, hat sie jetzt keine Zeit. Auch nicht für Streicheleinheiten für ihre Katzen und schon gar nicht für eine ausgiebige Dusche, um den Partygeruch loszuwerden. Sie zieht sich frische Sachen an und trinkt ein Glas Wasser auf einen Sitz aus, in der Hoffnung, den Kopfschmerzen entgegenzuwirken. Danach schiebt sie sich noch einen Hubba Bubba in den Mund und verlässt ihre Wohnung.

Samstag, 23. November 2019, 07:49 Uhr

„Ach, Siebi, mach dir nicht ins Hemd."

Kaugummi kauend steht Diana mit den Händen in die Hüften gestemmt vor ihm. Sie schiebt ihre Pilotenbrille ein Stück nach unten auf die Nasenspitze und mustert ihn eingehend. Franz gefällt der Anblick des Toten überhaupt nicht. Er fängt an zu würgen und es scheint, als müsste er sich jeden Moment übergeben.

„Das ist jetzt echt nicht dein Ernst, Franz?"

Entweder hat er gestern auch einen über den Durst getrunken oder er schmeißt die Nerven weg, wenn eine Leiche vom Dach baumelt. Bei dem Vorfall am Hauptbahnhof hat er sich auch eher zurückgehalten. Wahrscheinlich kann er kein Blut sehen, schmunzelt sie. Augen auf bei der Berufswahl.

Nachdem ihr Vorgänger einen Schlaganfall erlitten hatte, fiel auch Franz für einige Monate aus. Seine Diagnose lautete Burn-out. Der Klassiker. Die Tatsache, dass sein Partner fast den Löffel abgegeben hätte, stürzte ihn in ein schwarzes Loch. Es hat einige Zeit gebraucht, bis er wieder dienstfähig war und endlich seine Arbeit aufnehmen konnte. Diana begrüßte das, da sie für ihre kommissarischen Aufgaben ansonsten keine Unterstützung hätte. Sparmaßnahmen machen auch vor der Kripo nicht halt.

Franz hält sich eine Hand vor den Mund, dreht sich um und rennt zu einem Busch. Im Hintergrund hört sie noch erbärmliche Würggeräusche, kümmert sich aber nicht weiter darum. Trotz ihrer Kopfschmerzen muss sie sich auf ihre Arbeit konzentrieren und kann nicht auch noch Kindergartentante für ihren Kollegen, der anscheinend einen empfindlichen Magen besitzt, spielen.

Diana zieht sich weiße Latexhandschuhe über und sieht sich den Tatort genauer an. Die Spurensicherung ist bereits in vollem Gange. Nikolaus Stauber vom Landeskriminalamt stellt gerade eine Nummer auf und macht ein Foto von der Rampe aus Beton, als sie auf ihn zugeht.

„Diana, wie oft soll ich's dir noch sagen, hier ist der Trampelpfad“, rügt er sie.

„Hat doch niemand gesehen, Sputnik. Schon was Brauchbares gefunden?“, lenkt sie von ihrem Fauxpas ab.

Das ist nicht das erste Mal, dass ihr das passiert, aber sie ist zu sehr auf die Leiche fixiert, die Franz so schauderhaft findet. Diana kann ihm nicht zustimmen. Wie der Tote da so baumelt. Mit herunterhängendem Kopf. Beim alten Schlachthof in der Richtstraße. Darüber befindet sich das Bild eines Schweins, dessen Körper ab der Mitte tranchiert wurde, liebevoll verewigt auf der Hausmauer. Bei *dem* Anblick könnte Diana sich übergeben, aber nicht bei einer Leiche.

Sie schätzt den Mann nicht älter als 35 Jahre. Er trägt ein dunkelblaues Sakko. Das Hemd ist offen, auf der Brust finden sich Blutspuren und tiefe Kratzer, die er sich vielleicht selbst zugefügt hat. Bei genauerer Betrachtung des Gesichts erkennt sie, dass sein Hals rot und blau unterlaufen ist.

„Der Tote heißt Jan Hinteregger. Er hat vermutlich heute in den frühen Morgenstunden seinen letzten Atemzug gemacht“, teilt ihr Sputnik mit und reicht ihr die Brieftasche.

Sein Partner Albin Ehrenfurt nickt bestätigend und widmet sich wieder dem Protokoll.

„Spielt ihr zwei schon wieder Dr. Jekyll und Mr. Hyde?", amüsiert sie sich, wie die beiden mit einer Grimasse den Rechtsmediziner und dessen Assistenten der pathologischen Abteilung im Landeskrankenhaus Klagenfurt imitieren.

Sputnik grinst und greift nach dem anderen Ende des Stricks, das an einem Geländer fest verknotet wurde.

„Das ist eine Hundeleine. Eher untypisch für einen Selbstmord, aber sie hat ihre Aufgabe erfüllt."

„Selbstmord? Bist du dir sicher?"

„Na ja, wenn alle Stricke reißen, hilft nur noch der Strick."

„Ich glaube nicht an Selbstmord. Hast du dir seine Brust schon angesehen?", schüttelt sie den Kopf.

„Natürlich. Und wenn du seine Hände auch noch inspizierst", zeigt er ihr die Blutreste unter den Fingernägeln der schlaffen Hand, „dann siehst du, dass er sich selbst so zugerichtet hat."

„Wer macht denn so was? Ist etwa eine neue Droge in Umlauf?"

„Vielleicht. Es kann aber auch eine Persönlichkeitsstörung sein oder ein Trauma."

„Selbstmord? Ganz sicher?", ist Franz wieder zurück und wischt sich mit seinem Handrücken die letzten Spuren seines Mageninhalts, die sich in seinen Barthaaren verfangen haben, weg.

„Hm, lecker, Mahlzeit", kommentiert Diana Siebis mangelnde Kinderstube, was er gar nicht bemerkt, während er die Reste seines Frühstücks elegant auf seiner Hose verteilt.

Diana verdreht die Augen und bläst ihren Kaugummi zu einer großen Blase. Franz wirkt oft unbeholfen. Wie es ihr Vorgänger mit ihm ausgehalten hat, fragt sie sich. Wie Siebi überhaupt Kriminologe werden konnte, ist ein Rätsel, hinter das Diana auch noch gerne kommen würde. Sie tippt auf Freunderlwirtschaft. Die ist in Österreich ja keine Seltenheit, egal ob in der Politik, in Firmen oder anderen Institutionen.

„Nein, das war kein Selbstmord“, geht sie in die Hocke und schätzt den Abstand der Füße des Leichnams zur Rampe mit einem zugekniffenen Auge.

„Dein Augenmaß lässt zu wünschen übrig“, stichelt Sputnik und hält ein Lineal zwischen die Zehenspitzen des Toten und den Boden. „Nur zehn Zentimeter“, teilt er seine Messung mit und summt dabei die Melodie des Ballermann-Hits „20 Zentimeter“.

„Nie im Leben“, gluckst Diana. „Wie hat er das angestellt? Mit der Leine um den Hals hat er vom höchsten Punkt der Rampe Anlauf genommen und ist genau zu dieser Stelle zurückgeprallt? Das war ja Millimeterarbeit“, zeigt sie auf den Punkt, über dem der junge Mann baumelt.

„Wäre möglich. Das würde auch seine großflächigen Hämatome am Hals erklären.“

„Ja, aber woher wusste er, dass es sich mit seiner Größe ausgeht? Im Normalfall erhängen sich Todeswillige über einem Loch im Boden einer Scheune oder auf einem Stuhl, den sie einfach umstoßen können. Aber eine Rampe? Das ist doch eigenartig.“

„Alles ist möglich, Diana“, bringt sich Siebert ein. „Ich habe in meiner Laufbahn schon viele Selbstmorde gesehen. Das ist nichts Ungewöhnliches“, versprüht er seine Weisheiten.

„Das einzig Ungewöhnliche ist, dass sich dein Magen nach all den Jahren noch immer nicht an den Anblick von Leichen gewöhnt hat“, zieht sie ihn auf. „Ich ruf jetzt den Obermann an, damit wir die Leiche obduzieren lassen können. Danach sehen wir weiter“, stellt sie klar und wählt seine Nummer.

„Frau Kommissarin Neumann“, hört sie die rauchige Stimme des Staatsanwalts am anderen Ende der Leitung. „Was verschafft mir die Ehre?“

Im Hintergrund sind das Rascheln einer Bettdecke und ein lautes Gähnen zu vernehmen.

„Guten Morgen, Herr Obermann. Wir haben einen Toten in Villach. Es sieht nach Selbstmord aus, aber einige Indizien lassen auf Fremdverschulden schließen."

„Ein Mord in der Draustadt? I wer narrisch", jauchzt er auf.

„Ähm, wie meinen?"

„Das hatten wir schon seit Jahren nicht mehr. Dass ich das vor meinem Ruhestand noch erleben darf!"

Im ersten Moment weiß Diana nicht, was sie darauf sagen soll.

„Lassen Sie den Kerl aufschneiden und melden Sie sich danach wieder. Ich bin wirklich gespannt, wie er umgebracht worden ist", freut er sich.

Anscheinend möchte er nicht mehr über den Sachverhalt wissen. Weder die Todeszeit noch der genaue Tatort sind für ihn relevant. Das ist Diana neu, da er sonst nicht so leicht zu überzeugen ist, aber es soll ihr recht sein.

Die Kommissarin dreht sich zu ihren Kollegen um und teilt die Erlaubnis für eine Autopsie mit. Sputnik nimmt die Entscheidung zur Kenntnis und legt die kleinen durchsichtigen Säckchen, in denen sich Beweismaterial sowie die privaten Gegenstände der Leiche befinden, in seinen Koffer.

Ein Peng ertönt und Diana hat alle Mühe, die geplatzte Kaugummiblase wieder in ihren Mund zu befördern.

„Habt ihr schon den Aschermeier von der Bestattung verständigt?", schmatzt sie und schnalzt mit der Zunge.

Die Kollegen schütteln den Kopf.

„Es ist Samstag. Ich hasse es, an meinem freien Tag arbeiten zu müssen", knirscht Sputnik zwischen seinen Zähnen hervor.

„Ja, stimmt, bitte verzeih. Nur du hast einen freien Tag. Schon klar", antwortet Diana patzig. „Alles muss ich selber machen."

„Bestattungsunternehmen Aschermeier. Sie killen, wir grillen."

„Aschi, ist der Ofen schon vorgeheizt oder muss ich dir erst Feuer unterm Hintern machen?", fragt sie ihn ungeniert und weiß, was darauf folgt.

„Für dich immer, Diana, du heißes Stück Grillkohle. Wo steigt die Party?"

Diana gefällt der schwarze Humor, den Aschi an den Tag legt. Sie teilt ihm die Adresse mit und legt auf.

„Sputnik, du meldest dich, sobald die Leiche auf dem Tisch von Dr. Jekyll und Mr. Hyde liegt."

„Natürlich, wie immer. Ich weiß doch, dass du ein Faible für nackte, kalte Körper hast."

Grinsend stimmt sie ihm zu. In London war sie fast bei jeder Obduktion dabei. Damals hat sich das so eingebürgert und die Pathologen hatten nichts dagegen. Am Anfang war es befremdlich, zu sehen, wie ein Körper aufgeschnitten wird, aber das legte sich bald. Die Vorgehensweise faszinierte sie und sie konnte viel lernen. Diese Gepflogenheit wollte sie unbedingt fortführen und Sputnik war so nett und hat sie von Anfang an unterstützt.

„Wer bitte von den Kollegen sind Dr. Jekyll und Mr. Hyde?", hat sie Franz neugierig gemacht, da er die Namen nicht zuordnen kann.

„Die Spitznamen habe ich Dr. Kalt und Dr. Gärtner gegeben", erklärt sie ihm, ohne zu erwähnen, wie die beiden zu dieser fragwürdigen Ehre gekommen sind. Sie möchte das auch möglichst für sich behalten. Nur Mr. Hyde weiß von seiner neuen Bezeichnung und amüsierte sich köstlich über ihren Einfall. Dr. Jekyll wäre darüber nicht erfreut, daher hüllt sie sich auch in Schweigen.

„Komm, genug Leiche geschaut", kickt sie Siebert in die Seite. „Wir beide gehen Frau Weiss und die anderen Nachbarn befragen. Vielleicht hatte noch irgendwer senile Bettflucht zwischen zwei und drei Uhr früh", zwinkert sie ihm zu und marschiert über die Straße.

Samstag, 23. November 2019, 09:03 Uhr

Diana drückt noch einmal den roten Klingelknopf des Hauses, das der alten Frau Weiss gehört, die den Toten in aller Herrgottsfrühe entdeckt hat. Siebert hat die Adresse von den Kollegen bekommen, die als Erstes informiert worden sind.

Die Türe öffnet sich nur einen Spalt. Eine Kette schützt davor, dass sie ganz geöffnet wird.

„Frau Weiss?“, fragt Diana, um sich zu vergewissern, dass sie auch bei der richtigen Haustüre geklingelt hat.

„Ja?“, krächzt eine Stimme, die einer älteren Dame mit Brille auf der Nase gehört.

Sie hat ihre leicht gewellten grauen Haare fein säuberlich nach hinten gekämmt und trägt eine grüne, mit Blumen bedruckte Kleiderschürze, wie sie Diana noch von ihrer Oma kennt. In ihren graublauen Augen kann sie einen überraschten Ausdruck erkennen. Wahrscheinlich bekommt sie nicht so oft Besuch.

„Guten Morgen, Kripo Villach. Ich bin Diana Neumann und das ist mein Kollege Siebert“, zeigen beide ihre Ausweise.

Diana stellt ihren Partner immer nur mit dem Nachnamen vor. Er möchte das so haben. Sie findet das geschmacklos und unhöflich, da es bei vielen Menschen einen arroganten Eindruck hinterlässt.

Die Frau kneift ihre Augen zusammen, in der Hoffnung, die kleine Schrift entziffern zu können, aber vergebens. Aus dieser Entfernung ist es ihr nicht möglich.

„Kindchen, kommen Sie mit Ihrem Ausweis doch näher, ich kann leider nichts lesen.“

Frau Weiss vertraut nicht jedem, der an ihre Türe klopft. Sehr klug, findet Diana. In Zeiten wie diesen, wo vermeintliche Nichten und Neffen ihr Unwesen treiben, wäre es wünschenswert, wenn jeder so handeln würde. Bei unvorsichtigem Verhalten ist das Ersparte der älteren Generation schnell abgeluchst. Das Geschäft mit dieser Masche boomt.

Diana bemerkt Sieberts angespannte Haltung. Er findet diese genaue Überprüfung seiner Person einen Affront. Ein Polizist ist ein Polizist, egal ob Kriminalbeamter oder nicht. Daran darf nicht gezweifelt werden, kennt sie seinen Standpunkt.

„Wir hätten ein paar Fragen zu dem Mann, den Sie heute in der Früh gefunden haben.“

Die Dame erlaubt ihnen, einzutreten. Auf ihren Stock gestützt geht sie in die Küche. Diana und Franz folgen ihr. Sie bittet die beiden, am Küchentisch Platz zu nehmen, und bietet ihnen einen Tee an, den sie gerade aufgegossen hat. Diana lehnt dankend ab.

„Haben Sie vielleicht einen Kaffee?“, fragt Franz unbekümmert.

Frau Weiss nickt und wendet sich ihrer Kaffeemaschine zu. Das Geräusch des Mahlwerks übertönt das Ticken der großen hölzernen Uhr, die an der Wand hängt.

„Milch und Zucker?“, ächzt sie und stellt eine kleine Schüssel, vollgefüllt bis obenhin mit Keksen, auf den Tisch.

Plötzlich spürt Diana etwas Weiches an ihrem Schienbein. Ein Blick nach unten zeigt ihr, was sie vermutet hat. Eine Katze. Eine schwarze Katze schmiegt sich an ihr Bein und beginnt zu schnurren.

„Sie haben eine zutrauliche Katze“, bemerkt Diana. „Und eine Schönheit noch dazu.“

Siebert rückt ein Stück weg, als ihm bewusst wird, was seine Kollegin soeben gesagt hat. Er kann Katzen nicht leiden. Er mag generell keine Tiere, außer auf dem Teller. „Hauptsache, sie sind well done, und mit Kräuterbutter schmecken sie am besten“, hat er einmal auf einer Feier verkündet.

„Das ist mein Sindbad“, sagt sie und ist auf Dianas Kompliment sichtlich stolz.

Frau Weiss greift in eine kleine Tüte, die in der Nähe des Fensters steht. Es raschelt. Sofort hüpft der Kater auf die Fensterbank und macht es sich neben einem Fressnapf, der nun von seinem Frauli mit Leckerlis gefüllt wird, bequem. Ein Blick zur Seite bestätigt, was Diana befürchtet hat. Franz verzieht seinen Mund und empfindet nichts als Ekel bei diesem Anblick.

Die alte Frau wendet sich von ihrem Haustier ab und reicht Siebert den Kaffee. Langsam setzt sie sich gegenüber den Kriminalbeamten hin und rückt ihre Hornbrille zurecht.

„Sind Sie bereit für die Befragung?“, vergewissert sich Diana, um ihre Hauptzeugin nicht zu überfordern.

„Natürlich, fangen wir an.“

Franz schlägt seinen kleinen Notizblock auf, um die wichtigsten Details zu dokumentieren.

„Wann haben Sie den Mann heute Morgen entdeckt?“

„Das war so gegen halb sechs, als ich, wie jeden Morgen, die Zeitung geholt habe.“

„Können Sie mir bitte kurz beschreiben, wie Sie auf ihn aufmerksam geworden sind“, möchte es Diana genauer wissen, da es um diese Uhrzeit draußen noch dunkel ist und Frau Weiss mit ihren Sehproblemen sicher Schwierigkeiten hatte, von ihrem Garten aus einen hängenden Mann zu erkennen, auch wenn sich der Tatort schräg auf der gegenüberliegenden Straßenseite befindet.

„Als ich die Zeitung holen wollte, ist mir Sindbad entwischt", faltet sie ihre Hände und schnauft laut aus. „So ein Frechdachs, das kann ich Ihnen sagen."

„Was ist so schlimm daran? Darf Sindbad nicht hinaus?"

„Nein, auf keinen Fall. Da draußen ist es einfach zu gefährlich, mit der Straße gleich vor dem Haus. Sindbad ist das Letzte, was mir von meinem verstorbenen Mann geblieben ist."

„Okay, das verstehe ich. Und was haben Sie dann gemacht?"

„Das war eine Tortur. Ich bin mit seinen Lieblingsleckerlis raus in die kalte Nacht und habe nach ihm gerufen. Nach ein paar Sekunden hat er jämmerlich zu schreien begonnen", ändert sich ihre Mimik und sie presst ihre Lippen aufeinander.

„Was ist passiert?", ist Diana neugierig und findet die Spannung, die sie gerade erzeugt, atemberaubend.

„Es könnte sein, dass Sie auf der Leiche Abdrücke von Katzenpfoten finden", sagt sie, ohne mit der Wimper zu zucken.

„Katzenpfoten?", glaubt Siebert, sich verhört zu haben.

„Sie haben schon richtig gehört", poltert die alte Dame drauflos. „Ich konnte nichts tun. Sindbad, dieser verrückte Kater, ist die Leiche hochgesprungen und hat sich auf dem Oberschenkel festgekrallt. Er hat an der Hosentasche des Mannes geschnuppert und mit seiner Vorderpfote daran gekratzt. Dabei hat er so erbärmlich miaut, dass es mir durch Mark und Bein gegangen ist."

Franz hat mittlerweile aufgehört, mitzuschreiben, und starrt die alte Frau nur an. Diana muss sich ein Kichern verkneifen. Diese Geschichte ist Gold wert. Die Vorstellung eines Katers auf einer Leiche, die von der Decke hängt. Unbezahlbar. Was er wohl in seiner Tasche hatte, schießt es ihr durch den Kopf.

„Wie haben Sie Sindbad dazu bewogen, zurückzukommen?"

„Mit den Leckerlis natürlich", beginnen sich die Gesichtszüge der Frau zu entspannen, da sie ihren Kater in Sicherheit gebracht hat. „Gott sei Dank habe ich ihn wieder, meinen Sindbad", ist sie erleichtert, klopft mit der flachen Hand sachte auf den Tisch und der Kater gesellt sich zu ihr.

Sie krault ihn hinter den Ohren, während er nasse Katzenbussis auf ihrer Wange verteilt. Diana könnte ihr noch stundenlang zuschauen. Die Frau erwähnt mit keinem weiteren Wort die Leiche, die sie heute Morgen gefunden hat. Das Wohlergehen ihres Haustiers liegt ihr mehr am Herzen, wofür Diana volles Verständnis hat.

„Brauchen Sie professionelle Unterstützung, um das Geschehene zu verarbeiten?", mischt sich plötzlich Siebert ein und wirbelt den Ablauf des Gesprächs durcheinander.

Als ob diese rüstige Dame, auch wenn sie sich ab und an auf einen Stock stützen muss, Hilfe benötigen würde.

„Ich darf doch wohl bitten", ist sie empört, dass er ihr ihre geistige Zurechnungsfähigkeit soeben in Abrede gestellt hat. „Ich bin gelernte Krankenschwester. Ich kann Ihnen Geschichten erzählen, davon würden Sie sich nicht mehr erholen", erklärt sie bestimmend und bittet Franz, doch lieber ein Keks zu nehmen.

In diesem Moment entsinnt sich Diana der Geschichte von Hänsel und Gretel. Die Dame fühlt sich in der Rolle der Hexe sichtlich wohl. Und Hänsel wird jetzt noch ein wenig gemästet. Viel fehlt ja nicht mehr, um den Siebert in den Ofen zu schieben, schmunzelt Diana.

„Wozu ermitteln Sie eigentlich? Wenn jemand so von der Decke hängt, kann es nur Selbstmord gewesen sein", hört sie Frau Weiss sagen und sieht sie entgeistert an.

„Der Bruder meiner Schwägerin hat sich umgebracht. Er hat am Dachboden gebaumelt", antwortet sie auf Dianas Blick.

Franz führt seine Faust zu seinem Mund und räuspert sich lautstark. Hänsel hat sich am Keks verschluckt, oh, welch ein Jammer, denkt sich Diana und pumpert ihm ein paar Mal fest auf den Rücken.

„Geht wieder?“, möchte sie wissen, ob sie nachlegen soll.

Dankend winkt er ab und trinkt den Kaffee auf einen Sitz aus.

„Frau Weiss, war sonst noch jemand auf der Straße?“, verfolgt Diana ihr Ziel, die Befragung nicht in die Länge zu ziehen.

„Nein, ich habe sonst niemanden gesehen. Ich habe danach so schnell ich konnte die Polizei verständigt, aber es hat sehr lange gebraucht, bis jemand gekommen ist … finde ich“, fügt sie noch hinzu, während sie ihren Kater streichelt.

„Das kann an einem Samstag schon mal dauern. Außerdem war keine Gefahr im Verzug“, ersucht die Kommissarin um Verständnis und bedankt sich für ihre Umsicht. „Wenn Ihnen noch etwas einfällt, melden Sie sich bitte bei uns“, schiebt sie der alten Dame ihre Visitenkarte über den Tisch.

Sindbad lehnt sich neugierig nach vorne und schnuppert daran. Dabei berührt er mit seinem Näschen Dianas Finger.

„Du kleiner Ausreißer“, sagt sie, als sie ihm über den Kopf streicht. „Pass auf dein Frauchen auf“, ordnet sie an und erhebt sich.

Siebert tut es ihr gleich. Sie bedanken sich für die Zeit und die Gastfreundschaft und verabschieden sich.

Samstag, 23. November 2019, 10:46 Uhr

Sputnik ist mit seiner Arbeit fertig. Wie gewohnt hat er mit seinem Kollegen alle Informationen und Bilder protokolliert. Nun räumen sie das Feld und überlassen dem Bestattungsunternehmen den Abtransport der Leiche. Mehr ist für die Spurensicherung jetzt nicht zu tun.

Die Nachbarn, die Diana und Franz in der Zwischenzeit befragt haben, waren keine Hilfe. Sie haben weder etwas gesehen noch gehört. Aber Diana hat in der Brieftasche des Toten die Visitenkarte einer Ringana-Frischepartnerin entdeckt, die sich hier in den Auen befindet. Die möchte sie unbedingt noch aufsuchen.

An dem Haus, das zu der Adresse gehört, erblicken sie auf dem Schild die Nachnamen Gregoritsch und Weber. Es scheinen hier zwei Parteien zu wohnen, aber der Nachname des Toten steht definitiv nicht drauf.

Diana muss dreimal läuten, bis jemand die Tür öffnet. Eine junge Frau, völlig verschlafen und im Bademantel, blinzelt durch den Türspalt.

„Guten Morgen, Kripo Villach“, sagt Diana mit einer angenehmen Stimme, um sie nicht zu erschrecken.

Die Kommissarin wird dabei von Franz unterbrochen, der der Frau seinen Ausweis unter die Nase reibt.

„Was ist passiert?“, ist sie plötzlich putzmunter.

„Wie heißen Sie?“, möchte Diana zuerst wissen.

„Miriam Weber“, stellt sie sich heiser vor und wirkt angespannt.

„Kennen Sie einen Mann namens Jan Hinteregger?“

Sie nickt und schluckt einen Kloß hinunter.

„In welcher Beziehung stehen Sie zu ihm?“, recherchiert Diana weiter, während Siebi von einem Fuß auf den anderen tritt, da er von der Kälte schon kalte Zehen bekommen hat.

„Er ist mein Freund“, wird ihre Stimme leiser, obwohl sie noch nichts Genaues weiß, aber Schlimmes befürchtet.

„Dürfen wir kurz reinkommen, um das mit Ihnen zu besprechen?“, fragt Diana.

Zitternd gewährt sie den beiden Einlass und führt sie ins Wohnzimmer. Diana sticht sofort ein Bild ins Auge, auf dem die junge Frau und Jan einander unter einem Baum küssen.

„Darf ich Ihnen was zum Trinken anbieten?“, fragt sie zaghaft, da sie mit diesem Besuch nicht gerechnet hat. Schon gar nicht um diese Uhrzeit.

„Nein, danke. Setzen Sie sich bitte zu uns“, beginnt Diana, um ihr die traurige Nachricht so schonend wie möglich beizubringen. „Ihr Freund Jan wurde …“

„Was hat er jetzt schon wieder angestellt?“, entfährt es Miriam und sie klingt verzweifelt, ja, fast erschöpft, als ob sie die Erziehungsberechtigte von Jan wäre und der junge Mann schon wieder etwas ausgefressen hat.

Doch bevor Diana ihr mitteilt, was tatsächlich passiert ist, möchte sie mehr über ihre Andeutung erfahren. Oft fällt es den Angehörigen schwer, nach der Todesnachricht klar zu denken, da sie meistens unter Schock stehen und nur noch von ihren Gefühlen geleitet werden. Im Nachhinein werden dann Behauptungen und Aussagen widerrufen und das erleichtert nicht die Suche nach dem Täter.

Dass Sputnik von einem Selbstmord überzeugt ist, hat Diana bereits ausgeblendet. Sie geht von einem Gewaltverbrechen aus, bis das Gegenteil bewiesen wurde.

„Was hat er denn schon alles angestellt?“, hakt Diana nach und merkt, wie sich die Gesichtszüge der Frau ändern.

„Mir wäre es lieber, wenn Sie mich nicht danach fragen, da ich nicht gerne darüber spreche. Aber ich denke, es hat etwas damit zu tun, warum Sie mich aufgesucht haben.“

Eine kurze Pause entsteht. Diana wartet ab. Es fällt Miriam sichtlich schwer, über die Fehltritte ihres Freundes zu sprechen.

„Ich habe ihn erwischt, wie er sich heimlich bunte Pillen eingeworfen hat.“

„Welche Art von Pillen?“, wird Diana hellhörig.

„Irgendetwas Neues aus dem Osten, hat er gesagt.“

„Und Sie haben nichts dagegen unternommen?“

„Was hätte ich denn tun sollen? Ich bin nicht seine Mutter, nur seine Freundin“, merkt sie an. „Ich war völlig schockiert und habe ihm eine Szene gemacht. Er hat mir versprochen, die Finger von dem Zeug zu lassen, aber ich kann nicht mit völliger Sicherheit sagen, dass er es nicht mehr getan hat. Und wir hatten nicht nur deswegen Streit.“

„Wegen was noch?“

„Vor allem wegen Chipsy.“

„Chipsy?“, meldet sich Franz.

„Ja, meine Hündin, ein süßes Havaneser-Mädchen.“

„Was war mit der Hündin?“

„Wenn ich Nachtschicht habe, muss sie mindestens einmal in der Nacht nach draußen. Ich habe Jan gebeten, das zu übernehmen.“

„Und, hat er es getan?“

„Ja, hat er, aber Chipsy war in der letzten Zeit in der Früh immer verstört und ich habe das Gefühl, sie möchte mit Jan gar nicht mehr

Gassi gehen. Sie sträubt sich seit ein paar Tagen und versteckt sich, wenn sie ihn sieht."

„Wo ist Chipsy jetzt?"

„In meinem Büro, dort hat sie ihr Kuschelbettchen, wo sie sich gerade ausruht. Ich habe sie heute Morgen auf der Türschwelle sitzend gefunden, als ich nach Hause kam, und weit und breit war kein Jan zu entdecken."

„Sie hatten heute Nachtschicht?", schlussfolgert Diana.

Miriam nickt.

„Ich arbeite gleich um die Ecke bei Infineon. Ich bin erst um halb sieben nach Hause gekommen", gibt sie ungefragt Auskunft.

Das heißt, Miriam hat ein wasserdichtes Alibi. Dann kann Diana sie aus dem Kreis der Verdächtigen ausschließen. Auf Nachfrage hin wird die Firma das sicher bestätigen, hat Diana im Gefühl.

„Und Sie haben sich nicht gewundert, dass er nicht hier ist?"

„Nein, er ist öfters am Wochenende mit seinen Kollegen unterwegs. Da bleibt es ihm überlassen, wann er mit Chipsy die Runde dreht. Ich habe mir gedacht, dass sie ihm ausgekommen ist, da sie nicht mehr gerne mit ihm spazieren geht", gibt sie zu verstehen und verknotet ihre Finger ineinander.

„Haben Sie nicht versucht, ihn zu erreichen?"

„Natürlich. Aber sein Handy ist ausgeschaltet. Ich kann mir nur vorstellen, dass er wieder auf einem Trip ist und bei irgendeinem seiner Freunde schläft", spricht sie ihre Vermutung laut aus.

Diana rutscht nach vorne und sieht ihr nun direkt in die Augen.

„Wir haben sein Handy gefunden", beginnt sie.

Nun hält Miriam die Luft an.

„Und ihn auch", macht Diana eine kurze Pause, bevor sie ihr die Hiobsbotschaft überbringt. „Er ist tot", sagt sie ohne Änderung ihrer Sprechweise. Keine Betonung, kein Mitleid, kein sonderliches Beben in ihrer Stimme ist zu vernehmen.

Miriam reißt ihren Mund auf und es scheint, als ob sie etwas sagen möchte, aber es kommt ihr nichts über die Lippen, nur ihre Augen werden groß. Diana beobachtet ihre Reaktion genau. Vielleicht kippt sie um und braucht ihre Hilfe.

„Hatte er eine Überdosis?", klingt sie besorgt.

„Das wissen wir nicht. Die Untersuchungen laufen noch", antwortet Diana ganz ruhig, doch als sie merkt, dass Miriam langsam in die Schockphase eintritt, stellt sie schnell noch eine Frage.

„Wie lange sind Sie schon ein Paar?"

„Wir kennen uns erst seit vier Monaten. Wir wohnen auch nicht zusammen. Er übernachtet zeitweise bei mir und bei einem Bankerkollegen."

„Wem gehört diese Wohnung?"

„Mir. Die habe ich von meiner Oma geerbt."

„Wer wohnt über Ihnen?", lässt sich Diana von ihrem kriminalistischen Spürsinn nicht abbringen.

„Meine Schwester und ihr Mann."

„Sind sie zu Hause?"

„Nein, sie sind in den Flitterwochen auf Fuerteventura."

„Wo lebt Jans Familie?", schreitet Diana zügig voran.

„Er kommt aus dem Waldviertel. Seine Arbeit hat ihn nach Kärnten gebracht."

„Kennen Sie seine Eltern?"

Miriam verneint.

„Angeblich haben sie kein gutes Verhältnis."

„Was macht Jan beruflich?"

„Er arbeitet als Investmentbanker bei der Kärntner Sparkasse in der Moritschstraße."

Bei dem Wort „Investmentbanker" schrillen bei Diana die Alarmglocken, da sie aus eigener Erfahrung weiß, wie viele von ihnen nur auf Abzocke aus sind. Vielleicht hat der junge Mann jemanden über den Tisch gezogen oder ein hochgepriesener Aktienfonds hat nicht gut performt, Fremdwährungsdeals könnten in die Binsen gegangen sein und Kunden ihre Rücklagen für die Pension verloren haben. Alles Motive, die zu solch einer Tat führen können, grenzt Diana geistig den Kreis der Verdächtigen ein.

„Gut, das reicht mir vorerst. Wir melden uns, wenn wir mehr wissen", erhebt sie sich und erwähnt mit keinem Wort den Verdacht auf Selbstmord.

Wenn Miriam einen Abschiedsbrief gefunden hätte, hätte sie das von Anfang an ausgeplaudert.

Diana gibt ihr eine Visitenkarte.

„Kommen Sie zurecht?", erkundigt sie sich.

Die junge Frau zuckt nur mit den Schultern.

„Sie können mich jederzeit anrufen, wenn Sie professionelle Unterstützung brauchen", bietet sie ihre Hilfe an.

Als sie die Haustür öffnet und Siebert als Erster nach draußen geht, dreht er sich noch einmal um.

„Halten Sie sich für weitere Fragen zur Verfügung", klingt es eher nach einer Drohung als nach einem höflichen Hinweis, dass ziemlich sicher noch eine Befragung auf sie zukommt.

Diana ignoriert ihren unsensiblen Kollegen und schenkt ihre Aufmerksamkeit stattdessen Miriam.

„Darf ich noch kurz nach Ihrer Hündin sehen?"

Der Wunsch kommt für Miriam überraschend, aber sie stimmt zu. Als Diana im Türrahmen kehrtmacht, lässt sie die Tür ins Schloss fallen, damit ihr Franz nicht folgt. Er kann mit Tieren sowieso nichts anfangen, daher kann er ruhig ein paar Minuten in der Kälte ausharren.

Miriam bringt die Kommissarin in ihr Büro. Ein wuscheliger Kopf hebt sich von den kleinen Pfötchen und blickt Diana verschreckt an. Sie kniet sich hin und streckt ihm die flache Hand entgegen. Zögernd schnuppert Chipsy daran und beginnt zu fiepsen.

„Chipsy mag Sie."

Diana streicht über den Rücken der Hündin und bemerkt, wie sie zusammenzuckt. Sie drückt leicht auf die Stelle und Chipsy gibt einen weinerlichen Laut von sich. Diana glaubt, zu wissen, was der Tote für ein Tierfreund war. Danach streicht sie weiter bis zur Schwanzspitze und merkt, dass das Ende geknickt ist.

„Haben Sie das schon gesehen?"

„Was?", kommt Miriam näher. „Der Schwanz ist ja angebrochen!", stellt sie fassungslos fest.

Diana pflichtet ihr bei und ihre Hände führen sie instinktiv zu den Vorderpfoten. Ein Blick auf die Ballen reicht, um zu wissen, dass der Typ nicht zimperlich mit Chipsy umgegangen ist. Sie sind aufgerissen und blutige Krusten ziehen sich über die Unterseite der Pfoten. Das blanke Entsetzen hat sich in Miriams Gesicht ausgebreitet.

„Sie müssen mit Ihrer Hündin zum Arzt, und zwar sofort. Hoffentlich hat sie keine inneren Verletzungen", merkt Diana an, bevor auch sie das Haus verlässt.

Sonntag, 24. November 2019, 04:31 Uhr

Das Handy klingelt und vibriert zugleich. Dianas Hand kommt unter der Bettdecke hervor und tappt im Dunkeln umher. Wo hat sie es bloß hingelegt? Haben die Katzen schon wieder damit gespielt und es hinuntergeschmissen?

Das Smartphone leuchtet ihr in der Tat vom Boden aus entgegen. Sie drückt den grünen Button und legt das Telefon auf ihr Ohr.

„Ja“, stöhnt sie noch völlig verschlafen.

„Mr. Hyde is calling“, säuselt eine Stimme, die man im ersten Moment keinem Mann, sondern eher einer Frau mit Bart beim Songcontest-Finale zuschreiben würde. „Dr. Jekyll ist jetzt bereit.“

„Wie spät ist es?“

„Halb vier“, sagt er in einer ruhigen Tonlage.

„Halb vier? In der Früh?“, wiederholt Diana fast kreischend, dass ihr Kater Columbo erschrocken hochfährt und das Weite sucht.

Sherlock scheint entspannter zu sein. Er öffnet ein Auge, checkt die Situation, ob es gefährlich werden könnte, und schließt es sogleich wieder, da es nichts gibt, das einen Rückzug aus dem kuscheligen Bett rechtfertigen würde. Er streckt seine Vorderpfoten aus und beginnt zu schnurren. Diana flucht in ihren Kopfpolster. Es ist Sonntagmorgen und genau heute hat der Chefpathologe Zeit.

Mit lautem Murren stupst sie Sherlock leicht an, damit er seinen Schlafplatz wechselt und sie aufstehen kann. Während sie aus dem Bett krallt, wählt sie Sputniks Nummer. Aber er hebt nicht ab. Sie versucht es noch einmal.

„Du musst ja wirklich verrückt nach mir sein, dass du es keinen Tag ohne mich aushältst", brummt er ins Telefon.

„Ja genau, du Womanizer. Pack dir eine Jause ein. Dr. Jekyll ist bereit für den Aufschnitt", versucht Diana, die Situation ein wenig aufzulockern, da sie weiß, wie heilig Sputnik sein Schlaf ist.

„Du meinst, er tranchiert unseren mutmaßlichen Selbstmordmann?"

„Bei unserem Treffpunkt in zehn Minuten?", hätte sie von ihm gerne eine Bestätigung, aber Sputnik legt kommentarlos auf.

Das reicht ihr als Zustimmung. Jetzt muss sie sich beeilen. Schnell zieht sie sich an. Zeit für ein Frühstück bleibt ihr nicht. Dafür wäre es ohnehin zu früh. Sie schnappt sich einen Proteinriegel, ihre Schlüssel und sprintet aus der Wohnung. Sie muss einige Meter zurücklegen, bis sie die Bushaltestelle beim Vassacher See erreicht. Außer Atem hastet sie über die Straße zu ihrem Treffpunkt, bei dem er sie immer abholt. Das macht Sinn, da Sputnik in Lind zu Hause ist. Ein Hupen ertönt. Da ist er auch schon. Diana springt ins Auto.

„Guten Morgen, Sputnik. Auch schon wach?", ärgert sie ihn und bekommt nur ein leises Grummeln zu hören.

Sputnik ist ein Morgenmuffel und obendrein ein eher entspannter Fahrer mit Hut. Als ob dieses tolle Gefährt nicht genug PS hätte. Diana könnte ihn jedes Mal aus dem Auto zerren, aber sie reißt sich auch heute zusammen. Doch er bemerkt, dass sie auf ihrem Sitz unruhig hin und her rutscht.

„Fahre ich dir wieder zu langsam?"

„Ja, Opi, wie immer um diese Uhrzeit."

„Wenn du dich unwohl fühlst, können wir auch gerne das Blaulicht einschalten, dann sind wir schneller. Vor allem jetzt, wo wir in die Stoßzeit kommen“, bietet er ihr an.

„Ja, das machen wir“, ist sie von seinem Vorschlag begeistert und ignoriert seinen Sarkasmus. „Wie das letzte Mal, als Siebert und ich die Verfolgungsjagd hatten. Da hat er sich fast in sein Höschen gemacht, als die Tachonadel bei 230 km/h stecken geblieben ist.“

„Die Kollegen der Streife werden das schon verstehen.“

„Genau, wir sind ja amtsbekannt“, stimmt sie ihm zu.

„Diana, wir haben keinen Notfall. Und wir müssen nicht gleich springen, wenn der Aufschneider ruft.“

„Du hast ja recht“, pflichtet sie ihm bei und wundert sich, warum gerade jetzt wieder dieses komische Gefühl auftaucht. Ein Gefühl, das Dr. Jekyll betrifft. Was es genau ist, kann sie nicht zuordnen. Das ist auch kein Wunder, da sie nur wenig über ihn weiß. Sie kann ihn auch schwer einschätzen.

Das wird jedenfalls eine lange Fahrt nach Klagenfurt, ist sie sich sicher, beißt genüsslich in den Riegel und erinnert sich wieder an Sindbad, den miauenden Leichenschänder.

„Hast du bei dem Gehängten Haare von einer Katze gefunden?“, stellt sie schmatzend ihre Frage, da sie neugierig auf den Befund ist.

„Ja, am Sakko waren Tierhaare.“

„Ist dir auch noch etwas anderes aufgefallen? Zum Beispiel kleine Löcher in der Hose?“

„Nein“, runzelt er die Stirn. „Du weißt schon wieder etwas, was ich nicht weiß. Raus mit der Sprache“, fordert er sie auf, ihn nicht länger auf die Folter zu spannen.

„Stell dir vor, der alten Dame, die uns benachrichtigt hat, gehört ein schwarzer Kater, der ihrer Aussage nach auf die Leiche gesprungen ist und mit seiner Pfote an der Hosentasche gekratzt hat.“

„Ein Mordskater?“, prustet er los. Dabei reduziert sich die Geschwindigkeit noch mehr. Multitasking ist nicht jedermanns Sache. „Ich sehe schon die Schlagzeile in der Klatschpresse: ‚Ein Kater, ein Mord'."

Damit handelt er sich einen Seitenhieb von Diana ein.

„Der Kater ist nicht der Mörder, du Scherzkeks. Wenn Hauskatzen Menschen töten könnten, würden sie das viel subtiler machen. Außerdem würden sie nicht mehr zum Ort des Geschehens zurückkehren. Die sind doch nicht blöd!", offenbart Diana ihre These.

„Klar, sie würden ihre Beute sofort verspeisen. Keine Leiche, kein Mörder. Ganz einfach und wir wären von heute auf morgen arbeitslos. Sehr subtil."

„Deine Galle würde sie in einem hohen Bogen wieder ausspucken", trifft Dianas Faust Sputniks Oberarm.

„Okay, okay, du böses Luder", hält er eine Hand auf die Stelle, die Diana soeben getroffen hat. „Lass mal hören. Wie würden die Katzen es anstellen? Den perfekten Mord."

„Sie würden dich jeden Tag mit ihrem Blick und ihrem erbärmlichen Miauen geißeln, bis du tot umfällst. Und das Schlimme daran, du bekommst es gar nicht mit, da du davon ausgehst, dass die Katze arm ist, und du alles tust, um sie zufriedenzustellen. Aber das Miauen hört nicht auf."

„Danke für den Hinweis und gut, dass wir beide Katzen haben. Es kann also nicht mehr lange dauern, bis wir das Zeitliche segnen", beginnt er, mit den Augen zu schielen und komische Geräusche von sich zu geben.

Diana reagiert nicht auf seine Blödeleien, sondern führt ihre Annahmen zu dem Todesfall weiter aus.

„Ich glaube, der Kater wollte auf etwas aufmerksam machen."

„Auf was?", klingt Sputniks Stimme wieder ernsthaft.

„Keine Ahnung."

Kurzzeitig ist es still zwischen den beiden.

„Ich hab's!", ruft er laut aus.

„Nachdem er die Leiche entdeckt hat, wollte er sich den Finderlohn sichern."

„Ja, genau. Meinst du, sollen wir jedem, der eine Leiche findet, einen Finderlohn zahlen?"

„Nein, setz den Leuten bloß nicht solche Flausen in den Kopf. Dann hab ich noch mehr Arbeit als ohnehin schon. Aber wir könnten die Leichen, die wir finden, vergraben und damit Geld verdienen. Ähnlich wie beim Geocaching. Das ist eine absolute Marktlücke", geht seine Fantasie mit ihm durch.

„Oh, Sputnik. Nur du hast solch grandiose Geistesblitze. Konzentrier dich lieber aufs Fahren, bevor wir ganz zum Erliegen kommen und ich aussteigen und schieben muss", stellt sie fest und streichelt ihm zärtlich über die Schulter. „Gib schon Gas", lacht sie und steckt sich das letzte Stück ihres Powerriegels in den Mund.

Sonntag, 24. November 2019, 05:16 Uhr

Die große weiße Tür wird geöffnet. Dr. Bernd Gärtner alias Mr. Hyde, ein kleiner, hagerer Typ mit einer dicken Hornbrille, grinst ihnen mit seinem Diastema entgegen.

„Dr. Jekyll wollte schon ohne euch anfangen."

„Geduld ist nicht seine Stärke", rutscht es Diana heraus und sie versucht, ihre Aussage mit einem Lächeln rückgängig zu machen. Dr. Heribert Kalt hat einen großen Erfahrungsschatz, von dem sie profitieren kann, auch wenn er ihr nicht zu Gesicht steht.

Beide folgen Mr. Hyde durch den hell gefliesten Flur. Er öffnet eine weitere weiße Türe und sie treten in den großen Raum ein, der bestialisch nach Leiche und Lösungsmitteln riecht. In London hat sich Diana an diesen beißenden Geruch gewöhnt, der sich unauffällig in die Kleidung frisst und im Mund verteilt, um sich anschließend in der Lunge festzusetzen.

Auch heute Morgen bietet sich ihr ein vertrautes Bild. Die Leiche liegt zugedeckt auf dem Tisch, für die Obduktion bereit. Der Chefpathologe ist mit dem Rücken zu ihnen gewandt, während er in Unterlagen blättert.

„Guten Morgen", ist seine tiefe Stimme zu vernehmen. „Die Villacher sind schon wieder zu spät. Kein Wunder, dass euch beim

Eishockey der Meistertitel verwehrt bleibt. Da müsst ihr schon früher aufstehen", folgt ein hämisches Lachen.

„Na ja, dafür haben wir Humor, der euch wohl leider nicht in die Wiege gelegt wurde", kontert die Kommissarin unüberlegt und erntet einen Bodycheck von Sputnik, der ihr kaum merklich mit einem Kopfnicken zustimmt.

Dr. Jekyll dreht sich um und sie sieht ihm nun direkt in seine stechend blauen Augen. Er macht keine Anstalten, zum Gegenschlag auszuholen. Nein, er starrt sie nur an. Wahrscheinlich fällt ihm nichts mehr ein, glaubt Diana und fühlt sich überlegen. Sie hält dem Blick stand, während er sie mustert. Ob er Kontaktlinsen trägt? So wasserstoffblaue Augen kann man von Natur aus doch nicht haben. Aber diese Vermutung verwirft sie gleich wieder. Es wäre sicher störend bei seiner Arbeit, tagtäglich mit getönten Linsen herumzulaufen. Da gefällt ihr doch eher der Gedanke, dass er seine Iris gebleicht hat. Zugang zu den dazu nötigen Mitteln hätte er. Und zuzutrauen ist es ihm auch, so abgebrüht, wie er oft agiert. Aber das ist normal im Umgang mit Leichen, besinnt sie sich. Wenn er da nicht einen Schalter im Kopf hätte, um seine Gefühle auszuknipsen, könnte er seinen Job nicht machen. Für ihn ist eine Leiche nur eine Sache. Nichts weiter. Eine Sache, die erledigt werden muss. Und das wird er jetzt auch tun.

„Beginnen wir", weist er alle an, die Plätze einzunehmen.

Mr. Hyde positioniert einen schmalen Rollwagen mit den Habseligkeiten des Toten neben sich. Sputnik zieht seine Mappe aus der Tasche und gesellt sich zu Diana, die bereits den Fotoapparat in den Händen hält. Normalerweise wäre das die Aufgabe von Sputniks Assistenten, aber sie hat sich bereit erklärt, seine Arbeit zu übernehmen, damit sie dabei sein kann. Außerdem reduzieren sich dadurch die Personalkosten.

Dr. Jekyll befreit die Leiche von dem weißen Leintuch.

„Oh mein Gott", entfährt es Diana und sie starrt auf den Penis des Toten.

„Diana, so was hast du auch noch nicht gesehen", gluckst Mr. Hyde und zeigt mit dem Kugelschreiber darauf.

„Ein Penisring? Er läuft mit einem Penisring durch die Gegend?"

Sputnik räuspert sich und kann auch kaum glauben, was er gerade zu Gesicht bekommt.

„Das war eindeutig nicht die Todesursache", merkt Dr. Jekyll trocken an.

Seine kühlen Kommentare erzeugen eine schaurige Stimmung und verfehlen nicht ihre Wirkung. Plötzlich wird es ganz still in dem Raum. Er möchte bei seiner Arbeit nicht durch Gequatsche gestört werden. Dr. Jekyll hat seine eigene Vorgehensweise, wie er einen leblosen Körper zum Singen bringt. Als Erstes schaltet er seinen CD-Player ein, um den Traum aller Schwiegermütter in Perchten-Boots trällern zu lassen. Sein neuestes Lied „Ich halt zu dir" erklingt. Wie passend zu dem schlaffen Penis mit dem Ring, der in diesem Moment überdimensional wirkt.

Zunächst fasst Dr. Kalt auf den Kopf des Toten und streicht ihm über die Haare. Nun inspiziert er jede Gesichtshälfte genau. Mr. Hyde reicht ihm einen Kieferöffner, der an eine Wimpernzange erinnert und den er umgehend im Mund des Toten platziert. Ein lautes Knacksen folgt und plötzlich hängt das Unterkiefer herunter. Zwei Finger schiebt er in die Mundhöhle. Er drückt seine Hand noch tiefer hinein. Eigentlich müsste er mit seinen Fingern bereits im Rachen angelangt sein. Was will er bloß dort? Gebannt schauen sechs Augenpaare auf die Ausführungen des Arztes. Er rührt im Mund herum, als ob er Glücksfee spielt und ein Los aus dem Topf ziehen darf. Angestrengt sieht er über den schwarzen Brillenrand nach oben an die Decke, während seine Finger irgendetwas aus der Speiseröhre des Leichnams fischen. Mit einem Mal hält er still. Langsam zieht er seine Hand wieder heraus und zwischen seinen Fingern hängt ein kleines zerknülltes und eingespeicheltes Stück Papier. Staunend sehen die Anwesenden darauf.

Behutsam öffnet er das Papier und beginnt zu lesen. Nur für sich. Er lässt keinen sonst an dieser Information teilhaben. Das ist typisch für ihn. Diana kann sich daran einfach nicht gewöhnen. Sie möchte alle sachdienlichen Hinweise sofort bekommen und die Spur verfolgen. Seine Devise hingegen lautet „Zusehen und lernen".

Er legt den Zettel auf das Tableau, klappt die herunterhängende Kinnlade zu und beäugt den Hals des Toten. Mit einem Finger fährt er die Striemen nach, die wahrscheinlich zum Tod geführt haben. Mit einem leichten Ruck schiebt er seine Hand in den Nacken und tastet die Wirbel einzeln ab. Danach lässt er das Kinn los und augenblicklich schnalzt das Kiefer wieder auf. Nun widmet er sich dem zerkratzten Brustkorb und streicht mit der Hand behutsam darüber, als ob er ihn liebkosen wolle. Ein Finger versucht, die kleinen Hautfetzen auf die Seite zu schieben, um zu erkennen, wie tief die Kratzspuren sind. Danach entfernt er mit einer Spachtel den Dreck unter den Fingernägeln und gibt ihn in eine Petrischale, um das bräunlich rote Häufchen genauer zu betrachten.

Sputnik verzieht seine Miene. Er hat die Proben bereits am Tatort genommen und hier in der Pathologie deponiert. Leicht schüttelt er seinen Kopf und Diana merkt, dass er sich über das Verhalten des Chefpathologen ärgert.

„Ach, du meine Güte", hätte Diana jetzt am liebsten laut ausgesprochen. Sindbad hat tatsächlich Spuren hinterlassen. Sie zwickt Sputnik in den Unterarm und zeigt mit dem Finger auf den linken Oberschenkel des Toten. Sputnik kneift seine Augen zusammen. Die alte Dame hat die Wahrheit gesagt. Auf dem Oberschenkel befinden sich rote Punkte, die von dem Kater stammen könnten. Diana ist sich sicher, dass sich das so zugetragen hat. Nur, was hat der Kater an dieser Stelle gesucht? Was hat ihn angezogen, dass er auf den Leichnam gesprungen ist?

Die Kriminologin ist so mit diesen Fragen beschäftigt, dass sie nicht mehr auf Dr. Jekyll achtet, der bereits bei dem Geschlechtsteil des Toten angekommen ist.

Er nimmt den Penis zwischen zwei Finger und begutachtet ihn. Galant führt er seine Nase bis zum Schaft des toten Mannes, der an dieser Stelle kahl rasiert ist. Plötzlich beginnen seine Nasenflügel zu zucken. Er scheint drauf und dran, zuzubeißen, so nahe ist er dem Schwengel. Sputnik wendet seinen Blick ab. Diana wartet gespannt darauf, ob er vielleicht auch noch eine Kostprobe nehmen wird, um zu testen, ob daran Sperma haftet oder nicht. In diesen Momenten würde sie gerne mit Sputnik und Mr. Hyde Wetten abschließen, aber Dr. Jekyll kann es nicht ausstehen, wenn während seiner ersten Inspektion eines leblosen Körpers gesprochen wird. Er ist da völlig in seinem Element und möchte nicht durch unnötige Fragen und Kommentare gestört werden, hat er Diana bei der ersten Begegnung eine Standpauke gehalten, als sie ihren Senf dazugegeben hat. Mit ihrer direkten Art manövrierte sie sich damals schnurstracks auf die Ersatzbank. Nur schwer kam sie wieder aufs Spielfeld zurück. Ihre Teilnahme an den Obduktionen stand auf der Kippe. Wenn nicht ihr Chef ein gutes Wort eingelegt hätte, dürfte sie heute gar nicht mehr dabei sein. Die Kommissarin verhielt sich ab diesem Zeitpunkt angemessener in Dr. Kalts Gegenwart. Noch einmal wollte sie ihr Privileg nicht aufs Spiel setzen.

„Dr. Gärtner, schalten Sie das Licht aus", knarzt er wie alte Holzdielen, die bereits von Würmern zerfressen sind. Oder wie die Leichen, wenn er sein Tempo nicht erhöht und sie noch länger auf seinen Tischen herumliegen. Als ob es ihn antörnt, lange an ihnen herumzuwerken. Vielleicht hätte er Fleischermeister werden sollen, dann könnte er noch ein Beil benutzen, um die Knochen abzuhacken, falls er das nicht längst getan hat. Wer weiß, was bei diesem Doktor schon alles auf dem Tisch gelegen ist.

Während Mr. Hyde das Licht dimmt, greift Dr. Jekyll nach einer Lampe hinter sich und hält sie in die Genitalregion des Mannes. Unter dem Schwarzlicht treten kleine Flecken in Erscheinung.

„Sperma klebt nicht an seinem kleinen Prinzen. Aber dafür Blut", nimmt er einen Wattebausch, um von den Tropfen eine Probe zu nehmen. „Interessant. Wir prüfen, ob das sein Blut ist."

„Wahrscheinlich schon", mutmaßt Mr. Hyde, als er auf dem Penisring noch weitere Spuren sichtet. „Vielleicht hat er zu schroff gerubbelt", erlaubt er sich, eine These aufzustellen.

„Auch ein guter Seemann sticht gerne ins Rote Meer, würde ich meinen", wagt Sputnik, ebenfalls einen Kommentar abzugeben.

Dr. Jekyll hält kurz inne, ignoriert aber die Aussagen und führt seine Arbeit fort. Als Mr. Hyde die Lampe ablegt und sich der Raum wieder erhellt, begutachtet Dr. Jekyll noch die Beine des Toten. Dabei entdeckt er die Einstiche, die der Kater verursacht hat. Er wirft nur einen kurzen Blick darauf und dreht sich zu seinem CD-Player, um Hansi zum Schweigen zu bringen. Der blonde Herzensbrecher gibt noch einen letzten Pieps von sich, bevor rundherum alles in Stille versinkt. Der Rechtsmediziner räuspert sich und geht wieder zu den anderen, die noch immer wie angewurzelt bei dem Leichnam stehen. Sputnik schlägt seinen Notizblock auf, Mr. Hyde hält das Diktiergerät in die Nähe von Dr. Jekylls Mund und Diana steht mit dem Fotoapparat bereit.

„24. November 2019, 06:05 Uhr. Die Obduktion wurde von mir, Dr. Kalt, und meinem Assistenten Dr. Gärtner durchgeführt. Weitere Anwesende im Raum: Frau Neumann, Kripo Villach, und Herr Stauber, Abteilung Kopf und Kragen. Die mikroskopischen Untersuchungen haben ergeben, dass die Leine, mit der Herr Jan Hinteregger erhängt aufgefunden wurde, zu einem Hund gehört. Dessen

Fell ist weiß, vielleicht ein Havaneser oder Pekinese. Die restlichen Haare, die auf seiner Hose gefunden wurden, stammen von einem anderen Tier, vermutlich von einer schwarzen Katze. Ihre Spuren hat sie auch am linken Oberschenkel hinterlassen", erklärt er und zeigt darauf.

Diana knipst ein Foto von der Stelle und diktiert Sputnik die Nummer des Bildes.

„Der Bluterguss am Hals stammt von der Hundeleine. Keine Fremdeinwirkungen sichtbar. Die Kratzspuren auf seiner Brust hat er sich selbst zugefügt. Sie sind nicht allzu tief. Nur sehr oberflächlich, was darauf schließen lässt, dass er sich nur normal gekratzt haben muss. Außerdem hat er Blut und Hautreste unter den Fingernägeln. Neurodermitis sowie Exkoriationen können ausgeschlossen werden, da am ganzen Körper keine Anzeichen dafür vorhanden sind. Die Analyse seines Blutes auf Drogen und Medikamente ist noch ausständig, aber sie wird meine Hypothese bestätigen", legt er eine kurze Pause ein.

Diana hat bereits ein Foto vom Brustkorb gemacht und Sputnik wirft ihr einen dankbaren Blick zu, dass sie, vor allem in den frühen Morgenstunden, die Aufgabe seines Kollegen übernimmt.

„Der Penisring lässt auf eine unterhaltsame Nacht schließen. Keine Anzeichen von sexuellen Übergriffen oder dergleichen, aber Spuren von Blut auf dem Penis des Toten vorhanden. Ein klassischer Selbstmord durch Erhängen", ist sein Fazit und er zeigt auf das Stück Papier, das er vorhin auf das Tablett gelegt hat. „Samt Abschiedsbrief", fügt er hinzu.

Danach weist der Chefpathologe seinen Assistenten mit einer Handbewegung an, das Aufnahmegerät auszuschalten.

„Was steht in dem Abschiedsbrief, dass Sie einen Mord tatsächlich ausschließen können?"

„Zweifeln Sie etwa an meinem Urteilsvermögen?"

Kurz scheint es, als ob Diana ihm Paroli bieten möchte, aber sie gibt vorerst klein bei.

„Nein, natürlich nicht. Mich interessiert nur, warum er sein Leben beendet hat."

„Details, Frau Neumann, belanglose Details."

„Aber genau diese Details sind wichtig, um auch einen möglichen Täter zu überführen", ist sie mit seiner lapidaren Aussage nicht zufrieden und spricht einfach weiter. „Wir wissen, dass die Katze an der Leiche hochgeklettert ist."

„Na, schauen Sie. Da haben Sie ja Ihren Täter. Eine Kamikatze", grunzt er verächtlich.

„Eine Kamikatze?", wiederholt sie seine gewagte Äußerung und wäre ihm jetzt am liebsten ins Gesicht gesprungen. So eine idiotische Meldung, doch Diana ignoriert seinen Anflug von Zynismus und bleibt sachlich. „Der Kater heißt Sindbad und er wird ausschließlich im Haus gehalten, außer er büxt aus, wie er es an diesem Morgen getan hat", klingt sie genervt.

„Was kümmert mich, wie der Kater heißt", wird er ungehalten und Diana weiß, dass sie die aufgeladene Stimmung zwischen ihnen nicht noch mehr aufheizen darf.

„Ich bin dafür, dass es Selbstmord war", mischt sich Mr. Hyde plötzlich ein, um dieser Diskussion ein Ende zu bereiten.

„Warum bist *du* dir da auch so sicher?", durchdringt Dianas Stimme die kurz aufgetretene Stille.

„Ganz einfach. Wir hatten schon länger keinen mehr", antwortet er kühl. „Weihnachten steht vor der Tür und das wäre eine willkommene Abwechslung", klatscht er in die Hände und freut sich wie ein Erstklässler über die Schultüte.

Der ist auch irre, denkt sie sich heimlich, und sein Spitzname macht ihm alle Ehre, aber sie findet ihn trotzdem sympathischer als den Chef selbst, der nun mit einem gehässigen Lächeln auf seinen Lippen zustimmend nickt.

„Das war's also?", will sich Diana mit der hingerotzten Aussage und seinem mehr als fragwürdigen Gutachten nach wie vor nicht abfinden. „Was soll ich meinem Chef ausrichten? Es war ein Doppelselbstmord. Zuerst hat er sich an seinem Abschiedsbrief verschluckt und dann erhängt. Oder doch umgekehrt?", versucht Diana nun auch, auf sarkastische Weise ihrem Unmut Ausdruck zu verleihen, ruft sich dabei aber ins Gedächtnis, den Bogen nicht zu überspannen.

Mr. Hyde und Sputnik beginnen leise zu lachen.

„Frau Neumann, lernen Sie, zu akzeptieren. Es liegt kein Sexualdelikt oder gar ein Gewaltverbrechen vor. Nur ein Selbstmord", zieht Dr. Jekyll seine Handschuhe aus und wirft sie in den Eimer. „Dr. Gärtner, legen Sie ihn wieder auf Eis. Und, Neumann", betont er ihren Namen diesmal etwas lauter, „Sie informieren den Staatsanwalt."

Mit diesen eiskalten Worten, die sich in ihrem Nacken festkrallen, geht er seines Weges.

Der Obermann hat ihr gerade noch gefehlt. Welch eine Schmach, ihm nun mitteilen zu müssen, dass es sich doch um einen Selbstmord handelt.

Mittwoch, 27. November 2019, 16:30 Uhr

Diana hat sich endlich dazu durchgerungen, einen Termin mit der Polizeipsychologin zu vereinbaren, nachdem schon Mitte Mai eine Order aus dem Innenministerium gekommen ist, dass alle Kommissare zu psychologischen Beratungen verpflichtet sind. Sie hat sich lange dagegen gesträubt, aber die Ermahnung ihres Chefs war überaus deutlich. Wenn es schon sein muss, macht sich Diana einen Jux daraus und nutzt die Gelegenheit, um zu schauen, was die Frau Psychologin auf dem Kasten hat. Vielleicht ist sie ja doch zu etwas zu gebrauchen.

Zeitig an diesem Nachmittag hat sich Diana mit einem Tee im Verhörraum verschanzt. Das ist der beste Ort für ein vertrauliches Gespräch. Obendrein sind schon viele Kollegen auf dem Heimweg und daher können sie hoffentlich ungestört ihre Sitzung abhalten.

Es klopft. Diana wird ein wenig mulmig.

„Herein", sagt sie leise und es klopft noch einmal.

Sie steht auf und öffnet die Türe. Eine hübsche Frau mit blonden, langen Haaren und hellbraunen Augen steht vor ihr, gekleidet in einem kurzen Rock und einem Blazer, unter den Arm eine Aktentasche geklemmt.

„Freut mich, Frau Neumann", reicht sie Diana die Hand. „Ich bin Mag. Eva Nussbaumer."

„Bitte setzen Sie sich“, zeigt Diana auf den Stuhl, der ihrem gegenübersteht, und nimmt ebenfalls wieder Platz.

„Hat es einen bestimmten Grund, dass wir uns im Vernehmungsraum treffen?“

„Für mich sind Gespräche dieser Art wie ein Verhör“, antwortet die Kommissarin unüberlegt.

„Warum empfinden Sie das so?“

„Weil es sich gleich anfühlt. Viele Fragen werden gestellt, die darauf abzielen, immer tiefer und tiefer zu graben und unausgesprochene Themen ans Tageslicht zu bringen. Wie bei einem Verdächtigen, der nicht mit der Wahrheit rausrücken möchte.“

„Ich verstehe. So geht es vielen. Ich möchte nicht, dass Sie das Gefühl haben, alles von sich preisgeben oder ein Geständnis ablegen zu müssen. Vielmehr bin ich dafür da, dass wir beide ungezwungen über Sie und die Themen sprechen, die Sie berühren oder die Ihnen gar Probleme bereiten. Wenn Sie nicht näher auf eine Frage eingehen wollen, nennen Sie mir einfach ein Codewort und wir wechseln das Thema.“

„Ein Codewort?“

„Ja, welches Wort bringt Sie spontan auf andere Gedanken?“

Diana denkt kurz nach.

„Kaugummi.“

„Gut, dann nehmen wir Kaugummi. Über die Schweigepflicht muss ich Sie wahrscheinlich nicht aufklären. Trotzdem: Alles, was Sie hier in diesem Raum sagen, bleibt auch in diesem Raum. Außer Sie erzählen es von sich aus jemandem anders. Aber meine Lippen sind versiegelt.“

Diana nickt zustimmend.

„Wie war Ihr Tag?“, beginnt Mag. Nussbaumer, um locker ins Gespräch einzusteigen.

Es dauert einige Sekunden, bis sie eine Antwort erhält.

„Normal, wie jeder andere Tag, außer dass …"

Diana zögert.

„Lassen Sie sich Zeit."

„Ich weiß nicht, ob ich die habe."

„Wie meinen Sie das?"

„Ich habe das Gefühl, dass es immer stärker wird und wenn ich nicht bald etwas dagegen unternehme, dann …"

„Dann was?"

„Ich bin an einem geheimnisvollen Mord dran, zumindest glaube ich, dass es sich um einen Mord handelt. Meine Kollegen gehen von einem Selbstmord aus und lassen sich davon nicht abbringen."

„Warum das?"

„Wahrscheinlich, weil ich eine Frau bin und zu gefühlsbetont. Zu sehr meiner Intuition vertraue, als mich mit den Fakten abzufinden. Für sie ist das nur ein Hirngespinst."

„Wie kommen Sie darauf?"

„Gestern war ich in der Pathologie. Der Körper des Toten wurde vom Rechtsmediziner fachgerecht untersucht, aber irgendetwas sagt mir, dass ein Detail übersehen wurde", macht sie eine kurze Pause.

Diana findet es befremdlich, die Namen ihrer Kollegen zu erwähnen. Wer weiß, mit wem die Psychologin noch Gespräche führt. Auch wenn sie an die Schweigepflicht gebunden ist, entschließt sich die Kommissarin, es vorsichtshalber nicht zu tun.

„Der Blutbefund ist noch ausständig, aber alle meine Kollegen sind sich sicher, dass sich der junge Mann selbst getötet hat."

„Und Sie sind sich sicher, dass es nicht so ist?"

„Nein, aber irgendwas sagt mir, dass es Fremdverschulden war."

„Wie könnten Sie Ihre Kollegen vom Gegenteil überzeugen?"

„Wenn ich das wüsste, hätte ich es bereits getan. Ich konnte ja nicht einmal meinen Exmann davon überzeugen, dass ich gut in meinem Job bin und das, was ich mache, einer guten Sache dient."

„Was hat Ihr Exmann mit Ihrer Arbeit zu tun?“

„Er war Streifenpolizist und neidig auf meinen Posten.“

„Woran haben Sie das gemerkt? Hat er Ihnen das so gesagt?“

„Er hat mich …“

Augenblicklich hält sie inne. Die Psychologin ist wirklich gut. Zuerst war Diana mit ihren Gedanken noch bei dem Mordfall und hat sich ausgemalt, wie sie die Kollegen umstimmen könnte, und prompt tappt sie in die Falle und wollte ihr von ihrem Exmann erzählen. Doch genau über ihn möchte sie nicht sprechen. Und auch nicht über die Medikamente, die sie damals in London wegen ihm zur Beruhigung verschrieben bekommen und nach dem Unglück mit Michaela wieder gebraucht hat.

„Benutzen Sie ruhig Ihr Codewort, wenn es Ihnen zu viel wird oder zu schnell geht.“

„Nein, nein, das passt schon. Ich bin nur nicht in der Stimmung, über meinen Exmann zu sprechen. Das war alles in einem anderen Leben, das ich hinter mir gelassen habe.“

„Aber es beschäftigt Sie noch.“

Diana sagt nichts.

„Meiner Erfahrung nach ist es nicht leicht, Kapitel aus dem Leben einfach so zu streichen. Eine Ehe geht man nicht leichtfertig ein und für eine Scheidung gibt es meistens gute Gründe. All das vergisst man nicht von heute auf …“, wird sie von einem lauten Klingeln unterbrochen.

Dianas Blick gleitet von der Psychologin zum Display ihres Handys. Da muss sie unbedingt rangehen. Sie bittet höflich um Entschuldigung und hebt ab. Die Arbeit geht vor.

„Informiert die Hundestaffel, ich bin unterwegs“, springt sie auf und reicht Frau Nussbaumer die Hand. „Ich muss zu einem Einsatz“, erklärt sie, als sie aus dem Verhörraum stürmt.

Samstag, 30. November 2019, 08:49 Uhr

An diesem Samstag herrscht ein unglaubliches Gedränge am Wiener Hauptbahnhof. Fahrgäste stehen mit ihrem Gepäck auf dem Bahnsteig oder hetzen im Laufschritt an Diana vorüber, dass ihr ganz schwindlig wird. Hoffentlich wollen sie nicht alle dorthin, wo sie hinmuss.

Sie quetscht sich an einer Menschentraube vorbei, damit sie zu dem Zug kommt, der sie wieder nach Hause bringt. Hastig steigt die Kommissarin in den Waggon ein und nimmt den erstbesten Fensterplatz, den sie kriegen kann. Laut schnauft sie aus und schaut wieder auf ihr Handy. Auf dem Display erscheinen fünf weitere Nachrichten und sieben Anrufe in Abwesenheit. Viel zu viele, findet sie. Angefangen bei ihrer Mutter bis hin zum Bürgermeister. Siebert hat es mittlerweile auch wieder probiert. Er ist außer sich. So wie Diana.

Sie hat ihn bei ihrem letzten Gespräch schon gebeten, Ruhe zu bewahren und erst einmal zu warten, bis sie wieder da ist. Sie nimmt sich des Falls an, sobald sie in Villach ankommt, hat sie ihm eingebläut. Bis ihr Kollege endlich eingelenkt hat, sind der Kommissarin langsam die Ideen ausgegangen, um ihn zu besänftigen. Sein Redeschwall war kaum zu bremsen, seine wildesten Theorien über den Mord völlig aus der Luft gegriffen. Von einer Liebestat aus Eifersucht bis hin zu einem geprellten Callboy war alles dabei, doch nichts davon kann Diana ohne eine Befragung und den genauen Bericht der Gerichtsmedizin verwerten. Zwei Hubba Bubba hat sie sich vorsorglich in den Mund gestopft, um sich selbst daran zu hindern, auf seine abstrusen Theorien einzugehen.

Die Kaugummipackung ist fast leer. Es macht sie unruhig, wenn sie nichts zum Abreagieren hat. Außerdem ist sie hundemüde. Gestern Abend war sie auf der Weihnachtsfeier ihrer Dienststelle im Palais 26. Die wollte sie sich keinesfalls entgehen lassen. Um Mitternacht hatte sie geplant, die gastliche Stätte rechtzeitig zu verlassen, um im Revier kurz zu schlafen, doch dazu ist sie nicht mehr gekommen. Völlig überdreht hat sie aus ihrem Büro nur noch schnell ihre Reisetasche geholt und ist um vier Uhr früh mit der Sparschiene nach Wien aufgebrochen, um der Einladung zu einem Konfliktmanagementworkshop für Kommissare aus ganz Österreich nachzukommen. Am Sonntag wollte sie sich als kleine Belohnung für ihre Dienstbeflissenheit einen schönen Tag in der Hauptstadt gönnen. Aber nichts da! Ihre Pläne wurden von ihrem Telefon, das seit sieben Uhr Amok läuft, durchkreuzt.

Alles begann mit einem Aufschrei am anderen Ende der Leitung. Panik ist ausgebrochen. Franz hat hyperventiliert. Mit viel Fantasie ist es Diana gelungen, sich aus seinem Gestammel zusammenzureimen, was vorgefallen ist. Villach kann sie echt nicht alleine lassen. Kaum ist sie ein paar Stunden weg, geschieht wieder ein Unglück. Sie kann es nicht fassen.

Siebert ist mit der Situation völlig überfordert, dass Sputnik sie auch noch angerufen hat, um sie anzuflehen, ihr Hündchen zurückzupfeifen, da er die Arbeiten der Spurensicherung behindert hat. Danach soll er auch noch alle möglichen Leute wahllos befragt haben, die nichts gesehen haben, da der Mord in den frühen Morgenstunden passiert ist. Es sind bereits Fotos in den sozialen Medien aufgetaucht, die Siebert zeigen, wie er wild gestikulierend mit Schaulustigen spricht. Sein Gesicht ist hochrot. Er wirkt angespannt. Offensichtlich hat er wirklich keine Ahnung, wie er sich in solch einer Situation verhalten soll. Das muss er doch irgendwann in seiner Ausbildung gelernt haben. Daran kann nur sein Burn-out schuld sein, vermutet Diana.

Wenigstens finden sich unter den peinlichen Bildern trotzdem viele Likes und positive Rückmeldungen, die die schnelle und minutiöse Polizeiarbeit in Villach loben. Sie schnauft erneut über, als sie die Website von 5 Minuten Villach wieder schließt. Nur gut, dass es keine Fotos von der Leiche gibt. Ein Kopfschuss, der für einen blutigen Aufputz der Ö3-Weihnachtswunderbox gesorgt hat, wäre wahrlich kein schöner Anblick. Schon gar nicht auf nüchternen Magen. Die Tatwaffe, eine Glock 17, hielt der Tote noch in der Hand. Das Projektil konnte die Spurensicherung bisher allerdings nicht ausfindig machen.

Sputnik hat großartige Arbeit geleistet und verhindert, dass diese Bilder an die Öffentlichkeit gelangen. Er war auch derjenige, der ihr geraten hat, nicht in Hektik zu verfallen. Er hätte alles im Griff, hat er ihr am Telefon zugesichert, und dass sie wegen einem toten Anwalt und ihrem durchgedrehten Kollegen ihren Ausflug nicht abbrechen müsse. Er wüsste, wie sehr sie sich auf das Wochenende in Wien gefreut hat. Außerdem werde die Obduktion, die der Staatsanwalt angeordnet hat, sicher erst am Montag stattfinden und vorher könne er ohnehin nichts Genaueres zu dem Geschehen sagen. Doch was wäre sie für eine Kommissarin, wenn sie diesen Vorfall nicht ernst nähme. Wenn so etwas in einer Großstadt wie London passiert, ist es etwas Alltägliches, aber in Villach ist das eine Sensation. Drei Tote in zehn Tagen ist eine Glanzleistung. Das kann sie nicht auf sich sitzen lassen. Außerdem hat der liebe Hubsi auch schon bei ihr durchgeläutet und auf die Mobilbox gesprochen, dass er eine dringende Unterredung verlangt. Hubsi nennt sie ihn aber nur unter vier Augen. In Amt und Würden ist er natürlich auch für sie der Villacher Bürgermeister Hubert Ringleitner.

Diana kennt ihn noch aus Kindertagen. Er hat in der gleichen Straße gewohnt wie sie. Wenn das Wetter schön war, hat sie oft zusammen mit ihm und anderen Kindern aus der Nachbarschaft in der Hans-Sittenberger-Straße Fußball gespielt. Mit vierzehn Jahren ist Diana von Völkendorf weggezogen. Damit ist auch der Kontakt abgebrochen. Als sie ihm vor gut einem Jahr beim Kaffeetrinken wiederbegegnet ist, konnte er sich noch an sie erinnern. Und auch daran, dass sie ihm den Spitznamen Hubsi gegeben hat. Diana ist doch um ein paar Jahre jünger als er und damals fand sie, Hubsi würde viel süßer klingen. Jedenfalls hat er ihr gratuliert und sich sehr darüber gefreut, dass sie die Leitung der Villacher Kriminalabteilung übernommen hat. Nun möchte sie ihn keinesfalls enttäuschen und den falschen Eindruck erwecken, dass ihr ein Kurs in Wien wichtiger ist als die Villacher Belange. Daher hat sie sich, ohne lange zu überlegen, entschieden, noch am Bahnhof kehrtzumachen und den nächsten Zug, der zurück in die Draustadt fährt, zu nehmen. So kurz war sie noch nie in Wien.

Der Zug setzt sich in Bewegung. Er fährt planmäßig ab. Fast schon ein Wunder. Hoffentlich kommt er auch pünktlich an.

Samstag, 30. November 2019, 14:45 Uhr

Als Diana in Villach ankommt, bleibt ihr keine Zeit, sich frisch zu machen. Das muss sie auf später verschieben. Sputnik hat ihr den Namen und die Adresse des Toten gesmst. Martin Schmalzl wohnt – jetzt freilich nicht mehr – in Bodensdorf am Ossiacher See. Seine Frau war nicht erreichbar und nun bleibt es wieder einmal an Diana hängen, die Todesnachricht zu überbringen. Manchmal hat sie das Gefühl, dass ihre Kollegen den Besuch bei den Familienangehörigen absichtlich hinauszögern, um Diana die Drecksarbeit machen zu lassen. Sie ist am Bahnhof direkt in ein Taxi gesprungen, das soeben in eine Auffahrt einbiegt. Die Kommissarin bittet den Fahrer, zu warten, und steigt vor einem pompösen Einfahrtstor aus, das keinen Blick auf das Anwesen dahinter gewährt. Sie schaut nach dem Klingeln in eine Kamera, die in eine Betonsäule eingebaut ist. Der Lautsprecher gibt ein schlecht gelauntes „Ja bitte“ von sich, dem Diana höflich antwortet.

„Guten Tag, Kripo Villach“, winkt sie mit ihrem Ausweis in die Kamera.

„Was wollen Sie?“

„Ich muss mit Ihnen über Ihren Mann sprechen.“

Es folgt eine Pause, dann ein lang gezogenes Piepsen und die Schleuse ins Paradies der Schönen und Reichen tut sich auf. Diana sieht sich in dem prächtigen Garten um. Da kommt ihr auch schon eine kleine, ausgemergelte Frau mit schwarzen Haaren entgegen. Das „Schönen" revidiert sie bei dem Anblick gleich wieder.

„Frau Schmalzl?", hält Diana ihre Hand der Frau hin, die kühl auf sie wirkt.

„Ja, Erika Schmalzl", nimmt sie die Begrüßung entgegen, aber ihr Händedruck ist lasch, als ob sie aus Wackelpudding wäre. „Sie wollen mit mir über meinen Mann sprechen?", klingt sie gleich genervt wie vorhin am Lautsprecher.

„So ist es, aber das würde ich lieber im Haus machen. Können wir bitte hineingehen?"

Diana möchte sie in aller Ruhe über das Ableben ihres Mannes in Kenntnis setzen. Diese Angelegenheit erfordert äußerstes Fingerspitzengefühl.

Als sie die Villa betritt, kommt die Kriminalbeamtin aus dem Staunen nicht mehr heraus. Ein moderner Bau in sterilem Weiß, mit lotrechten Linien, irrwitzigen Verwinkelungen und riesigen Fensterfronten. Der Architekt hat beim Präsentieren des Plans sicher irgendetwas dahergeschwafelt von nachempfundenen Motiven aus der umliegenden Natur, optischen Zitaten der Berglandschaft und Referenzen auf den See in einer klaren Vollmondnacht. Auf diesen Himmelskörper würde Diana den Architekten schießen, wenn er ihr mit solchen Ideen käme. Auf dem Papier mag das alles ja gut ausschauen, aber die umständliche Raumaufteilung entzieht sich jeder logischen Denkweise. Typisch Architekt. In der Praxis völlig zum Vergessen. Diana hat nicht das Gefühl, in einem gemütlichen Zuhause gelandet zu sein, sondern in der Kärnten Therme. Hoffentlich versagt die Statik nicht.

Frau Schmalzl führt sie ins Wohnzimmer. Dort stehen lauter Fotos auf dem Kaminsims, die den Anwalt mit Kärntner Promis zeigen. Seine Frau ist nirgends darauf zu finden. Das sagt schon sehr viel über ihre Beziehung aus, macht sich Diana ein erstes Bild von den Eheleuten.

„Frau Schmalzl“, beginnt sie und fixiert die frisch gebackene Witwe. „Ihr Mann wurde heute Morgen am Hans-Gasser-Platz in Villach tot aufgefunden.“

„Wie bitte?“, werden Erikas Augen groß. „Das kann nicht sein“, schüttelt sie den Kopf. „Martin hat die ganze Nacht in seiner Kanzlei an einem schwierigen Fall gearbeitet.“

„Woher wissen Sie das?“

„Das hat er mir gesagt, bevor er gestern am späten Nachmittag ins Büro gefahren ist. Daher kann er gar nicht tot sein“, ist sie fest davon überzeugt, dass die Kommissarin falschliegt.

„Ist das Ihr Mann?“, zeigt Diana auf ein Bild hinter ihr, auf dem Martin mit einer Waffe in der Hand am Schießstand steht.

Erika bejaht und Diana vermutet, dass es sich dabei um die Tatwaffe handelt. Aus dieser Entfernung sieht es nach einer Glock 17 aus, wie sie bei dem Toten gefunden wurde.

„Dann stimmt es leider. Genau dieser Mann ist heute in den frühen Morgenstunden aus dem Leben geschieden.“

Frau Schmalzls Lippen beginnen zu beben, ihre Augenlider flattern theatralisch. Sie schluchzt übertrieben laut auf, aber keine einzige Träne kullert über ihre Wangen. Diana wird aus dieser Frau nicht schlau. Ihr ganzes Verhalten wirkt gespielt.

„Können Sie mir sagen, was genau passiert ist?“

„Nein, leider. Das wissen wir nicht. Aber wir gehen von einem Suizid aus“, lässt Diana den Teil mit dem Kopfschuss absichtlich weg.

„Selbstmord? Aber doch nicht Martin“, klingt Erika entrüstet, dass die Polizei dieser Annahme ist.

„Was macht Sie da so sicher?“

„Warum sollte er das tun? Er ist ein erfolgreicher Anwalt, ein

Gewinnertyp", erhebt sie stolz ihre Stimme und wirft Diana einen verachtenden Blick zu. „Er hat sich all dies hier hart erarbeitet", verweist sie mit einem ausgestreckten Arm auf die Größe ihres imposanten Besitzes.

„Entschuldigen Sie bitte, ich wollte Ihnen nicht zu nahe treten, aber gehe ich recht in der Annahme, dass Ihr Mann ein Workaholic war?"

„Ja. Er hat viel Zeit in seiner Kanzlei im Parkhotel verbracht", offenbart sie der Kommissarin.

„Zeit für seine Hobbys hat er aber gefunden, wie ich sehe", deutet Diana auf das Bild bei einer Schießübung.

„Schießen war seine Leidenschaft", gibt Erika zur Antwort und lässt ihren Blick zu dem Foto gleiten.

„Wissen Sie, wo er seine Waffe verwahrt?"

„Die hat er in seinem Safe in der Kanzlei."

Diana vermutet, dass sich dort auch der Waffenschein und die Waffenbesitzkarte befinden.

„Haben Sie Zugang zu seinen Büroräumlichkeiten?", möchte die Kommissarin wissen, um etwaige Durchsuchungen anzuordnen.

„Nein, aber seine Assistentin Sandra kann Ihnen sicher weiterhelfen", verzieht sie ihre Miene, als ob sie etwas gegen diese Frau hätte.

„Kann es sein, dass ihm alles wichtiger war als Sie?", lehnt sie sich weit aus dem Fenster.

„Das Geschäft geht vor. Von nichts kommt nichts", gibt sie ungerührt zur Antwort. „Das ist bei mir nicht anders. Ich habe selbst viel zu tun", versucht sie anscheinend, unangenehmen Fragen auszuweichen.

„Was machen Sie beruflich?"

„Ich kümmere mich um das Gestüt meiner Eltern."

„Wo waren Sie heute in den frühen Morgenstunden zwischen drei und fünf Uhr?"

„Wo soll ich gewesen sein? Hier im Haus. Ich habe geschlafen“, schaut sie die Kommissarin konsterniert an.

„Kann das jemand bezeugen?“

„Nein, ich war alleine“, gibt sie zu Protokoll.

„Dass Ihr Mann nicht nach Hause gekommen ist, hat Sie nicht gewundert?“

„Nein, wie schon erwähnt, Martin ist ein Arbeitstier. Das war nicht das erste Mal, dass er bis spät in die Nacht gearbeitet und dann in der Kanzlei übernachtet hat, um am Morgen gleich weiterzumachen.“

„Und wo waren Sie heute Vormittag?“

„Bei meinen Eltern in St. Veit, um Geschäftliches zu besprechen. Sie können sie gerne kontaktieren“, bietet sie ihr an, damit Diana nicht noch auf blöde Gedanken kommt und sie in Handschellen abführt.

Die Kommissarin richtet sich auf.

„Das war's fürs Erste, Frau Schmalzl. Danke für Ihre Zeit und mein herzliches Beileid.“

Wortlos begleitet Erika sie zur Tür. Das Taxi wartet vor dem Tor auf Diana. Sie will diesen Ort so rasch als möglich verlassen. Jeder geht mit seinem Schmerz anders um, aber der Kommissarin war der Besuch derart suspekt, dass sie die ganze Fahrt zu ihrer Wohnung das verhärmte Gesicht der reichen Witwe nicht mehr aus dem Kopf bekommt.

Samstag, 30. November 2019, 16:53 Uhr

Diana nimmt den Geheimgang zum Rathaus, den ihr der Bürgermeister beschrieben hat. Dort treffen sie sich wie ausgemacht. Sie folgt ihm in sein Büro. Hubsi schließt die Tür hinter Diana und bittet sie, in der Sitzecke Platz zu nehmen. Anstatt es sich im Stuhl bequem zu machen, lehnt er sich nach vorne und sieht sie mit einem bestürzten Ausdruck in seinen Augen an.

„Diana“, schnauft er über. „Die Menschen werden unruhig. Es ist bald Weihnachten und in den letzten Tagen hatten wir mehrere Tote zu beklagen, die sich das Leben genommen haben oder umgebracht wurden“, vergräbt er sein Gesicht in den Händen und schüttelt den Kopf.

„Das ist tragisch, aber kein Grund zur Panik. Das sind unglückliche Zufälle. Weihnachten ist dafür ein besonders schlechtes Timing“, versucht sie, mitfühlend zu sein.

„Das kannst du laut sagen. Müssen wir zusätzliche Sicherheitsmaßnahmen ergreifen?“, fragt er nach, aber er gibt sich sogleich die Antwort selbst. „Wir werden mehr Sicherheitspersonal rund um die Uhr die Stadt bewachen lassen.“

„Nein, vertrau mir, das ist nicht notwendig. Außerdem würdest du mit so einer Aktion nur die Angst in der Bevölkerung schüren.“

„Ich muss an das Wohl der Villacherinnen und Villacher denken. Sie würden sich dadurch sicherer fühlen“, ist er überzeugt.

„Aber, Hubsi, überleg doch bitte: Erstens haben wir weder das Geld noch das Personal, um diese Verstärkung in den nächsten Tagen auf die Füße zu stellen“, macht sie ihm klar. „Zweitens schaffst du keine Wohlfühlatmosphäre, indem du an jeder Straßenecke Wachposten positionierst, schon gar nicht zur Weihnachtszeit. Die Menschen fühlen sich bei erhöhtem Polizeiaufkommen nicht immer beschützt, sondern es kann eher bedrohlich wirken.“

Fragend sieht er sie an, als ob sie nicht seine Sprache sprechen würde.

„Was sollen wir dann tun?“

„Nichts.“

„Wie nichts?“

„Wir warten auf die Ergebnisse der Obduktion, dann sehen wir weiter“, ist sie nun bestimmender als zuvor.

„Aber es ist doch für alle klar, was passiert ist. Ein Mann ist auf offener Straße erschossen worden. Und das wissen die Leute so gut wie ich. Da wird keine Obduktion der Welt etwas daran ändern.“

„Hubsi, jetzt hör mir doch …“

„Du verstehst nicht, Diana!“, nimmt er erneut Anlauf, um ihr zu erklären, dass das, was passiert ist, hohe Wellen schlagen wird. „Wir haben heuer das erste Mal das Ö3-Weihnachtswunder bei uns in der Stadt. Und unter uns, das war ein hartes Stück Arbeit, das kannst du mir glauben. Hier geht es um mehr als nur um den guten Zweck. Und dann lassen wir im Vorfeld mit einem Mord aufhorchen. Das ist ein Desaster.“

„Es steht doch noch gar nicht fest, dass es Mord war.“

„Was soll es denn sonst gewesen sein? Darüber redet ja schon die ganze Stadt“, steigert er sich hinein, aber Diana winkt ab.

Sputnik hat ihr mitgeteilt, dass er von einem Selbstmord ausgeht, da der Einschusswinkel darauf hindeutet.

„Wenn sich jemand umbringt, ist das seine Entscheidung. Dafür kannst du doch nichts. Und die Stadt auch nicht“, fügt sie noch rasch hinzu, um ihm den Druck von seinen Schultern zu nehmen, erwähnt aber mit keinem Wort, dass sie nicht an einen Suizid glaubt.

„Ein Selbstmord? Bist du dir sicher?“

Sie nickt bestätigend.

„Ö3 hat schon angerufen und möchte mit mir ein Interview führen. Was soll ich denen deiner Meinung nach sagen, was es war?“, scheint er ratlos.

„Ein Weihnachtswunder?“, schlägt Diana mit einem schelmischen Lächeln vor.

Der Bürgermeister lässt sich im Stuhl nach hinten fallen.

„Hast du schon die Schlagzeilen auf den Onlineportalen der Tageszeitungen gelesen? ‚Amoklauf in Villach endet in einer Blutlache, die dem Wörthersee gleicht‘“, deutet er ruckweise mit der Hand in der Luft von links nach rechts und ist entsetzt über die Wortwahl der Krone.

Diana nickt. Sie hat die Schlagzeile gesehen, aber den Artikel nicht gelesen. Sie kennt die Geschichte aus erster Hand. Was die Zeitungen schreiben, kann ihr wahrlich gestohlen bleiben.

„Wenn sie wenigstens den Faaker See als Vergleich herangezogen hätten“, gluckst sie leise und erntet einen bösen Blick von Hubsi.

„Das ist nicht lustig. Komm, wir bleiben bei der Sache“, ermahnt er sie. „Das Image unserer wunderschönen Stadt wird durch den Dreck gezogen.“

„Na ja, wegen ein paar unschönen Schlagzeilen malen wir nicht gleich den Teufel an die Wand“, erinnert sie ihn daran, entspannt zu bleiben.

„Du hast vermutlich recht, aber was soll ich jetzt sagen, wenn ich danach gefragt werde?“

„Also, so viel weiß ich von meinen Kollegen: Angeblich hat der Ö3-Moderator gegen fünf Uhr beim Aufsperren der Box den Toten zwar nicht gesehen, aber dafür die Blutspritzer auf der Glasscheibe. Daraufhin hat er sich auf das Mischpult übergeben und ist zusammengeklappt. Zum Glück war der Tontechniker bald darauf zur Stelle und hat die Rettung verständigt.“ Diana verkneift sich ein Grinsen und versucht, ernst zu bleiben. Das erinnert sie stark an ihren Kollegen Siebi. „Laut der Spurensicherung hat die Verkäuferin vom Weissensteiner die Leiche entdeckt, keine zehn Minuten, nachdem der Moderator umgekippt ist“, vertraut sie ihm an und macht sich eine geistige Notiz, dass sie die Dame befragen muss.

Sie hat noch viel zu tun, daher muss sie diesen netten Plausch mit Hubsi schön langsam beenden.

„Du sagst ihnen, es gab einen Selbstmord. Mehr nicht. Das ist zwar unschön, aber nichts Ungewöhnliches oder Besorgniserregendes. Falls sie fragen, ob es nicht doch ein Mord sein könnte, würde ich mich, wenn ich du wäre, nicht im Detail äußern. Du erklärst, dass die Ermittlungen laufen und dass die Stadt sicher ist. Bei weiteren Fragen sollen sie sich an die Pressestelle der Polizei wenden“, redet sie ihm gut zu.

„Und was ist mit dem Mord, der letzte Woche passiert ist? Was ist, wenn sie mich auch auf den ansprechen?“, wirkt er nervös.

„Welchen Mord meinst du?“, stellt sich Diana absichtlich unwissend.

„Der Mann, der seine Freundin am Bahnhof niedergestochen hat.“

„Über den brauchst du dir nicht den Kopf zerbrechen. Den Typ habe ich weggesperrt. Der wird uns keine Probleme bereiten.“

Er nickt unsicher.

„Was ist? Welche Bedenken hast du?“

„Keine, aber … es ist nur eine ungewohnte Situation für mich“, fängt er sich langsam wieder.

„Du wirst dich schon noch daran gewöhnen“, neckt sie ihn.

„Ich hoffe doch sehr, dass ich das nicht muss.“

„Keine Angst, so weit wird es nicht kommen. Sei bloß froh, dass du nicht der Bürgermeister einer Großstadt bist. So einen Irrsinn hält nur einer aus, der selbst nicht ganz bei Sinnen ist. Da läuft der Hase anders. Wir hatten in London vorletztes Jahr in gut einem Monat 22 Morde zu verzeichnen. Davon waren mehr als die Hälfte Messerattacken.“

Der Bürgermeister sitzt mit offenem Mund vor ihr.

„Im Ernst? Du bindest mir doch einen Bären auf“, fragt er nach, da er ihr nicht glauben mag. Sie will ihn doch nur von der derzeitigen Situation in Villach ablenken, ist er sich sicher.

„Nein, das ist kein Scherz, aber ich möchte die Vorfälle in Villach nicht kleinreden oder unter den Tisch kehren. Ich werde alles dransetzen, um sie aufzuklären und in Vergessenheit geraten zu lassen“, sichert sie ihm ihre vollste Unterstützung zu und legt eine Hand auf seine. „Du musst nur ruhig bleiben. Wenn noch irgendetwas ist, melde dich“, bittet sie ihn und erhebt sich.

Hubsi nickt und tut es ihr gleich. Mit einer freundschaftlichen Umarmung verabschiedet sich Diana und verlässt auf leisen Sohlen das Rathaus.

Samstag, 30. November 2019, 18:02 Uhr

Diana öffnet die Türe zu dem Krankenzimmer, in dem der Ö3-Moderator seine Leiden auskuriert. Er ist alleine. Wahrscheinlich hat er eine Zusatzversicherung. Ein Normalsterblicher kann sich ja so einen Luxus heutzutage gar nicht mehr leisten. Sie tritt näher an das Bettende heran und liest seinen Namen: Charly Hauser.

„Herr Hauser?“, spricht sie ihn an, aber er rührt sich nicht.

Sein Anblick ist einfach zu köstlich, findet Diana. Wie er so daliegt. Als ob er die Leiche wäre. Ein Hipster-Typ, bleich im Gesicht, mit Bart, die Augen geschlossen und die Decke bis zum Kinn. Nur sein linker Arm liegt im Freien und eine Butterfly-Kanüle steckt in seiner Beuge. Die Infusion, die ihn wieder auf die Beine bringen soll, tropft langsam in den Schlauch. Im Unterschied zu einer Leiche ist seine Atmung nicht nur zu sehen, sondern auch zu hören. Er schnarcht.

Während ihr Blick durch das Zimmer schweift, sieht sie ein Tablett mit dem Abendessen, das er nicht angerührt hat. Wahrscheinlich schläft er schon länger. Der Arme muss ganz schön fertig sein. Er sieht auch ziemlich mitgenommen aus. Trotzdem würde sie ihm gerne ein paar Fragen stellen. Sie versucht es erneut, diesmal etwas lauter.

„Herr Hauser!“, aber er rührt sich nicht.

Zu blöd, dass es Abend ist, sonst würde sie doch glatt den Ö3-Wecker einschalten, damit er wach wird. So viel Zeit zum Warten hat sie nun auch wieder nicht. Diana marschiert bei der Türe hinaus, um mit einer der Schwestern zu sprechen. Schnurstracks geht sie auf das Schwesternzimmer zu und klopft gegen die Scheibe. Sofort dreht sich die junge Frau, bei der sie sich vorher schon nach der Zimmernummer erkundigt hat, um.

„Frau Neumann. Was kann ich für Sie tun?“

„Ich hätte da eine Frage: Hat Herr Hauser Schlaftabletten bekommen?“

Kräftig schüttelt sie den Kopf und lehnt sich gegen den Türrahmen.

„So lange wollen wir den jetzt aber auch nicht bei uns behalten“, schluckt sie ihr aufkommendes Lachen tapfer hinunter.

„Aber warum ist er nicht wach zu kriegen?“

Die Krankenschwester deutet Diana mit dem Zeigefinger, näher zu kommen.

„Der ist so eine Quasselstrippe. Nach seinem nervlichen Zusammenbruch wollte der Oberarzt ihn noch zur Beobachtung hierbehalten. Nachdem er den ersten Schock überwunden hatte, hat er überhaupt nicht mehr zu reden aufgehört.“

„Hat Herr Hauser Ihnen gegenüber etwas über das Geschehen erwähnt.“

„Er hat den ganzen Nachmittag über nichts anderes gesprochen. Der kann plappern, das kann ich Ihnen sagen. Und alles drehte sich nur noch um Blut, das viele Blut auf dem schönen Glaskubus, so viel Blut …“, verdreht sie ihre Augen, die bestimmt schon viel schlimmere Sachen gesehen haben.

„Hat er sonst noch etwas gesagt, was an dem Morgen passiert ist?“

„Nicht wirklich, irgendwann war er so fertig, dass er eingeschlafen ist. Sie können ihn gerne selber fragen. Wecken Sie ihn“, fordert sie Diana auf, nicht zimperlich zu sein und ihn einfach wach zu rütteln.

Die Kommissarin bedankt sich und geht zurück in das Krankenzimmer. Es ist alles beim Alten. Sie überlegt, wie sie diesen Kerl aus seinem fiktiven Koma boxen kann. Boxen wäre jetzt genau das Richtige, aber sie möchte ihm nicht noch einen Schock versetzen. Ihr Blick fällt auf die Fernbedienung, mit der man die Positionen des Bettes verändern kann.

„Na, dann wollen wir mal sehen, in welcher Stellung du aus deinem Dornmöschenschlaf erwachst“, murmelt sie und lässt zuerst den oberen Teil des Bettes in die Höhe fahren, dann kommt gleich der untere Bereich dran, dass es so aussieht, als ob das Bett jeden Moment in der Mitte zusammenklappen würde. Aber so weit kommt es leider nicht. Der Moderator öffnet irritiert die Augen.

„Guten Abend, Herr Hauser“, sagt Diana laut und bringt das Bett wieder in die Ausgangsposition. „Mein Name ist Diana Neumann, ich bin die Chefermittlerin im Fall Martin Schmalzl, der in der Nähe Ihres Arbeitsplatzes zu Tode gekommen ist.“

„Oh nein, erinnern Sie mich bloß nicht daran.“

„Tut mir leid, das kann ich Ihnen nicht ersparen. Nachdem das Unglück seine Spuren auf und in der Ö3-Box und natürlich auch bei Ihnen hinterlassen hat, muss ich Ihnen ein paar Fragen stellen.“

„Muss das wirklich sein? Ehrlich gesagt möchte ich nicht mehr daran denken. Ich bin eh schon die Lachnummer der Nation.“

„Wie meinen Sie das?“

„Na urpeinlich, was mir da passiert ist. Das hat natürlich gleich die Runde am Küniglberg gemacht.“

„Das geht sicher in die österreichische Radiogeschichte ein", setzt sie noch eins drauf, aber sie ermahnt sich, professionell zu bleiben. „Wo waren Sie zwischen Mitternacht und vier Uhr früh?"

„Da habe ich tief und fest geschlafen, in meinem Hotelzimmer im Holiday Inn", gibt er brav zur Antwort. „Werde ich verdächtigt?"

„Bis ich Ihre Angaben überprüft habe, ja. Ich brauche Ihre Hilfe, um nachzuvollziehen, wie es sich zugetragen hat."

Charly holt tief Luft.

„Ich habe die Tür der Box kurz vor fünf aufgesperrt und meine Tasche auf der Seite abgestellt. Danach hab ich den Strom eingeschaltet und das Mischpult aktiviert. Als das Lämpchen auf Grün springt, schaue ich auf und sehe Rot."

„Was haben Sie genau gesehen?"

„Ich habe auf das Ö3-Logo gestarrt, da ich darunter rote Flecken entdeckt habe. Zuerst hab ich gedacht, vielleicht waren Sprayer unterwegs oder das Logo wurde beschädigt, aber …", hält er seine Faust vor den Mund und räuspert sich. „Ich habe erkannt, dass sich die großen und kleinen Spritzer wie lange Fäden auf der Scheibe nach unten zogen, und da habe ich begriffen, dass …", kann er den Satz nicht mehr zu Ende sprechen, da es ihn würgt.

Mit aller Gewalt kneift er seine Augen zusammen und kämpft gegen das Unwohlsein an. Er wirkt wie eine Diva, die kurz vor der Ohnmacht steht, als er seinen Handrücken auf seine Stirn legt.

„Sie sind mir einer", kommt es ihr spontan über die Lippen. „Ein richtiger Showderator."

„Was soll das sein?", setzt er sich auf.

„Das ist ein Moderator, der aus einer Mücke einen Elefanten macht. Sie wissen schon. Sie erzählen etwas und dramatisieren es, auch wenn es nur halb so schlimm war."

„Das ist keine Show, die ich abziehe. Ich kann kein Blut sehen. Mir wurde schon als Kind immer schlecht, egal ob ich mich versehentlich geschnitten oder sich andere verletzt haben."

„Dann können Sie auch kein …", kann sie ihre Frage nicht zu Ende aussprechen, da die Türe aufgerissen wird.

Hubsi steht mit einer Villacher Torte von der Konditorei Koloini im Zimmer. Als Diana sieht, wen er im Schlepptau hat, erhebt sie sich sofort, um das Feld den Spezialisten zu überlassen. Ein Antenne-Kärnten-Moderator steuert direkt mit einem Mikrofon in der Hand auf Charly zu.

„Charly Hauser, guten Abend", begrüßt er ihn. „Mein Name ist Tom von der Antenne Kärnten. Wir haben ein Interview geplant. Wir sind in circa zehn Minuten live auf Sendung", kündigt er an.

„Auch das noch", stöhnt die Ö3-Diva. Jetzt heißt es, freundliche Miene zur bösen Konkurrenz zu machen. Gut, dass man sein Gesicht nicht im Radio sehen kann. „Können Sie mich nicht in U-Haft nehmen?", fleht er Diana an, aber die huscht schnell hinaus, um den Schwestern Gesellschaft zu leisten und den Live-Einstieg mit anzuhören.

Samstag, 30. November 2019, 18:43 Uhr

„Willkommen live aus dem Krankenhaus Villach. Gegenüber von mir Villachs Bürgermeister Hubert Ringleitner. Im Bett liegend der arme Ö3-Moderator Charly Hauser, der das furchtbare Ereignis hautnah miterlebt hat und dem die Ö3-Außenstelle am Hans-Gasser-Platz von der Polizei vorübergehend gesperrt wurde. Wie fühlst du dich jetzt? Geht es dir schon besser?“, fragt Tom und erwähnt Gott sei Dank mit keinem Wort den Zwischenfall mit dem Mischpult.

Im ersten Moment ist Charly sprachlos. Er ist nicht gerade die hellste Kerze auf der Torte. Außerdem hat er nicht damit gerechnet, dass Tom ihn nicht sofort durch den Kakao zieht.

„Mir geht es schon wieder besser“, beginnt er zaghaft.

„Eine Leiche sieht man ja auch nicht alle Tage“, fährt Tom fort.

„Aber die hab ich ja gar nicht …“, möchte Charly einhaken, um die Sachlage richtigzustellen, doch da wendet sich Tom schon dem Bürgermeister zu.

„Und für Sie als Bürgermeister von Villach ist es ja auch schauderhaft, wenn so etwas in der eigenen Stadt passiert“, findet sein Redeschwall kaum ein Ende.

„Ein sehr tragischer Vorfall und ich bin natürlich erschüttert“, bestätigt Hubsi hörbar emotional.

„Können Sie überhaupt noch ruhig schlafen?“

„Nachdem es heute in den frühen Morgenstunden passiert ist, werden wir ja sehen, wie ruhig die bevorstehende Nacht verläuft, aber ich glaube nicht, dass ich gut schlafen werde“, klingt er betrübt.

„Das glaub ich Ihnen. Was sich gerade in Villach abspielt, das ist doch seltsam, oder nicht? So viele Narren gibt es ja nicht einmal im Fasching“, will er witzig klingen, handelt sich aber einen schiefen Blick vom Bürgermeister ein.

„Wie darf ich das verstehen?“

„Seit Ende November häufen sich die Todesfälle in Ihrer Stadt. Laut Polizei handelt es sich um Selbstmorde, aber es werden auch Stimmen laut, dass der Mann von heute Morgen erm…“

„Sie hören Stimmen?“, erwidert Hubsi gekonnt und versucht, sich Zeit zu verschaffen, um eine unverfängliche Antwort zu geben.

Währenddessen macht Diana innerlich einen Luftsprung, da er endlich einen charmant-sarkastischen Ton an den Tag legt.

„Ich doch nicht“, wirkt Tom geschockt. „Aber die Stimmen auf der Straße und in den sozialen Medien. Über die Todesfälle wird heiß diskutiert. Es wird gemunkelt, dass die Bewohner Angst haben und sich in der Stadt nicht mehr wohlfühlen. Und dass es sich um einen Fluch handelt.“

Erstaunt sieht der Bürgermeister den Antenne-Moderator an.

„Glauben Sie nicht alles, was die Leute sagen.“

„Und was, glauben Sie, steckt hinter den Vorkommnissen?“

„Das sind schreckliche Einzelfälle. Zu weiteren Spekulationen lasse ich mich nicht hinreißen. Die genauen Hintergründe werden ganz bestimmt noch aufgeklärt werden. Ich habe da vollstes Vertrauen in die Arbeit der Polizei.“

So ein kleiner Schleimer, denkt sich Diana und muss lächeln. Hubsi ahnt bestimmt, dass sie gerade mithört.

„Aber Sie haben sich doch sicher Gedanken darüber gemacht“, lässt der Moderator nicht locker.

Das Interview hat Hubsi sich etwas anders vorgestellt. Aber ohne ungehalten zu werden, holt er zum Gegenschlag aus.

„Wissen Sie, es gibt Situationen im Leben, die einen Menschen eine Entscheidung treffen lassen, die nichts Gutes bedeutet. Für die Person selber mag es der einzige Ausweg sein, da sie in diesem Moment nichts anderes sieht. Für die Angehörigen ist das eine Tragödie. Mein Mitgefühl gilt jetzt vor allem den Hinterbliebenen. Ihr Verlust tut mir unendlich leid und die Stadt wird alles daran setzen, die Betroffenen in dieser Krisensituation zu unterstützen. Und für alle, die sich in einer Ausnahme- oder Notsituation befinden, haben wir auch schon veranlasst, dass die Telefonseelsorge personelle Verstärkung erhält."

Tom ist kurz weggetreten. Erst ein leises Hüsteln von Charly lässt ihn weitersprechen.

„Danke, Herr Bürgermeister, für die umfassende Antwort. Wir wünschen Ihnen alles Gute für die Stadt und dass es sich zukünftig die Leute anders überlegen."

Hubsi bedankt sich für das Gespräch und lehnt sich beruhigt im Sessel zurück. So schlecht war das Interview gar nicht.

„Wie wäre es?", wendet sich Tom erneut Charly zu. „Wenn du wieder fit bist, willst du morgen zu uns ins Studio nach Klagenfurt kommen und deine Show von dort aus moderieren? Dann erlebt Klagenfurt doch noch sein Weihnachtswunder?", schlägt der Antenne-Moderator vor.

„Das wäre ja noch schöner", will sich Hubsi einmischen, kann sich im letzten Moment aber zurückhalten.

Charly nickt eifrig und verabschiedet sich mit einer herzlichen Einladung, morgen einzuschalten, von seinen Hörerinnen und Hörern. Wie begeistert Ö3 darüber sein wird, überlegt Diana, aber das ist nicht ihre Sorge. Sie hört ohnehin lieber FM4.

Samstag, 30. November 2019, 23:30 Uhr

Mr. Hyde empfängt Sputnik und Diana mit einem süffisanten Grinsen.

„Lange nicht gesehen“, zwinkert er den beiden zu und begleitet sie wie letzten Sonntag in den Raum, wo die Autopsien stattfinden.

Der Chef der Pathologie steht wieder mit dem Rücken zu ihnen und kramt in einer kleinen Box herum. Mr. Hyde entfernt das Leintuch. Darunter kommt die Ö3-Leiche zum Vorschein, deren rechte obere Gesichtshälfte durch den Kopfschuss verunstaltet wurde. Der Anblick erinnert Diana an ihren Exmann. Wenn sie ihn damals nicht mit ihrem Ellbogen ausgeknockt und ihm die Nase gebrochen hätte, wäre sie heute im Nirwana. Sie würde keinen Atemzug mehr tun. Wie das in ihrem Taumel möglich war, weiß sie bis heute nicht. Einerseits hatte sie einen großen Schutzengel, dass sie noch am Leben ist, aber zugleich hat sie das verloren, was sie über alles geliebt hat.

„Diana“, rempelt Sputnik sie sanft an. Im Hintergrund hört sie Hansis Stimme. „Foto“, zeigt der Spurensicherer auf den Kopf.

Dr. Jekyll beginnt, wie üblich ohne ein Wort zu sprechen, mit seiner Arbeit. Er setzt das Messer zielsicher auf der Stirn an, lässt es mit leichtem Druck ins Fleisch gleiten und vollzieht einen feinen, geraden Schnitt einen halben Zentimeter unter dem Haaransatz. Zart schneidet die Klinge von links nach rechts, eine rötliche Spur hinter sich herziehend, über die Schläfe am Ohr vorbei bis hin zum Kinn. Dort angekommen greift die andere Hand fast lautlos nach dem Messer und führt die angefangene Symphonie der kunstvollen Entfernung des Gesichts zu Ende. Gekonnt bewegt sich das Skalpell an der Stirn nun unter die zweite Hautschicht, hebt sie behutsam an und trennt alles, was der Mann für seine Mimik brauchen würde. Vorsichtig greift Dr. Kalt nach dem Hautlappen, der nun lose herunterhängt, als ob er jemandem an der Wursttheke eine Freude bereiten möchte. Diana erkennt, dass es ihm förmlich Spaß macht, dem Toten seinen Ausdruck aus dem Gesicht zu entfernen.

„Gut, dass Siebert nicht da ist. Der hätte sich wieder übergeben“, flüstert Sputnik in Dianas Ohr, als Dr. Jekyll die Augen von den Lidern des Toten trennt. Doch sie hört nicht genau hin, zu sehr fasziniert sie die Prozedur, der sich der Arzt mit Hingabe und voller Konzentration widmet.

Es dauert eine Weile, bis er den letzten Schnitt vollzieht, um danach das ganze Gesicht in Händen zu halten. Wie Dr. Kalt wohl damit aussehen würde, kommt es Diana in den Sinn und sie wundert sich über ihre Gedanken. Er legt das Gesicht auf ein Tablett, das ihm Mr. Hyde hinhält. Daraufhin greift er nach einem Werkzeug, das einem Stemmeisen ähnelt. Mit der anderen Hand nimmt er den Hammer. Bevor Diana ein Foto machen kann, hat er das Stemmeisen schon auf der Stirn, wo sich das Einschussloch befindet, platziert und lässt den Hammer mit voller Wucht herniederfahren. Ein abartiges krachendes Geräusch erklingt. Ein paar Zentimeter weiter oben setzt er es nochmals an und vollzieht die gleiche Bewegung wie vorhin. Nun gibt die Schädeldecke nach und bricht entzwei. Er könnte auch eine Axt nehmen. Eine Flex wäre hilfreich für einen geraden Schnitt oder wenn er den Lochbohrer verwenden würde, wäre er schneller am Ziel, überlegt die Kommissarin. Aber da würde es sicher eine Sauerei geben und die Gehirnwindungen würden sich um den Bohrer wickeln. Die Vorstellung ruft Ekel in Diana hervor, da sie Erinnerungen an ihre Kindheit weckt, als ihre Oma versucht hat, ihr gedünstetes Schweinehirn mit Ei als Eierspeise zu verkaufen. Wie kann man nur Schweinehirn essen und gleichzeitig behaupten, dass es gesund ist? Davon wird die Menschheit auch nicht intelligenter. Auch wenn es Schweine auf alle Fälle sind.

Sie starrt auf den Kopf des Toten, sieht, wie das Gehirn herausquillt und Dr. Jekyll mit einem Schaber in die Untiefen der Gehirnwindungen dringt. Sie muss das flaue Gefühl in ihrem Magen, an dem einzig und allein ihre Oma schuld ist, schleunigst verdrängen und zwingt sich, an rosarote Elefanten zu denken. Es funktioniert. Indessen lässt der Rechtsmediziner seinen kritischen Blick über den Körper des Toten schweifen, bevor er zum Befund übergeht. Er stoppt die Musik und nimmt eine Mitschrift in die Hand.

„Todeszeitpunkt zwischen zwei und vier Uhr morgens. Todesursache Kopfschuss. Ein Paraffintest wurde durchgeführt und es wurden Nitratwerte nachgewiesen“, klingt er stolz.

„Nicht schon wieder“, rutscht es Diana heraus und sie verdreht ihre Augen.

„Zu banal ist die Tat, finden Sie nicht?“, stellt sie die Frage direkt an den Doktor.

Mr. Hyde schüttelt für Dr. Jekyll den Kopf.

„Du hast es in London nur selten mit Suiziden zu tun gehabt“, vermutet er.

„Stimmt, aber mit vielen Mordfällen. Daher kann ich meinem Gefühl Glauben schenken, dass das kein …“

„Wo genau hat sich dieser Herr ins Jenseits befördert?“, wird sie von Dr. Jekyll unterbrochen.

„Bei der Ö3-Weihnachtswunderbox am Hans-Gasser-Platz“, gibt ihm Sputnik zur Antwort.

Diana lässt Dr. Jekyll nicht aus den Augen.

„Welche Botschaft wollte er damit hinterlassen?“, fragt Mr. Hyde in die Runde.

„Er scheint wohl kein Ö3-Fan gewesen zu sein“, stellt Sputnik fest.

„Unsinn“, mischt sich Dr. Jekyll ein. „Er wollte sein Leben für einen guten Zweck spenden“, entwischt ihm ein diabolischer Lacher.

„Oder er wollte Licht ins Dunkel bringen“, stimmt sein Assistent mit einem heimtückischen Gekicher in die Plänkelei mit ein. „Damit hat der Chef erneut bewiesen, dass ihr keinen vorgetäuschten Suizid aufdecken müsst.“

Mr. Hyde schlägt sich tatsächlich auf die Seite von Dr. Jekyll. Diana kann es nicht fassen. Der sonst so unvoreingenommen erscheinende Dr. Gärtner fällt heute völlig aus der Reihe. Sie sieht ihn mit großen Augen und hochgehobenen Schultern an.

„War das alles? Ein weiterer Suizid ohne Wenn und Aber?“, schwenkt sie zu Sputnik, der die Informationen brav in sein Protokoll schreibt. „Ich glaube, ich habe ein Déjà-vu. Haben wir nicht letzte Woche auch vorschnell einen Toten als Selbstmörder abgestempelt?“

„Um Ihrer Erinnerung auf die Sprünge zu helfen, Frau Neumann, der letzte hatte einen Abschiedsbrief und dieser eine Waffe, die neben ihm lag. Er hat sich einfach nur einen ungünstigen Zeitpunkt für seine Tat ausgesucht.“

„Und wo ist diesmal der Abschiedsbrief?“, gibt sie nicht so schnell auf, um auch in diesem Fall für Gerechtigkeit zu sorgen.

„Nicht jeder Selbstmordkandidat hat einen Abschiedsbrief eingesteckt. Oft wird dieser erst zu Hause gefunden. Aber dem können Sie jetzt gerne nachgehen“, erklärt er Diana unverfroren die nächsten Schritte, die sie zu befolgen hat.

Das kann sie so gar nicht ausstehen. Sie weiß, was zu tun ist, und sie hat auch keine Freude mit den halbherzigen Obduktionen, die eher einer Show gleichen, nur damit er seine Überlegenheit demonstrieren kann. Angeblich ist er gut in dem, was er tut, aber ist er auch wirklich so gut, dass er mit seinen Schlussfolgerungen richtigliegt? Diana glaubt nicht daran. Oder er will bestimmte Hinweise nicht sehen, flackert eine Ahnung in ihr auf. Dennoch muss sie das Ergebnis in diesem Moment ohne Widerrede hinnehmen.

Sonntag, 1. Dezember 2019, 06:30 Uhr

Die Ö3-Weihnachtswunderbox sieht wieder wie neu aus. Blank geputzt und aufpoliert ist sie bereit für die nächste Sendung, nachdem die gestrige aufgrund von „Sendeproblemen" ausgefallen ist und das Team in Wien übernommen hat. Die Säure des Mageninhalts des Ö3-Moderators hat das Ihre getan und die Technik lahmgelegt.

Diana bleibt ein paar Meter vor dem Tatort stehen und inspiziert den Boden, wo der Erschossene laut den Fotos gelegen ist. Kein einziger Blutspritzer ist zu entdecken, als ob nichts geschehen wäre. Die Tatortreiniger haben ganze Arbeit geleistet. So wie Sputnik. Auf ihn kann sie sich verlassen, im Gegensatz zu ihrem Kollegen Siebert. Sein Arbeitsstil ist gewöhnungsbedürftig, aber den wird sie sich schon noch zurechtbiegen. Auch wenn Franz kurz vor der Pension steht, ein wenig Anpassungsfähigkeit kann sie schon verlangen. Sie ist seine Chefin und da wäre es doch nur angebracht, dass er sich ändert.

Die Kommissarin schaut auf die Uhr und gähnt. Ein Kaffee wäre nicht schlecht. Die Nacht war wie immer kurz. Nur vier Stunden Schlaf hat sie gefunden, zu sehr musste sie über die zwei aberwitzigen Typen in der Pathologie grübeln. Mit welcher Selbstverständlichkeit sie einen weiteren Toten als Selbstmord ad acta gelegt haben.

Diana kann nur den Kopf schütteln. Die Klagenfurter machen es sich auch immer einfach, ohne großartig nachzudenken. Da stehen sie den Villachern um nichts nach. Was ihre Augen sehen, wird für bare Münze genommen, aber sie blicken nicht hinter den Vorhang. Sie haben keinen Spürsinn für die Nuancen, die entscheiden, ob es ein Gewaltverbrechen war oder nicht.

Diana verdrängt ihre Gedanken. Jetzt muss sie sich auf die bevorstehende Befragung der Verkäuferin in der Bäckerei Weissensteiner konzentrieren. Mit einem kurzen Blick auf das Ö3-Logo kehrt sie dem Tatort den Rücken und geht auf das Café zu.

„Guten Morgen", begrüßt Diana die zwei Verkäuferinnen, als sich die Schiebetür hinter ihr schließt.

Sie sieht sich um und es sind noch keine weiteren Gäste zugegen. Sofort fällt ihr Blick auf die Schaumbecher, die mit dunkler Schokolade überzogen sind. Doch dann sticht ihr eine andere Köstlichkeit ins Auge. Bei Esterházy-Schnitten kann sie einfach nicht widerstehen. Diana liebt diese Mehlspeise. Für den Moment scheint sie zu vergessen, warum sie eigentlich hier ist.

„Was darf's denn sein?", fragt eine zierliche Dame mit brünettem Haar und einer Brille, die sie ganz vorne auf dem Nasenrücken platziert hat. Sie holt Diana damit aus ihrer Schwärmerei ins Hier und Jetzt zurück.

Die Kommissarin schaut auf das Namensschild der Bedienung. Heidrun Priesinger steht darauf. Die etwas ältere Frau sieht genau so aus, wie Sputnik sie beschrieben hat. Sofort hält ihr Diana den Ausweis hin.

„Ich heiße Diana Neumann und ich bin die leitende Kommissarin in Villach. Ich würde Sie gerne zu dem Vorfall von gestern befragen."

Die freundliche Miene der Frau ändert sich schlagartig. Ein trauriger Ausdruck ist nun in ihrem Gesicht zu erkennen.

„Natürlich nur, wenn Sie bereit dazu sind", schickt Diana hinterher und möchte sie keinesfalls zu einer Aussage drängen.

Menschen, die nicht tagtäglich mit solchen Fällen zu tun haben, sind meistens nach einem grausigen Fund wie diesem geschockt oder gar traumatisiert. Aber diese Frau wirkt einfach nur niedergeschmettert, jedoch sehr gefasst.

„Ja, können wir gerne machen. Setzen wir uns in die Ecke", zeigt sie auf einen Platz direkt neben dem Fenster, wo sie einen guten Blick auf die Weihnachtswunderbox haben.

„Machen Sie mir vorher bitte noch einen Cappuccino? Und zwei Esterházy-Schnitten", tippt sie mit dem Zeigefinger auf die Scheibe der Vitrine, hinter der sich die süßesten Leckereien befinden, die Diana liebend gerne alle auf einmal genossen hätte. Sie kann es nicht lassen, sich gleich zwei Stück von dieser Köstlichkeit zu gönnen. Die Befragung wird sicher dauern und da braucht sie unbedingt etwas Süßes, das ihre Seele zum Singen bringt.

Während die Verkäuferin den Kaffee zubereitet, macht es sich Diana an dem Tisch gemütlich und sieht nach draußen. Die Box steht ungünstig. Da gibt es leider keine Videoüberwachung, die Auskunft darüber geben könnte, was in dieser Nacht passiert ist. Gleich darauf taucht auch schon Frau Priesinger auf und stellt den Kaffee und den Teller vor Diana hin. Die Kommissarin bedankt sich und bittet sie, sich auch zu setzen.

„Wie geht es Ihnen?", beginnt Diana das Gespräch, um die Situation zu entspannen.

„Schon etwas besser", gibt sie kleinlaut zur Antwort.

„Sehr gut. Heute Morgen ist noch nicht viel los bei Ihnen", schwenkt Diana auf ein anderes Thema um.

„Die Leute kommen sonntags meistens etwas später."

„Aha", sagt Diana und lässt ihre Gabel in die feinen Schichten der Schnitte gleiten.

Genüsslich führt sie den ersten Bissen in ihren Mund. Sie schließt die Augen und ein zufriedener Laut ist zu hören, was der Verkäuferin ein Lächeln auf ihre Lippen zaubert.

„Freut mich, zu hören, dass es Ihnen schmeckt."

„Hm, das ist köstlich", schwärmt sie. „War gestern am Morgen auch so wenig los?", führt sie ihr Gespräch weiter und nimmt einen kräftigen Schluck von ihrem Cappuccino.

„Ja, gestern waren auch nur wenig Menschen unterwegs. Die Temperaturen haben nicht dazu eingeladen, das Haus frühzeitig zu verlassen", vermittelt sie den Eindruck, dass sie auch noch gerne länger im Bett geblieben wäre.

„Können Sie mir bitte schildern, wie Sie gestern auf die Leiche aufmerksam geworden sind", sticht sie mit ihrer Gabel erneut in die Esterházy-Schnitte.

„Ich bin wie jeden Morgen von der Italienerstraße gekommen und mein Weg hat mich an der Ö3-Glasbox vorbeigeführt. Und da habe ich den Toten gesehen. Zuerst nur die Schuhe, da er hinter den künstlichen Weihnachtsbäumen gut versteckt gelegen ist."

„Haben Sie sich ihm genähert?"

„Ja, ich habe mir gedacht, vielleicht braucht die Person Hilfe. Aber als ich das blutige Loch in seinem Kopf gesehen habe, fing ich an zu schreien."

„Und dann?"

„Bin ich direkt in die Bäckerei gelaufen, um die Polizei zu verständigen."

„Wissen Sie noch, wie spät es war?"

„Es war so zehn nach fünf."

„Haben Sie den Mann gekannt?"

„Um Gottes willen, nein! Dann würde ich wahrscheinlich nicht so ruhig hier sitzen. Das wäre das Schlimmste, was einem passieren kann", ist sie irritiert.

Diana stellt diese Frage gerne in einem Moment, in dem die Befragten nicht damit rechnen. Die körperliche Reaktion der Dame zeigt ihr, dass sie die Wahrheit sagt.

„Haben Sie noch andere Personen in der Nähe bemerkt, als Sie den Toten gefunden haben?"

Sie schüttelt den Kopf.

„Ich habe niemanden gesehen."

„Wann ist die Polizei eingetroffen?"

„Keine zehn Minuten später hatten sie schon alles abgeriegelt."

„Ist Ihnen sonst noch etwas aufgefallen?"

„Gegen sieben Uhr sind Männer in weißen Overalls mit einigen Koffern aufgetaucht. Und dann war da noch ein anderer Beamter. Wie hieß er doch gleich?", trommelt sie mit den Fingern auf den Tisch. „Ein kleiner, etwas dicklicher Mann, er hat mich kurz aufgesucht und mir völlig aufgelöst wirre Fragen gestellt. Ich konnte nicht antworten, da ich noch zu sehr von dem Fund geschockt war. Dann hat Gott sei Dank sein Handy geklingelt."

„Das war mein Kollege Siebert", gibt Diana zur Antwort und ist erstaunt, dass er ihr dieses Detail vorenthalten hat. Wahrscheinlich hat er es in der Aufregung vergessen.

Diana genießt noch das letzte Stück von der Esterházy-Schnitte, die sie während der Befragung verputzt hat. Sie beendet das Gespräch mit der Bitte, dass ihr Frau Priesinger die zweite Schnitte einpackt, und bedankt sich für die Zeit. Nachdem sie gezahlt hat, dreht sie draußen noch eine Runde, um vielleicht Details zu entdecken, die sie vorhin übersehen hat und die wichtig für den Fall sein könnten.

Dienstag, 3. Dezember 2019, 15:00 Uhr

Frau Mag. Nussbaumer betritt wie in der Woche davor den Verhörraum. Diana wartet bereits. Am liebsten hätte sie diesen Termin in letzter Minute verschoben, aber ihr Bauchgefühl sagt ihr, dass sie es hinter sich bringen sollte. Am besten heute, hier und jetzt.

„Guten Tag, Frau Neumann. Wie geht es Ihnen?"

„Mir geht es gut, aber wir hatten erneut einen Todesfall", plaudert sie drauflos.

„Ja, darüber habe ich gelesen."

„Da haben die Medien wieder ausgezeichnete Arbeit geleistet. Jeder muss seinen Senf dazugeben. Auch die, die nicht einmal Ahnung von der Ahnung haben. Und das nervt", klingt Diana mürrisch und ihre Zornesfalte macht sich oberhalb ihres Nasenrückens bemerkbar. „Und dann noch die Kollegen. Der eine hat Burn-out und übergibt sich auf einmal, wenn er eine Leiche sieht. Der andere mag den einen nicht, weil er ihm beim Spurensichern immer wieder mal dazwischenpfuscht und große Töne spuckt. Dann kommt da noch ein Gerichtsmediziner des Weges, der alles daran setzt, dass bei den Obduktionen genau das Gegenteil herauskommt von dem, was ich vermute. Mir kommt schon fast vor, da steckt System dahinter", rauft sie sich die Haare.

„Sie kämpfen auf verlorenem Posten."

„Anscheinend. Aber ich frage mich, warum. Nur weil ich eine Frau bin? Müssen sich die Männer deswegen beweisen und zeigen, wer am längeren Ast sitzt?“

„Dieses Problem haben leider viele Frauen, die in Männerdomänen eindringen. Das habe ich schon oft erlebt. Das sorgt für Verunsicherung beim männlichen Geschlecht.“

„Bei mir schön langsam aber auch“, gibt Diana zu, da sie das Gefühl hat, dass die Psychologin auf ihrer Seite ist. „Ich bin die Chefermittlerin. Man sollte meinen, ich hätte das Sagen.“

„Aber immer öfter haben Sie das Nachsehen … so klingt es zumindest für mich“, offeriert Mag. Nussbaumer ihre Sicht.

„Allerdings.“

„Wie fühlen Sie sich dabei?“

„Ich fühle mich wie eine Kindergartentante, die den ganzen Tag nichts Besseres zu tun hat, als Streit zwischen den keppelnden Kollegen zu schlichten. Und dabei muss ich schauen, dass ich nicht in die Schusslinie gerate. Als ob ich mit den Fällen nicht schon genug um die Ohren hätte. Aus den Ergebnissen der Pathologie, die jeder unhinterfragt hinnimmt, werde ich auch nicht schlau. Und dann ist da noch dieser Tote, der in den frühen Morgenstunden einfach über den Haufen geschossen wurde.“

„Ich dachte, es war Selbstmord“, hakt Frau Nussbaumer ein.

„Ja, daran glauben alle. Aber mir ist das suspekt. Irgendetwas stimmt nicht“, greift Diana auf ihren Bauch und krümmt sich.

„Ist Ihnen nicht gut?“, fragt sie besorgt.

Diana winkt ab und greift nach dem Glas Wasser, das vor ihr auf dem Tisch steht, um hastig einen großen Schluck zu trinken.

„Dieser Tote scheint Sie besonders zu berühren“, erkennt die Psychologin, die Diana nun eindringlich ansieht.

„Ja, stimmt“, antwortet sie prompt und ist über sich selbst erstaunt, dass sie auf einmal innerlich bereit dazu ist, sich wieder mit dem größten Fehler ihres Lebens zu befassen.

„Hat es vielleicht etwas mit Ihrem Exmann zu tun?“, mutmaßt Frau Nussbaumer.

Diese Frau ist schnell von Begriff, ist Diana überrascht. Vielleicht sollte sie einfach das Beste aus dieser Pflichtübung machen und sich ihr anvertrauen. Wenn's nichts bringt, schadet's nichts, hätte ihre Oma gesagt. Und womöglich schafft sie es tatsächlich, mit ihrer Vergangenheit abzuschließen und reinen Tisch zu machen.

„Mein Exmann Chester ist Brite und wir haben uns bei einer Dienstfeier kennengelernt. Er ist ein paar Jahre älter als ich und auch Polizist. Er ist Constable, also ein Polizist, der direkten Kontakt mit Menschen hat und für die Ordnung auf den Straßen sorgt. Das passt auch perfekt zu Chester. Er ist gut gebaut, strahlt Sicherheit und Geborgenheit aus. Ein großartiger Beschützer, verstehen Sie, was ich meine?“

Mag. Nussbaumer nickt stumm und macht sich Notizen. Laut atmet Diana aus, da sie direkt in diese Zeit zurückkatapultiert wird, die sie vorsichtshalber in der hintersten Ecke verstaut hat, um nicht tagtäglich daran erinnert zu werden. Aber da muss sie jetzt durch.

„Ich war bereits seit drei Jahren in England und bei Scotland Yard als Inspector tätig. Ich war auf dem besten Weg, Chief Inspector zu werden. Das wurde ich dann auch, ziemlich kurz vor unserer Hochzeit. Ich schwebte im siebten Himmel. Beruflich wie privat. Ich dachte, ich hätte alles erreicht, wovon ich schon immer geträumt habe.“

„Aber so war es nicht?“

„Nein, mein Mann änderte sich um 360 Grad. Wie eine Person, die zwei Gesichter hat. Nach außen hin freundlich, charmant und zuvorkommend, aber im Inneren ist alles verwüstet. Dann kommt das Monster zum Vorschein.“

„Was ist genau passiert?“

„Nach unserer Hochzeit fing alles erst langsam an. Es schlich sich in unser Leben, seine Kontrolle, von einer Angst begleitet, die bar jeder Vernunft war. Chester wurde in seiner Arbeit immer unzufriedener. Ich habe erst später erfahren, dass er die Ausbildung zum Kriminologen in jungen Jahren nicht geschafft hat. Das hat er mir verschwiegen. Er hat nicht das Gespür für knifflige Verbrechen. Er ist eher der Mann fürs Grobe."

„Er konnte also nicht damit umgehen, dass Sie erfolgreicher waren als er."

„Das war sicher mit ein Grund."

„Ein Grund wofür?"

„Dass sich sein Verhalten mir gegenüber geändert hat. Er hat begonnen, mich zu kontrollieren. Jeden Tag ein kleines Stück mehr. Zuerst habe ich das als fürsorglich empfunden und mich dadurch noch mehr geliebt und beschützt gefühlt. Aber er hat mich bedrängt. Anstatt nur zu kontrollieren, was ich tue, und mir hinterherzuspionieren, machte er mir Vorschriften, wie ich mich zu verhalten habe."

„Wie haben Sie darauf reagiert?"

„Ich dachte, dass er nur eine schlechte Phase hat, die schon wieder vergehen wird. Das kann doch immer einmal vorkommen."

„Wann sind Sie zu dem Schluss gekommen, dass es nicht nur eine Phase ist, sondern dass mehr dahinterstecken muss?"

„Als Chester anfing, mich in Gegenwart seiner Arbeitskollegen mies zu behandeln. Er hat mich herumkommandiert und auf meine Kosten Witze gemacht. Er hat sogar aus dem Nähkästchen geplaudert, wie ich im Bett bin, wie ich stöhne oder mich bewege, welche Stellungen ich bevorzuge … einfach nur widerlich."

„Und seine Arbeitskollegen haben dem ganzen Spektakel nicht Einhalt geboten und ihn in die Schranken gewiesen?", fragt Mag. Nussbaumer nach.

„Ach bitte, kommen Sie. Sie wissen doch, wie Männer sind. Die haben sich gegenseitig aufgegeilt wie ein Rudel Hunde, das auf der Jagd ist."

„Wie haben Sie sich dabei gefühlt?"

„Verraten. Erniedrigt. Ich habe gespürt, dass ich nichts wert bin. Gar nichts. Nur eine Puppe, mit der man machen kann, was man will", werden ihre Augen glasig.

„Was denken Sie über seine Arbeitskollegen?"

„Damals war ich wütend und enttäuscht von der Männerwelt, dass keiner den Mut aufgebracht hat, sich vor mich zu stellen und ihm direkt ins Gesicht zu sagen, dass er ein Monster ist, dass es reicht, oder ihm eine reinzuhauen, damit er spürt, wie weh so etwas tut. Aber heute denke ich, dass sie echt armselig sind. Sie tun mir leid. Kein Rückgrat zu besitzen und sich nur in der Gruppe stark zu fühlen, ohne Rücksicht auf andere, das ist bitter."

„Sie meinen den berüchtigten Code of Silence?"

Diana sieht sie erstaunt an. Genau dieses Wort hat sie damals in London gehört. Viel zu oft. Wenn sie nur daran denkt, überkommt sie sofort diese Übelkeit.

„Diesen verdammten Code of Silence können sich die Männer getrost in den Arsch schieben", ist sie erzürnt und ballt ihre Hand zu einer Faust.

Mag. Nussbaumer bleibt ruhig.

„Was regt Sie am meisten auf, wenn Sie an dieses Verhalten denken?"

„Ich weiß gar nicht, wo ich da anfangen soll. Erniedrigungen werden verheimlicht, Fehlverhalten wird unter den Teppich gekehrt. Da verliert man den Glauben an das Gute im Menschen. Und an die Gerechtigkeit, für die wir eigentlich kämpfen."

Die Psychologin nickt.

„Respektlosigkeit trifft es wohl am besten", resümiert Diana.

„Was würden Sie sich von den Männern wünschen?"

„Dass sie sich nicht wie Vollärsche benehmen. Dass sie Respekt zeigen, Demut und Dankbarkeit für das, was wir für sie tun, für unsere Unterstützung. Zumindest habe ich meinen Exmann unterstützt, wo ich nur konnte."

„Was würden Sie sich von Ihrem Exmann am meisten wünschen?"

„Nichts."

„Nicht einmal eine Entschuldigung?"

„Nein, was sollte die mir bringen? Von mir aus kann er in der Hölle schmoren."

„Glauben Sie, dass Sie Ihrem Exmann je verzeihen können?"

„Nein, ganz sicher nicht."

„Was macht Sie da so sicher? Was ist so Unverzeihliches passiert?"

Diana lässt sich dazu hinreißen, den nächsten Schritt zu machen, um die Wahrheit ans Licht zu bringen.

„Als wir miteinander geschlafen haben, war er plötzlich nicht mehr sanft und rücksichtsvoll, sondern sehr grob und entwürdigend. Aber das war das letzte Mal, dass ich mit ihm geschlafen habe", fügt sie hinzu. Sie zögert und spricht sich innerlich Mut zu, der Psychologin die grausamste Erfahrung in ihrem Leben zu gestehen. „Als ich mich ihm ein paar Tage später aufgrund seines widerwärtigen Verhaltens verweigert habe, wurde er wütend. Er hat mich aus dem Bett gezerrt und mir seine Waffe an den Kopf gehalten. Ich habe mich so erschreckt, dass ich …"

Die letzten Worte bleiben in ihrer Kehle stecken. Mit fahlem Ausdruck im Gesicht sieht sie auf ihre Hände, die sich verkrampft haben.

„Hat er Sie verletzt?"

Mit aufgerissenen Augen starrt sie die Psychologin an.

„Ich weiß, wie ich mich zur Wehr setzen kann. Ich praktiziere seit Jahren Jiu Jitsu. Damit habe ich während meiner Ausbildung in Wien begonnen. Nach dem ersten Schockmoment verpasste ich ihm einen … Kaugummi!“, sagt sie blitzschnell.

Sie schafft es nicht, näher auf diesen Einschnitt in ihrem Leben einzugehen. Noch nicht. Mag. Nussbaumer kann verstehen, dass es für heute genug ist. Sie schlägt den Notizblock zu und bietet der Kommissarin an, dass sie sich gerne melden kann, wenn sie das Gespräch fortsetzen möchte, bevor sie die Tür des Verhörraums hinter sich schließt und Diana mit den Gespenstern ihrer Vergangenheit allein lässt.

Dienstag, 3. Dezember 2019, 20:29 Uhr

Dianas Telefon klingelt. Es ist Sputnik. „Um diese Uhrzeit?“, überlegt sie, was nicht bis morgen warten kann. Rasch hebt sie ab.

„Schaust du Dienstag am Abend nicht immer ‚Bachelor in Paradise‘?“, neckt sie ihn.

„Du wirst dich gleich wie im Paradies fühlen, wenn ich dir sage, was ich herausgefunden habe.“

„Was denn?“, ist Diana gespannt.

„Ich hab die Auswertungen der Telefongespräche und der Kurznachrichten von Martin erhalten.“

„Und? Hast du Hinweise gefunden, die uns weiterbringen?“

„Mein lieber Schmalzl, der Typ hatte es faustdick hinter den Ohren. Oder vielleicht ein bisschen weiter unten. Stell dir vor! Martin hatte einen Klausi.“

„Was ist bitte ein Klausi?“

„Das war sein persönlicher Bachelor. Aus den Nachrichten geht hervor, dass sie sich oft getroffen haben. Vor allem in seiner Kanzlei. Ich glaube aber nicht, dass er rechtlichen Beistand gebraucht hat.“

Diana schweigt. Das Gespräch mit Martins Ehefrau, die ihr die kalte Schulter gezeigt hat, geistert durch ihren Kopf. Vielleicht war sie deswegen so distanziert. Sie hat von seinem Lebenswandel gewusst, aber nichts gesagt oder sich damit arrangiert.

„Glaubst du, dieser Klausi hat etwas mit seinem Selbstmord zu tun? Konnte Martin mit seinem Geheimnis nicht mehr leben?“

„Es klingt eher so, als ob Klausi nicht mehr mit Martin leben wollte. Er hat an dem Abend per SMS mit ihm Schluss gemacht.“

„Hat Martin auf die SMS reagiert?“

„Nein.“

„Ihn angerufen?“

„Auch nicht. Es gibt keine Antwort und keinen Rückruf.“

„Vielleicht wollte er ihm eine noch persönlichere Botschaft zukommen lassen.“

„Du meinst, indem er sich deswegen in aller Öffentlichkeit umbringt? Das wäre natürlich tragisch, aber vielleicht auch etwas zu theatralisch“, bemerkt Sputnik.

„Schick mir bitte die Nummer vom Klausi. Dem Typ werde ich gleich morgen die Hosen ausziehen. Santa Klausi bekommt schon vor dem Heiligen Abend seine Bescherung.“

„Süßer die Glocken nie klingeln …“, stimmt er ein, aber Diana legt einfach auf.

Sie hätte ja noch gerne weitergeschäkert, aber Morgen wird der Tag anstrengend. Sie muss endlich zur Ruhe kommen und Schlaf finden.

Mittwoch, 4. Dezember 2019, 09:00 Uhr

Diana sitzt im Parkcafé und schlürft einen Pfefferminztee Sie wartet auf ihren Kollegen Siebert, der die letzten zwei Tage krankgeschrieben war. Sie kann das verstehen. Ein Burn-out ist nicht einfach zu bewältigen. Da kann es immer wieder zu Rückfällen kommen, gerade bei dem Stress der letzten Tage.

Ihr Blick wandert zu dem großen Fenster, durch das sie gute Sicht auf die Postgasse hat. Draußen wird das Trachtenpärchen gerade von einem Putzteam auf Hochglanz poliert. Auch die beiden müssen für die Weihnachtszeit schön hergerichtet werden. Plötzlich taucht Franz im Hintergrund auf. Beide Hände fest in seinen Manteltaschen vergraben. Eine Schirmmütze ziert sein Haupt. Wenn er jetzt noch eine Pfeife im Mund hätte, würde er als Möchtegern-Sherlock-Holmes durchgehen. Aber Siebis Gesicht ist käseweiß. Vielleicht hätte er doch noch einen weiteren Tag zu Hause bleiben sollen.

Diana lenkt ihre Aufmerksamkeit wieder auf ihren Tee, um einen letzten Schluck in Ruhe zu genießen, bevor …

„Guten Morgen, Frau Chefin“, scheint Siebert einen Witz zu machen, aber Diana hat es nicht gerne, als Chefin angesprochen zu werden. Und das weiß er genau.

„Du Arschloch klingt besser als Sie Arschloch“, zaubert sie einen alten Spruch aus ihrer Mottenkiste.

„Da hast *du* recht", pflichtet er ihr bei und wiederholt seine Begrüßung.

„Guten Morgen, Diana."

„Morgen, Franz. Geht es dir wieder besser?", fragt sie, um keine Pause entstehen zu lassen. Nicht, dass er noch auf blöde Gedanken kommt und Diana als seine Sissi bezeichnet.

„Danke, es geht schon wieder."

Diana würde so gerne wegen seinem Burn-out näher nachfragen, ob es der Grund für seinen Krankenstand war, aber sie wagt es nicht. Heutzutage ist es nicht mehr so einfach, Mitarbeiterführung zu betreiben, da ihr jedes Wort im Mund wieder umgedreht und gegen sie verwendet werden kann. Und dann hat sie vielleicht auch noch eine Anzeige wegen Verletzung der Privatsphäre am Hals. Daher liebt sie die Pathologie. Die Toten können sich nicht mehr wehren und sie verklagen. Das ist einfacher. Diana muss sogar diese dienstlichen Gespräche mit Siebert außerhalb der Polizeistelle suchen, denn die Wände haben dort große Ohren.

„Ich weiß nicht, was ich am Samstag hatte. Ich war so stark verkühlt und am Tatort sind ein paar Leute aufgetaucht, die behauptet haben, dabei gewesen zu sein. Das hat mich komplett überfordert und die Befragung ging voll in die Hose. Die Zeugen haben dann auch noch mit ihren Smartphones Fotos gemacht, obwohl ich sie darauf hingewiesen habe, es zu unterlassen. Die haben mich ignoriert", sprudelt es aus ihm heraus und Diana ist erstaunt über seine Offenheit.

Bisher hat er nicht viel über seinen gesundheitlichen Zustand erzählt, geschweige denn zugegeben, wenn er bei der Arbeit einmal nicht weiterwusste. Zu groß ist seine Angst, kaltgestellt zu werden. Diana kennt ihn noch nicht so gut, aber schön langsam öffnet er sich und sie kann hinter seine Fassade blicken.

„Das waren die typischen Gaffer. Mach dir nichts draus."

Er nickt.

„Gott sei Dank haben mir zwei Streifenpolizisten geholfen, die Meute aufzulösen."

„Widerstand gegen die Staatsgewalt", schmunzelt Diana.

„Nicht nur das. Ein Jugendlicher hatte Rauschgift dabei", erklärt er ihr stolz, da er bemerkt hat, wie es ihm beim Handgemenge aus der Tasche gefallen ist.

„Welches Rauschgift?", ist Diana neugierig, während die Bedienung vor ihrem Tisch auftaucht und ihren Kollegen fragt, was er gerne trinken würde.

„Eine Melange", erwidert er.

„Eine Melange?"

Fragend sieht Diana ihn an.

„Du trinkst doch immer nur Espresso?"

Erst jetzt kommt Siebert wieder im Hier und Jetzt an und bemerkt, dass die Kellnerin neben ihm steht. Zu sehr war er noch in Gedanken an das Ereignis von Samstagfrüh. Diana bestellt für ihn einen Espresso und da schießt es ihr, was Siebi eigentlich gemeint hat.

„Du meinst eine Mischung aus Heroin und Kokain."

Diana weiß natürlich, was eine Melange in der Drogenszene bedeutet.

„Ach, Diana, wenn du wüsstest, wie das damals war", klingt er wehmütig.

„Ich weiß. Früher war alles schöner, auch die Leichen", kann sie diesen Spruch schon nicht mehr von ihm hören.

„Ja, da hatten wir noch etwas zu sagen. Da waren wir Polizisten noch etwas wert. Da hatte man Respekt vor uns. Aber heute ist das anders."

Von mangelndem Respekt kann Diana ein Lied singen. Aber keines von Hansi Hinterseer, den der gute Doktor so mag.

„Was ist anders?“

„Einfach alles. Die Spurensicherung hat sich zu meinen Glanzzeiten untergeordnet und sich nicht wie Götter in Weiß aufgespielt“, murrt er und verschränkt seine Arme.

Das war jetzt eindeutig eine Anspielung auf Sputniks Verhalten, als er Siebert auf Dianas Empfehlung hin zurechtgewiesen hat. Wieso soll sie immer alles glattbügeln? Das sind zwei Erwachsene, die eigentlich wissen müssen, wie sie sich zu benehmen haben.

„Er hat gesagt, dass ich nur dein Schoßhündchen bin und keinen Tau von Kriminologie habe“, poltert er los. „Dieser Jungspund hat doch gar keine Ahnung, was richtig harte Arbeit bedeutet. Da macht er ein paar Fotos hier, findet ein paar Abdrücke dort und glaubt bereits, zu wissen, wer wen wann ermordet oder sich selbst umgebracht hat. Der Mister Oberwichtig weiß einfach alles.“

Sie ist erstaunt über die Wandlung ihres Kollegen. Er scheint einen regelrechten Minderwertigkeitskomplex gegenüber der Spurensicherung entwickelt zu haben. Sie hat bereits bemerkt, dass Sputnik und er sich nicht zu Gesicht stehen, aber so abfällig hat er in ihrer Gegenwart noch nie über jemanden gesprochen. Ist das eine Auswirkung seiner Krankheit oder sind das etwa die Nebenwirkungen seiner Medikamente? Hat er vielleicht zu viel davon erwischt?

Die Serviererin unterbricht die Stille und stellt ein ovales Tablett vor Siebert hin. Er bedankt sich freundlich. Als die Dame außer Hörweite ist, verfinstert sich seine Miene von jetzt auf gleich.

„Mir wäre es lieber gewesen, der Stauber wäre am Boden mit dem Loch im Kopf gelegen, dann hätte er mich nicht vor all den anderen zum Gespött machen und meine Integrität infrage stellen können“, ist er erbost über Sputniks Verhalten.

Das ist harter Tobak über einen Kollegen, der ihm nichts getan hat. Aber Diana weiß auch, dass der Spurensicherer manchmal eine Art an den Tag legt, die nicht mehr als britischer Humor durchgeht, sondern unter der Gürtellinie stattfindet. Speziell, wenn er am Wochenende arbeiten muss. Da kann er sehr schroff werden, insbesondere zu Männern. Diana gegenüber hat er sich bis jetzt immer wie ein Gentleman verhalten. Und zu Aschi war er auch immer freundlich.

„War sonst noch was?", bohrt die Kommissarin tiefer, da sie glaubt, dass diese Aussagen nicht der wahre Auslöser für Sieberts verwirrtes Auftreten am Tatort waren.

„Als wir die Schaulustigen aus dem Verkehr gezogen haben, habe ich in der Hitze des Gefechts beim Umdrehen eine Jugendliche mit dem Ellbogen am Kinn verletzt. Es war echt keine Absicht. Der Stauber hat das mitbekommen und gemeint, wenn das noch einmal vorkommen sollte, würde er mir persönlich die Eier abschneiden", wird er heiser. „Verstehst du, Diana? Er wollte mich vor aller Welt erniedrigen", ist Verzweiflung in seinem Blick zu erkennen.

Am liebsten hätte Diana laut losgelacht. Die beiden Streithähne sind ein Fall für sich. Einmischen ist nicht ihr Führungsstil. Das tut sie nur im Notfall. Und das ist keiner in ihren Augen. Doch wenn Franz Siebert sich jetzt noch mehr hineinsteigert, müsste sie beide in ihre Schranken weisen. Entgleisungen dieser Art sind in ihrem Job nicht angebracht und sollten, wenn möglich, gänzlich vermieden werden. Die Arbeit ist schon aufreibend genug. Außerdem sind Streitereien für eine Zusammenarbeit nicht förderlich.

„Ich spiele mit dem Gedanken, den Vorfall unserem Chef zu melden."

Auch das noch. Genau diesen Satz wollte Diana jetzt nicht hören. Petzen kann niemand ausstehen. Das war schon in der Schule so. Außerdem ist ja nichts passiert, bis auf ein Wortgefecht. Und

Siebert ist auch nicht immer der Charme in Person. Daher muss sie ihm das schleunigst ausreden.

„Darf ich an deine Erfahrung und deine Weisheit appellieren“, versucht Diana, die verfahrene Situation geradezubiegen.

Erstaunt sieht Siebi sie an.

„Meine Weisheit?“, wiederholt er.

„Ja, natürlich. Du bist der erfahrenste Kriminalpolizist im Revier und vielleicht könntest du über sein Fehlverhalten, das ich seinem jugendlichen Leichtsinn zuschreibe, hinwegsehen“, trägt sie ganz schön dick auf, um Sputniks Hals aus der Schlinge zu ziehen. Und ihren gleich mit. Eine Verwarnung könnte nicht nur negativen Einfluss auf seine Karriere haben.

„Ich weiß, ich war ja auch einmal jung. Und wir hatten damals auch Reibereien, doch nicht so weit unter der Gürtellinie. Diana, er muss sich in Zukunft wirklich zusammenreißen, sonst kann ich keine Nachsicht mehr walten lassen“, kommt er schließlich zur Vernunft.

„Ich rede mit ihm“, verspricht sie Franz, während er seinen Espresso austrinkt.

Diana übernimmt die Rechnung und gleich darauf machen sie sich auf den Weg zurück in die Dienststelle. Es wartet jede Menge Arbeit auf die beiden.

Mittwoch, 4. Dezember 2019, 15:09 Uhr

Diana hat es schon mehrmals versucht, konnte Klausi bisher aber nicht erreichen. Auch auf ihre Nachricht hat er nicht geantwortet. Am liebsten hätte die Kommissarin die Ortung seines Handys eingeleitet, aber dafür hat sie keine Befugnis. Und den Staatsanwalt Obermann will sie damit nicht belästigen. Natürlich könnte sie auch eine Funkzellenabfrage über ihren Chef anordnen lassen, aber die Kosten sind dafür einfach zu hoch. Sputnik hatte die Idee, es mit Martins Handy bei Klausi zu probieren, doch auch damit hatten sie keinen Erfolg.

Es macht sie nervös, ruhig sitzen zu bleiben und darauf zu warten, bis etwas passiert, damit sie mit den Ermittlungen fortfahren kann. Die Kommissarin hofft, dass Klausi sich doch noch meldet.

Plötzlich klopft es an der Tür. Siebert schaut herein und bittet Diana, sich im Verhörraum einzufinden, da eine junge Frau aufgetaucht ist, die über Martin Schmalzl sprechen möchte. Umgehend beginnt ihr Gesicht zu strahlen.

„Ausgezeichnet. Der Tag scheint doch noch gut zu werden“, jubelt sie und begibt sich zur Befragung.

„Guten Tag, ich bin Diana Neumann, die Chefermittlerin“, stellt sie sich vor und streckt der Frau ihre Hand entgegen. „Und Sie sind Frau …?“

„Mein Name ist Melanie Gugganig", erwidert sie mit einem schwitzigen Händedruck.

„Frau Gugganig, was kann ich für Sie tun?"

„Ich habe erst heute erfahren, dass Martin Schmalzl tot ist", werden ihre Augen wässrig.

„Wann haben Sie Herrn Schmalzl zum letzten Mal getroffen?", entfährt es Diana. Vielleicht ist Melanie die Letzte, die ihn lebend gesehen oder mit ihm gesprochen hat.

„Letzten Samstag, so um drei in der Früh", beginnen ihre Lippen zu zittern.

„Ist Ihnen kalt?"

Melanie schüttelt den Kopf.

„Was haben Sie dann? Fühlen Sie sich unwohl?"

„Ich glaub, ich bin schuld an seinem Tod", schluchzt sie laut auf.

„Haben Sie ihn erschossen?"

Die junge Frau sieht Diana fassungslos an.

„Haben Sie ihn erschossen?", wiederholt sie ihre Frage eindringlicher. Gebannt schaut sie in Melanies Augen.

„Nein, natürlich nicht", antwortet sie mit fester Stimme.

„Na, dann ist ja alles in Ordnung."

„Nichts ist in Ordnung", holt sie tief Luft. „Ich habe ihm das angetan. Ich bin so …"

„Was haben Sie Martin angetan?"

„Ihn verletzt", schnieft sie, „und nun ist er nicht mehr unter uns", rinnen die Tränen der Reue über ihre Wangen.

„Fangen wir bitte von vorne an. Zuerst erzählen Sie mir, in welchem Verhältnis Sie zu Herrn Schmalzl standen", hofft sie, dass Melanie nicht die Fassung verliert.

„Ich bin … war seine Geliebte."

„Interessant", pfeift Diana durch die Zähne.

Diese Enthüllung hat sie nicht erwartet. Laut Sputniks Auswertungen hatte Martin ein Verhältnis mit einem Mann. Und jetzt sitzt da diese Frau. Hatte er etwa einen unstillbaren Hunger auf Sex, dass er gleich mehrere Affären mit Männern und Frauen hatte?

„Wir reden wirklich vom gleichen Martin Schmalzl?", möchte Diana sichergehen, öffnet die Akte und zeigt Melanie sein Ausweisfoto.

Sie nickt und weitere Tränen tropfen auf den Tisch.

„Frau Gugganig, laut unseren Ermittlungen fühlte sich Herr Schmalzl zu Männern hingezogen. Jetzt kommen Sie, weinen wie ein Schlosshündchen und wollen mir weismachen, dass Sie seine Bettgenossin waren", geht Diana aufs Ganze und reizt die Situation aus, um der Frau die Wahrheit zu entlocken. Vielleicht spielt sie ja auch nur ein falsches Spiel.

„Schwul? Nein, das war er hundertprozentig nicht. Wenn ich es Ihnen doch sage, ich war seine Freundin."

„Zuerst Geliebte, jetzt Freundin. Sie müssen sich schon entscheiden", setzt Diana ihr die Klinge an den Hals.

„Ich war seine Freundin."

„Wissen Sie was?", sagt Diana leiser. „Ich habe hier die Nummer von seinem Toyboy. Ich rufe ihn an, um die Verhältnisse zu klären", mag Diana der Frau nicht glauben.

Irgendetwas stinkt hier gewaltig. Diana kann es förmlich riechen. Sie drückt auf das grüne Symbol. Die Sekunden brauchen eine Ewigkeit, bis sie vergehen und das Freizeichen ertönt, aber zugleich auch ein Klingeln in Melanies Tasche. Die Zeit scheint stillzustehen. Entgeistert sehen die beiden Frauen einander an. Diana wagt kaum, zu atmen, und Melanie entfährt ein „Oh mein Gott".

„Der wird Ihnen auch nicht helfen. Sie haben vielleicht Nerven. Sie kommen hierher, jammern mir vor, dass Sie schuld an seinem Tod sind, und erwähnen mit keinem Wort seinen Anruf, den Sie heute bekommen haben. Sind Sie noch bei Sinnen?", kann Diana sich nicht zurückhalten. So dreist kann doch wirklich niemand sein.

„Das hat mich ja stutzig gemacht", stottert sie. „Nachdem ich erfahren habe, dass er tot ist, ruft er mich plötzlich an? Da habe ich es mit der Angst zu tun bekommen."

„Damit wir nun Licht ins Dunkel bringen und den ganzen chaotischen Scheiß hinter uns lassen. Sie sind also Klausi?", fragt Diana und klingt schon wieder weicher.

„Ich habe nichts davon gewusst. Ich nehme an, er hat mich als Klausi eingespeichert, damit niemand Verdacht schöpft, vor allem nicht seine Frau."

„Seit wann waren Sie seine Geliebte?"

„Seit einem Jahr."

„Kennen Sie seine Gattin?"

„Nein, nicht persönlich. Ich habe sie ab und zu mit Martin auf Veranstaltungen gesehen."

„Und Frau Schmalzl wusste wirklich nichts von Ihrem Techtelmechtel?"

„Nein, er hat entschieden, es geheim zu halten."

„Wie lief die Beziehung zwischen Ihnen ab? Wann haben Sie sich getroffen?"

„Ich habe Martin auf einem Ball kennengelernt. Er war mir auf Anhieb sympathisch und sehr charmant", schwärmt sie und driftet in ihre Traumwelt ab.

„Hat er Ihnen gesagt, dass er verheiratet ist."

Nickend stimmt sie zu.

„Und Sie haben sich trotzdem auf ihn eingelassen?"

„Ich konnte nicht anders. Er war so ein großartiger Mann."

„Und ein viel beschäftigter noch dazu … jetzt wird mir klar, warum er immer so lange im Büro war", stellt Diana die These auf.

„Das war aber nicht alles. Wir haben uns auch an anderen Orten getroffen. Er war da sehr einfallsreich“, ändert sich ihre Miene.

„Wie darf ich das verstehen?“, wird die Kommissarin neugierig.

„Wir haben uns für die Mittagspause in einer Umkleidekabine beim Moustache verabredet. Wir sind auf Partys heimlich im WC verschwunden oder haben uns bei Theaterbesuchen in der Garderobe vergnügt“, klingt sie, als ob es ihr im Nachhinein peinlich wäre, mitgespielt zu haben.

„War seine Frau auf den Veranstaltungen auch anwesend?“

„Manchmal“, nickt Melanie.

Der Ausdruck in ihrem Gesicht zeigt Bedauern. Diana findet es schäbig, was sie getan hat.

„Seine Gemahlin hat doch irgendwann Wind von Ihrer Liaison bekommen müssen“, hegt Diana den Verdacht, dass ihm vielleicht Erika auf die Schliche gekommen ist und mit seinem Ableben zu tun hat. Stille Wasser sind bekanntlich tief und Rache besonders süß, aber in diesem Fall tödlich.

„Nein, sicher nicht, wir waren sehr vorsichtig und geschickt.“

„Wissen Sie, ob es Probleme in seiner Ehe gab?“

„Er hat nur gemeint, dass seine Frau sehr prüde ist.“

„Und Sie sind nicht prüde?“

„Na ja, wie man's nimmt“, wird sie verlegen.

„Das bedeutet, seine Wünsche waren auch für Sie zu ausgefallen“, mutmaßt Diana.

„Manchmal ist er einfach zu weit gegangen“, gibt sie unmissverständlich zu.

„Wie weit ist zu weit?“

„Wollen Sie das wirklich wissen?“

„Zuerst erzählen Sie mir, dass Sie Ihren Lover auf dem Gewissen haben, und nun wollen Sie mir wichtige Details verschweigen, die den Grund für Martins Ableben aufklären könnten?“

„Haben Sie ‚Fifty Shades of Grey‘ gelesen?“, hofft Melanie, mit dieser Andeutung nicht genauer auf die Frage eingehen zu müssen.

„Nein, über die ersten Seiten hab ich's nicht rausgeschafft, aber ich kann mir vorstellen, auf was Sie damit anspielen.“

„Martin bekam immer das, was er wollte. Egal ob bei der Arbeit oder im Bett. Ich bin zwar experimentierfreudig, aber dass er mich dabei so streng behandelt hat, war mir irgendwann zu viel“, gibt sie zu.

„Haben Sie mit ihm darüber gesprochen?“

„Ja, es hilft ihm, Druck abzubauen, hat er mir erklärt.“

„Sie meinen den Druck da unten?“, zeigt Diana in ihre Leistengegend.

„Nein, den Druck in der Kanzlei und zu Hause. Seine Frau hat sehr hohe Ansprüche an ihn gestellt und von ihm erwartet, dass er ihr das Luxusleben bietet, das ihr als Rechtsanwaltsgattin zusteht.“

„Bei Ihnen konnte er den Hans Dampf in allen Gassen spielen, wenn ich Sie richtig verstanden habe.“

„Ja, bis zu einem gewissen Grad.“

„Wo liegt Ihre Schmerzgrenze?“

„Als er mich gefesselt und ein paar Stunden in einer Kammer eingesperrt hat, damit ich während der Arbeit zum Abvögeln, wie er es genannt hat, zur Stelle bin.“

„Das haben Sie mit sich machen lassen?“

„Ich habe ihn geliebt“, klingt sie verzweifelt. „Und ich liebe ihn immer noch“, wagt sie, es laut auszusprechen.

„Trotz all dieser Demütigungen“, vervollständigt die Kommissarin ihre Aussage.

Betretenes Schweigen erfüllt den Raum. Diana denkt an ihre Ehe. So hat sie sich auch verhalten. Damals, als sie sich in dieser ausweglosen Situation mit ihrem Mann befunden hat.

„Nachdem er das getan hat, konnte ich nicht mehr“, dreht sich

Melanie um und schiebt ihren Pullover hoch. Zwei dicke Striemen sind auf ihrem Rücken zu sehen.

Diana sagt nichts, sondern starrt nur auf die Verletzungen.

„Da habe ich beschlossen, mich von ihm zu trennen, auch wenn es mir schwergefallen ist."

„Wann war das?"

„Letzten Freitag."

„In jener Nacht, in der er ums Leben gekommen ist?"

Melanie schluchzt laut auf.

„Und Sie glauben, dass er sich deswegen erschossen hat?", zählt Diana eins und eins zusammen, doch Melanie sagt nichts.

Wie sie vermutet hat. Das ganze Theater am Anfang des Gesprächs war nur ein Vorwand, um hier aufzutauchen, damit sie sich nicht verdächtig macht, wenn sie auf einen Anruf von Martin nicht reagiert.

„Hat er Sie bedroht?", kommt bei Diana die Frage auf, da sie es am eigenen Leib erlebt hat und es in Melanies Fall nicht ausschließen kann, dass Martin Schmalzl sie mit der Waffe zum Umdenken zwingen wollte.

„Ja, er hat mich aufgespürt, bedroht und dann verfolgt. Ich habe vor dem Luna eine geraucht, als er plötzlich aufgetaucht ist. Aus dem Nichts. Ich habe mich so erschrocken. Er wollte meinen Entschluss, die Beziehung zu beenden, nicht akzeptieren. Zuerst hat er versucht, mich umzustimmen, und mich angefleht, ihn nicht zu verlassen. Dann ist die Stimmung gekippt. Er wurde aggressiv, hat mich beschimpft und Drohungen ausgesprochen, an die ich mich nie mehr erinnern möchte. Ich hab ihm Paroli geboten, aber als er mir eine Waffe in den Bauch gedrückt hat, habe ich Panik bekommen", macht sie eine kurze Pause, da sie die Wucht des Erlebten neuerlich trifft, nur viel härter.

„Wie konnten Sie sich retten?"

„Ich bin einfach wie eine Irre losgerannt, die Widmanngasse hinauf in Richtung Hans-Gasser-Platz. Dann bin ich schnell in die Postgasse eingebogen, um ihn abzuhängen. Das ist mir auch gelungen."

„Wann haben Sie gemerkt, dass er Ihnen nicht mehr folgt?"

„Das kann ich nicht sagen. Ich bin nur um mein Leben gerannt und hab nicht zurückgeschaut. Am 8.-Mai-Platz bin ich völlig außer Atem in ein Taxi gesprungen."

„Sie wissen also nicht, was danach passiert ist."

„Nein, das war mir zu dem Zeitpunkt auch egal … bis heute."

„Hat Sie das nicht gewundert, dass er sich in der Zwischenzeit nicht mehr bei Ihnen gemeldet hat?"

„Nein, nicht wirklich. Nachdem ich ihm ja den Laufpass gegeben habe, dachte ich, dass es vorbei ist. Ich war froh darüber, dass er es eingesehen hat und mich in Ruhe ließ."

„Okay, danke. Ich denke, das war's fürs Erste. Geben Sie sich nicht die Schuld an seinem Tod", verabschiedet sich Diana von der jungen Frau.

Donnerstag, 5. Dezember 2019, 07:51 Uhr

Diana sitzt erneut im Wohnzimmer der luxuriösen Villa am Ossiacher See und blickt in das fahle Gesicht von Erika Schmalzl, die heute keinen Deut besser aussieht als am Samstag.

„Frau Schmalzl", beginnt Diana in Ermittlerinnenmanier. „Sie haben mir verschwiegen, dass Ihr Mann eine Freundin hatte", konfrontiert sie die Witwe ohne Umschweife mit den neuesten Erkenntnissen.

„Ach, hatte er das?", erwidert sie unbeeindruckt, doch ihr rechtes Auge zuckt dabei.

„Ich bemerke es, wenn mich jemand anlügt."

Erika legt auffällig langsam ihre Hände in den Schoß. Ein tiefes Seufzen folgt.

„Sie haben gewusst, dass Ihr Mann ein Verhältnis hatte."

Frau Schmalzl verzieht ihren Mund und sieht zum Kamin, wo die Bilder von Martin stehen.

„Mit Ihrem Schweigen machen Sie sich verdächtig. Alibi hin oder her."

Prompt hat sie die Aufmerksamkeit der Witwe zurück.

„Ja, ich habe davon gewusst, aber es ist demütigend genug, es zu wissen. Das muss ich nicht auch noch herumerzählen."

„Wie haben Sie davon erfahren?"

„Bei einer Benefizgala habe ich die beiden gesehen, wie sie im Getränkelager verschwunden sind. Von da an ist sie mir immer wieder bei Veranstaltungen aufgefallen."

„Und Sie haben nichts gesagt?"

„Ich habe mir gedacht, das erledigt sich mit der Zeit von selbst."

„Ich weiß, dass der Reiterhof Ihrer Eltern Konkurs angemeldet hat", will sie Erika mit den Ergebnissen von Sputniks Nachforschungen nun aus der Reserve locken.

Frau Schmalzl kann nichts dagegen einwenden.

„Haben Sie Schulden?"

„Ja, mir wurde von meinen Eltern Anfang dieses Jahres der Reiterhof überschrieben und dabei haben sie mir die Hypothek auf ein Feriendomizil am Längsee verheimlicht", offenbart sie ihre prekäre Situation.

„Wusste Ihr Mann davon?"

Ruckartig schüttelt sie den Kopf.

„Nach dem Ableben Ihres Gatten müssen Sie sich wegen den Schulden ja keine Gedanken mehr machen. Ihnen steht sein gesamter Besitz zu. Und das wäre ein schönes Motiv, einen Mord zu begehen", schießt Diana über die Ziellinie hinaus. Mit Absicht.

„Sie bezichtigen mich, meinen Mann umgebracht zu haben?"

„Ist das so abwegig?"

„Nein, aber ich habe nichts damit zu tun", beteuert Frau Schmalzl ihre Unschuld.

„Und Sie haben ein Alibi."

„Sie haben es bereits überprüft?"

„Natürlich."

„Aber warum fragen Sie mich …"

„Auch Alibis können gefälscht sein", schneidet Diana ihr das Wort ab.

Ihr insgeheimer Verdacht lautet allerdings, dass Erika den Mord in Auftrag gegeben hat. Plausibel wäre es, wenn sie die Umstände der Schwarzen Witwe beleuchtet. Aber ob sie zu so einer Anweisung fähig wäre, ist sich Diana nicht sicher. Noch nicht.

Samstag, 7. Dezember 2019, 06:24 Uhr

Ein Handy klingelt. Ziemlich laut. Eine Polka lässt Diana aus dem Schlaf aufschrecken. Sie blickt auf die Zimmerdecke über sich, die vollkommen weiß ist. Dann sieht sie zuerst nach links, dann nach rechts. Sie ist umrahmt von weißem Samt.

„Was zur Hölle?", nuschelt sie und tastet sich bis zu der Außenseite, die sich nach Holz anfühlt. Wo ist sie bloß gelandet? „Ah", dämmert es ihr, als sie sich aufsetzt.

Ein paar Meter neben ihr liegt Aschi und links von ihr Sputnik.

„Graf Dracula?", flüstert sie, doch der Bestatter hört sie nicht. „Graf Dracula", wird ihre Stimme lauter, klingt aber nicht besser als vorhin.

Ihr Hals fühlt sich trocken an und in ihrem Kopf pocht es wie verrückt. Kein Karussell, keine Schwindelgefühle. Sie kann sich nur vage an die letzte Nacht erinnern. Was haben sie bloß getrunken, dass das Dröhnen in ihrem Kopf nicht leiser wird? Aschi hat ihnen sicher wieder etwas Selbstgebranntes untergejubelt, amüsiert sie sich und sieht an sich herab. Der Sarg passt ihr wie angegossen.

Das Handy will einfach keine Ruhe geben, doch die beiden Jungs rühren sich nicht. Das Klingeln wird lauter und übertönt das Pochen in ihrem Kopf.

„Frankenstein", wendet sie sich Sputnik zu, der völlig regungslos in seinem Sarg liegt.

Die schlafen beide wie Babys oder haben sich ins Koma gesprengt. Daran kann sich Diana nicht mehr erinnern. Nur daran, dass sie nach dem Darten im McMullens mit Aschi und Sputnik zum Krematorium beim Waldfriedhof zurückgekehrt sind und viel getrunken haben. Viel zu viel.

Mit Schwung versucht sie, aus dem Sarg zu springen, aber das funktioniert nicht so, wie sie es sich gedacht hat. Sie bleibt mit ihrem Hintern hängen und schafft es nicht über den Rand.

„Und da soll noch einer sagen, dass Tote wiederauferstehen. Die kommen ja nicht einmal aus dem Sarg", mault sie vor sich hin.

Nur unter größter Kraftanstrengung schafft sie es, ihren Allerwertesten über den Holzrand zu hieven, und kippt mit dem Oberkörper nach vorne, dass sie direkt ohne Halt auf den Boden zusteuert. Der Aufprall wird von einem gequälten Laut begleitet, aber sie kommt glimpflich davon. Außer ein paar blauen Flecken an den Knien werden keine bleibenden Schäden zu beklagen sein.

Langsam richtet sie sich auf und zieht sich am Sarg hoch. Der erste Schritt wäre geschafft. Nun muss Diana das Handy finden, das nach einer kurzen Verschnaufpause mittlerweile schon wieder ein „Lustigs drauf" spielt. Wie beim Hochleben-Lassen am Kirchtag. Das Handy muss Sputnik gehören. Wahrscheinlich findet er den Klingelton unglaublich witzig.

Schwankend tänzelt sie auf ihn zu und versucht, sein Handy aufzuspüren. Der Ausdruck in Sputniks Gesicht, wenn er schläft, ist süß, findet Diana. Er verzieht keine Miene, hat auch nicht den Mund geöffnet, kein Speichel rinnt heraus. Entzückt von seinem Anblick sucht sie nach dem Telefon. Aber vergebens. Plötzlich fällt ihr Blick auf seine rechte Hosentasche. Dort hat er es versteckt. Diana muss ihn zurechtweisen. Wenn er wüsste, wie viele Spermien durch die Wärme, die vom Handy ausgeht, den Löffel abgeben, würde er wahrscheinlich auch in diesem Bereich seiner Berufung nachgehen. Diana greift ungeniert hinein, um das Handy an sich zu nehmen.

„Guten Morgen", begrüßt sie den Anrufer mit tiefer Stimme.

„Scheißtag, Scheißleich", schnauzt ein Mann am anderen Ende der Leitung.

Das muss ein Streifenpolizist sein und seine Aussage eine Art Code zwischen den beiden. Aber Diana kann sich vorstellen, was er meint.

„Geh, Scheiße, schon wieder", überschlagen sich ihre Gedanken.

„Tatort Trachtenpärchen vorm Parkhotel. Ich mach mich auf den Weg", sagt er und legt auf.

Diana kann es nicht fassen und starrt auf das Display, das ihr jetzt wieder die Uhrzeit anzeigt. 06:30. So früh! Sie haben sicher keine zwei Stunden geschlafen. Und warum müssen sich die Leichen immer das Wochenende aussuchen, ist sie genervt. Außerdem muss sie die beiden schlafenden Kameraden wecken. Bei Sputnik versucht sie es mit einem Rütteln an seiner Schulter, doch es funktioniert nicht. Aschi spricht sie laut und deutlich mit dem Namen Graf Dracula an und hält dabei seine Nase zu, aber er zuckt nur und regt sich kaum.

Plan B muss her. Diana dreht sich um und entdeckt zwei Kübel, in denen Blumen vom Vortag eingefrischt sind. Schnell sind diese entfernt. Der erste Kübel steuert auf Sputnik zu. Durch den lauten Platsch fährt er hoch und atmet so tief ein, als ob er aus der Kryostasis wiedererwacht. Auch Aschi macht Bekanntschaft mit dem kühlen Nass und schnappt nach Luft wie ein Fisch, den Diana soeben aus der Drau geholt hat.

„Willkommen zurück", begrüßt sie die beiden.

„Verdammt, Diana“, regt sich Aschi auf und sieht um sich, „mein Sarg ist im Arsch und Sputnik seiner auch.“

„Wir sind auch gleich im Arsch. Die Arbeit ruft“, dirigiert sie die beiden, in die Gänge zu kommen.

Aschi schwingt sich aus dem Sarg – er scheint mehr Routine darin zu haben als Diana – und geht auf eine Truhe zu. Er zieht frische T-Shirts heraus, die er hier verstaut hat. Sein Beruf verlangt des Öfteren einen Wechsel der Kleidung, da ständig der Geruch der Leichen an ihm haften bleibt.

„Was ist mit dir los?“, keucht Sputnik noch immer.

Hoffentlich kollabiert er nicht. Das Wasser war nicht gerade warm.

„Auf geht's. Es gibt eine Leiche. Beim Trachtenpärchen.“

„Beim Trachtenpärchen vorm Parkcafé?“, scheint Sputnik seine Fassung wiedererlangt zu haben. Plötzlich ist er putzmunter.

„Das nehme ich schwer an oder steht noch wo eines?“

„Da wird sich dein Hubsi aber sehr freuen“, grinst er und zieht sein nasses Shirt über den Kopf.

„Ach, du meine Güte“, löst sie einen Kaugummi aus der Verpackung. Beim Gedanken an den armen Hubsi rückt der nackte Oberkörper von Sputnik doch glatt in den Hintergrund.

„Mach dir keine Sorgen, es wird ihn schon nicht umbringen“, kann Sputnik es einfach nicht lassen, sie aufzuziehen.

„Soll ich den Ofen schon vorheizen?“, mischt sich Aschi ein.

„Für das Trachtenpärchen?“, ist der Spurensicherer irritiert.

„Nein, für Diana“, grunzt er und wirft Sputnik ein trockenes Shirt zu.

„Ganz sicher nicht. Schau du erst mal, dass du deine Särge wieder trocken bekommst“, setzt Diana ihre Pilotenbrille auf und zieht ihren Wintermantel an. „Beeilt euch. Ihr wisst ja, eine Leiche am Morgen bereitet Kummer und Sorgen.“

„Heute bist du aber ganz daneben“, merkt Sputnik an und zeigt auf ihre Sonnenbrille. „Draußen ist es ja noch nicht einmal hell.“

„Ich will nicht, dass mich die Leute so sehen“, zeigt sie ihnen ihre rot unterlaufenen Augen. „Und euch würde ich raten, auch eine aufzusetzen. Ihr wisst doch, Alkohol im Dienst ist nicht erlaubt“, wirkt sie plötzlich ernst, öffnet den beiden die Tür und ein eiskalter Luftzug pfeift um ihre Ohren.

„Ich glaub, mich vögelt ...“, jammert Aschi und wird von Sputnik unterbrochen.

„Untersteh dich, das jetzt auszusprechen“, knatscht er, zieht seinen Mantelkragen bis zu seinen Ohren hoch und folgt den beiden widerwillig ins Freie.

Samstag, 7. Dezember 2019, 06:55 Uhr

Die drei stehen vor dem Trachtenpärchen und können sich nicht sattsehen. An der Kirchtagsladerin lehnt ein Mann mit einem grauen Trachtenhut auf dem Kopf, der nach unten hängt. Mit seinem Arm hat er sich bei ihrem eingehakt. Einige Schaulustige, die wahrscheinlich von ihrer durchzechten Nacht den Heimweg antreten wollten, haben sich bei der Sehenswürdigkeit versammelt und machen Selfies. Sie scheinen zu glauben, es ist ein Betrunkener, der seinen Rausch ausschläft.

„Jungs, sollen wir oder sollen wir nicht?“, reibt sich Diana ihre Hände, allerdings nicht vor Kälte.

„Du meinst, ob wir ihnen den Spaß verderben sollen?“, fragt Aschi nach.

Sie nickt.

„Nein, wir lassen ihnen noch ein wenig die Freude. Der Tatort ist ohnehin schon übersät mit fremden Spuren. Da kommt es auf die paar mehr auch nicht an“, meint Sputnik und muss sich das Lachen verkneifen. Zu komisch ist der Anblick, als eine Frau dem Mann einen Arm um seine Hüfte legt und blöd in ihr Smartphone grinst. Der Blitz des Handys leuchtet dreimal auf, bevor es Klick macht.

„Kannst du eine Ferndiagnose stellen?“, möchte Diana wissen und hebt dabei ihre Hände, deren Finger ein Herz formen.

„Ein Mann in Tracht“, antwortet er.

Sie dreht die Augen über.

„Das kann ich auch sehen, du Schlaumeier. Aber wer läuft zu Weihnachten so rum?“

„Ein Kirchtagslader?“, ist das Erste, was Sputnik einfällt, aber er wirkt unsicher.

Die Kommissarin klatscht leise in die Hände.

„Wie hast du das aus dieser Entfernung erkannt?“, will Aschi wissen.

Diana zeigt auf das herzgroße Abzeichen, das auf der linken Brusttasche befestigt ist.

„Das ist mir gar nicht aufgefallen. Ich habe nur geraten“, gibt Sputnik zu und fährt sich durch die Haare. Die Nacht hat deutliche Spuren hinterlassen, die seine Auffassungsgabe beeinflussen.

„Du bist die Spusi und siehst nicht einmal das Abzeichen, das gerade vom Blitzlichtgewitter reflektiert wurde?“, ist Diana sichtlich verwundert und klopft auf seine Schulter. Aber das stört ihn jetzt weniger. Es fällt ihm plötzlich etwas ein, das wesentlich für die Ermittlung sein könnte.

„Wir haben doch in der Nacht ein paar …“, beginnt er zaghaft, wird aber von Diana zum Innehalten gezwungen, da genau in diesem Moment die Streifenpolizisten um die Ecke biegen.

Mit einem Ruck greift Diana nach Sputnik und Aschi, um sie mit sich zu ziehen. Sie müssen ihre Position sofort verlassen und sich in Bewegung setzen. Es muss so aussehen, als ob sie eben erst eingetroffen wären. Keinesfalls darf der Eindruck entstehen, dass sie das Spektakel schon eine Weile beobachtet haben, ohne einzugreifen. Das wäre eine Verletzung ihrer Aufsichtspflicht, außerdem wurde der Tatort mit Spuren versehen, die nicht nötig gewesen wären. Aber Sputnik hätte ja einschreiten können, findet Diana.

Die Polizisten schicken die Schaulustigen nach Hause und beginnen, den Platz vor dem Parkhotel großflächig abzusperren.

„Guten Morgen", begrüßt Diana die Kollegen, die ihr nur mürrisch antworten.

Der Zeitpunkt lädt nicht zu einem freundlichen Plausch ein. Sputnik zieht sich seine Handschuhe an. Aschi nimmt indessen das kleine Plastiksackerl und die Pinzette in die Hand, die er von Sputnik bekommen hat, um ihm unter die Arme zu greifen. Diana stellt bei ihrem Handy die Taschenlampenfunktion ein, um ihm mehr Licht zu geben. Die Polizisten stehen mit dem Rücken zu ihnen und geben Acht, dass dem Tatort niemand zu nahe kommt.

Der Spurensicherer nimmt dem Toten den Hut ab. Nun kann er ihn besser erkennen. Diana leuchtet der Leiche ins Gesicht und Sputnik zuckt zurück.

„Anton?"

„Anton wer?"

„Anton Obergailer", wiederholt Sputnik.

„Woher kennst du ihn?", fragt Diana nach, doch er antwortet nicht.

Intuitiv fasst er an das Handgelenk des Toten, um vielleicht noch einen Puls zu erfühlen, da er es nicht wahrhaben möchte, aber er spürt nichts mehr. Nichts, was auf Leben hindeuten würde. Am liebsten hätte er ihn aus dieser unbequemen Position befreit, auf den Boden gelegt und mit der Wiederbelebung begonnen, aber Diana hält Sputnik davon ab, indem sie ihn kräftig am Oberarm packt.

„Nein. Du kannst doch nicht den Tatort komplett verändern", sagt sie bestimmend und hebt mit ihrem Handy die Lodenjacke in der Höhe des Herzens an.

Das beigefarbene Hemd ist an dieser Stelle dunkelrot eingefärbt. Sputnik sieht, wie sich das Blut bereits an den Jackenstoff geheftet hat. Wie ein Superkleber, der noch nicht trocken ist und, wenn man ihn wieder rechtzeitig lösen möchte, Fäden hinter sich herzieht. Das Blut verhält sich ähnlich. Ein kleines Messer mit einem Griff aus Wildknochen, auf dem die Initialen des Toten eingearbeitet sind, kommt zum Vorschein. Es steckt direkt in seiner Brust.

„Eiskalt und mausetot", ist Aschi überzeugt, dass dem Typ nicht mehr zu helfen ist.

„Das sehe ich auch so", pflichtet Diana ihm bei.

„Verdammt", flucht Sputnik.

Das erste Mal, seitdem sie mit ihm zusammenarbeitet, merkt sie, dass er emotional wird. Der Anblick setzt ihm zu.

„Jetzt sag schon. Woher kennst du ihn?", fragt sie nach, um seine Reaktion auf den Toten zu verstehen.

„Er ist ein ehemaliger Schulkollege", hält er kurz inne und schüttelt den Kopf. „Wir haben doch gestern noch gemeinsam mit ihm im Turmstüberl ein Bier getrunken", erklärt er betrübt. „Und er war schon ziemlich hinüber."

„Wir haben was?", ist Diana perplex.

Sie kann sich an diesen Typ nicht mehr erinnern. Aber kein Wunder, auch sie hat gestern zu tief ins Glas geschaut. Aschi formt seine Lippen zu einem Schmollmund.

„Wir waren doch gestern Abend im McMullens beim Darten, oder nicht?"

„Ja, waren wir", stimmt Diana ihm zu.

„Danach sind wir auf den Weihnachtsmarkt in die Stadt", geht er geistig die gestrigen Stationen ihres Abends durch. „Und dann?", tippt er sich mit einem Finger auf die Nase. „Ich habe echt einen Filmriss", wird ihm klar.

„Das kommt von deinem selbst gebrannten Fusel."

„Diana, nach einem Arbeitstag in der Bestattungshalle riecht auch mein Atem schon nach Sodom und Gomorrha. Wie soll ich da noch eine Frau aufreißen? Da brauch ich was Hochprozentiges."

„Wie riecht Sodom und Gomorrha?"

„Nach Tod und Verderben", zieht er beide Augenbrauen nach oben und ist erstaunt, dass sie sich nichts darunter vorstellen kann.

„Das ist ja nichts Neues, lieber Aschi. Wenn eine Frau auf dich steht, würde sie sicher mit dir in einem Sarg schlafen, dann ist ihr auch dein Atem egal. Außer du hast schlechte Zähne", greift sie nach seinem Mund, um mit ihren Fingern seine Lippen auseinanderzudrücken.

Aschi öffnet ihn folgsam. Neugierig blickt sie mit dem Handylicht hinein.

„Aber das ist ja bei dir nicht der Fall", gluckst sie und er formt sein schönstes Lächeln, das er nach einer berauschten Nacht zustande bringen kann.

„Könnt ihr beide euch bitte wieder konzentrieren?", wirkt Sputnik nervös.

„Ja, schon gut. Nur die Ruhe!"

„Wir sind nach dem Weihnachtsmarkt ins Flaschl und von da aus ins Turmstüberl", scheint Sputnik über den gestrigen Abend besser Bescheid zu wissen als die zwei Schnapsdrosseln.

„Also, ich kann mich nur noch erinnern, dass Diana beim Darten verloren hat. Du hattest einen ganz schlechten Lauf", glaubt Aschi, Salz in ihre Wunde zu streuen, aber Diana zuckt nur mit den Schultern. Ihr ist es sichtlich egal, ob sie die Dartscheibe trifft oder nicht. Der Spaß an der Sache ist ihr viel wichtiger.

„Mir ist das auch ein Rätsel", klinkt sich Sputnik ein und scheint seine Fassung wiedererlangt zu haben.

„Was?"

„Wie du als Kriminalbeamtin, die jahrelang in London gelebt hat und sicher öfters von ihrer Waffe Gebrauch machen musste, bei keinem einzigen Wurf die Dartscheibe in der Mitte triffst."

„Vielleicht wollte ich euch nur gewinnen lassen?"

„Betrug!“, ruft Aschi, etwas zu laut, da sich einer der Polizisten zu ihm umdreht.

„Das glaube ich dir nicht“, kontert Sputnik.

„Haben wir den vielleicht auf dem Gewissen?“, wirft Aschi scherzhaft die Frage auf, da keiner von ihnen eine lückenlose Erinnerung an die letzte Nacht hat.

„Wir?“, ist Diana empört.

„Wenn, dann zieht das Diana alleine durch“, merkt Sputnik an und er ist wieder ganz der Alte.

„Hast du den Bauerngman-Typ vielleicht gestern als Dartscheibe zum Üben benutzt“, ist Aschi nun nicht mehr zu bremsen.

„Natürlich, und ich habe mir gedacht, mit einem Messer habe ich eine höhere Trefferchance als mit einem Dartpfeil.“

„Dann war es nicht fahrlässig …“, erkennt Aschi.

„… sondern vorsätzlich“, beendet Sputnik für ihn den Satz.

„Ihr zwei seid doch verrückt. Haltlose Unterstellungen. Ich kenne den Kerl doch gar nicht.“

„Muss man das Opfer kennen, um einen Mord zu begehen?“, wirkt Sputnik wieder ernst.

„Nein, eh nicht. Aber was ist mit dir? Vielleicht wolltest du deinem Schulfreund eins auswischen?“, kontert Diana.

„Ein Motiv. Das ist doch allemal besser als die Dartscheibe“, bemerkt Aschi.

„Und Aschi? Welches Motiv hättest du?“, lenkt Sputnik ab.

„Ich möchte meine Särge loswerden. Bald trifft die neue Frühlingskollektion ein. Da brauch ich Platz“, kommt die Antwort so rasch, als ob er sie sich zurechtgelegt hätte.

„Alibi haben wir drei jetzt jedenfalls keines mehr“, sagt Diana trocken und plötzlich wird es zwischen ihnen ganz still.

„Stimmt. Wir sollten besser überlegen, was wir jetzt machen“, schlägt Sputnik vor.

„Ohne deinen Assistenten wird es schwer, alles haargenau zu dokumentieren", überlegt die Kommissarin.

„Ach, das geht schon", meint der Spurensicherer. „Diana, du machst Fotos mit deinem Smartphone und Aschi verwendet die Diktierfunktion auf meinem Handy", weist er beide an, sich nützlich zu machen. „Es wird zwar schwierig werden, diese unkonventionelle Vorgehensweise meinem Chef zu erklären, aber wir haben keine andere Wahl, nachdem Albin nicht so schnell zur Stelle sein kann."

„Und was machen wir, wenn wir fertig sind?", würde Diana gerne mehr über seinen Plan erfahren.

„Aschi bringt den Leichnam in die Pathologie."

„Sehr schlau, Dr. Neunmalklug. Ist in deinem Oberstübchen überhaupt schon jemand zu Hause? Da brennt noch kein Licht", klingt der Bestatter diesmal ernster.

Diana muss kichern, während Sputnik ihn mit großen Augen ansieht.

„Zufällig habe ich Hochprozentiges intus und bin ein gefundenes Fressen für die Polizei."

„Wir sind die Polizei!", zeigt Sputnik zuerst auf sich und dann auf seine Kollegin, die nichts dagegen einzuwenden hatte, dass er die beiden Partytiger mit seinem Auto leicht angeheitert vom Waldfriedhof ins Stadtzentrum kutschiert.

„Und ich bin Leichenbestatter", macht er eine ähnliche Handbewegung wie Sputnik und meint damit sich selbst. „Mit dem Schwips setze ich mich sicher nicht hinters Lenkrad!"

„Da hat er völlig recht, auch wenn der Typ eh schon tot ist", deutet sie auf die Leiche. „Zweimal sterben muss er wirklich nicht. Das hat er nicht verdient. Und eine weitere Leiche können wir heute echt nicht gebrauchen", klimpert sie mit den Wimpern.

„Dann organisiere doch bitte schnell jemanden, der uns und den Toten in die Pathologie nach Klagenfurt bringen kann", erwartet

Sputnik sich eine andere Lösung.

„Ich habe einen guten Freund bei den Samaritern, der schuldet mir noch einen Gefallen", bietet Aschi an.

„Und ich warne Mr. Hyde vor", sagt Diana und ein mulmiges Gefühl breitet sich in ihrer Magengegend aus.

Ein Toter bei einem der Wahrzeichen der Stadt. Ein Anschlag? Hoffentlich nicht. Villach steckt definitiv in der Krise. Diana somit auch. Und wenn das wieder einer von Dr. Jekylls berühmten Selbstmorden ist, dann weiß sie wirklich nicht mehr, was sie tun soll.

Samstag, 7. Dezember 2019, 09:36 Uhr

„Darf ich vorstellen? Dr. Stefan Säger. Er möchte Facharzt für Pathologie werden und ist seit gestern Teil unseres Teams. Dreimal in der Woche wird er uns beehren und viel dazulernen“, ist der Chefpathologe stolz darauf, sein Wissen an die nachfolgende Generation weiterzugeben.

Diana und Sputnik begrüßen den jungen Mann und sind verblüfft. Dass jemand so schnell Dr. Jekylls heilige Hallen betreten und bei Obduktionen dabei sein darf, ist schon etwas Besonderes.

Mr. Hyde assistiert wie gewohnt, während der junge Doktor seinen Notizblock bereithält, um wichtige Informationen und Vorgänge aufzuschreiben.

Dr. Jekyll schlägt das Leintuch zurück.

„Was haben wir denn da?“, fragt er und zeigt mit seinem Finger auf das Messer, das noch in Antons Brust steckt. „Gut gezielt und getroffen“, bemerkt er, während Diana die vielen Tattoos, die beide Arme des Toten zieren, begutachtet.

Die Tätowierungen lassen Dr. Kalt sichtlich kalt, aber Diana hat das Gefühl, dass sie interessant sein könnten. So viele Symbole und Bilder hat sie noch bei keinem Toten entdeckt. Sie macht Fotos mit ihrem Handy, um später mehr über die Bedeutungen herauszufinden. Vielleicht führen sie zu einer Spur.

„Tja, wer hätte gedacht, dass ein so kleines Messer den großen Kerl zu Fall bringt", quasselt plötzlich Dr. Säger einfach drauflos, bekommt jedoch keine Zurechtweisung von Dr. Jekyll, während seiner gerichtsmedizinischen Untersuchung leise zu sein.

„Das sehe ich genauso, Herr Kollege", stimmt Dr. Jekyll ihm zu.

Diese neue Seite an Dr. Kalt versetzt Diana in Staunen. Möchte der Dreikäsehoch Bonuspunkte sammeln? Sie wird jedes Mal gerügt, wenn sie auch nur einen kleinen Pieps von sich gibt. Aber dem jungen Gemüse ist es erlaubt, zu unterbrechen und stupide Kommentare abzugeben. Wahrscheinlich genießt er einen anderen Status als eine Kriminalbeamtin. Diana überlegt schon seit Längerem immer wieder, welchen Grund es gibt, dass er sich ihr gegenüber so abwertend verhält.

Während sich Dr. Jekyll über die Leiche beugt, macht Diana weitere Fotos vom Toten. Sputnik starrt auf die Wand hinter Mr. Hyde. Er wirkt gedankenverloren und scheint mit dem Dahinscheiden seines Schulkollegen zu hadern. Innerlich nagt es an ihm, dass er sich nicht an jedes Detail der letzten Nacht erinnern kann. Diana weiß, dass er sich in gewisser Weise die Schuld an dem Unglück gibt.

„Wie Sie sehen, wurde das Messer zwischen der ersten und zweiten Rippe platziert und hineingestoßen", führt der Gerichtsmediziner nach einer kurzen Denkpause die Obduktion fort und Sputnik lenkt seine Aufmerksamkeit wieder auf den Toten.

Dr. Jekyll zieht langsam das Messer aus dem Fleisch, begutachtet die Klinge im Licht, hüllt sich aber nicht wie gewohnt in Schweigen.

„Sehen Sie diese Klinge?", beginnt er mit seinen Ausführungen für den Neuling, während er die anderen Anwesenden wie Luft behandelt. „Sie ist sehr scharf. Damit können Sie mit Leichtigkeit auch die dicksten Arterien durchtrennen."

„Ist die Klinge nicht zu kurz?", verhält sich plötzlich der Neue wie ein Chefermittler.

Diese Aufgabe würde normalerweise Diana zustehen.

„Nein, das glaube ich nicht. In Kürze werden wir es mit Sicherheit wissen“, klingt er samtweich, als ob er heute Morgen Koks geschnupft hätte, aber wahrscheinlich ist es nur der Schlafmangel, der schön langsam seine Persönlichkeit verändert.

„Und wie verschaffen wir uns Sicherheit?“, fragt Dr. Säger.

„Ganz einfach. Aufschneiden“, erklärt Dr. Kalt und reicht ihm sein Skalpell.

„Ich darf … ich darf heute schon eine Leiche aufschneiden?“

Stotternd bringt er die Worte kaum über seine Lippen.

„Natürlich, beeilen Sie sich, solange sie noch frisch ist.“

Diana steht mit offenem Mund daneben und will es nicht wahrhaben. Er kann doch so ein Greenhorn nicht am ersten Tag an ein potenzielles Mordopfer ranlassen. Der soll erst mal an alten Opas üben, bevor er vielleicht noch wertvolle Spuren verwischt.

„Sie sind wohl nicht ganz frisch“, kann Diana nicht an sich halten, da sie glaubt, im falschen Film zu sein. Diese Verantwortungslosigkeit grenzt ja schon an Leichenschändung. Sie kann es nicht fassen. „Haben Sie einen Clown gefrühstückt?“

„Nicht nur einen“, sagt Dr. Jekyll gleichgültig. „Aber wenn Ihnen etwas nicht passt“, fängt er seinen nächsten Satz an, während er ihr die blutige Klinge unter die Nase hält, „können Sie auch gerne wieder gehen.“

Wütend schnaubt sie aus und spricht kein weiteres Wort. Das Messer war Drohung genug.

„Das ist mir eine Ehre, Dr. Kalt“, stellt sich Dr. Säger neben den Rechtsmediziner hin, nimmt das Skalpell in die Hand und macht sich an den Ypsilonschnitt.

Das Messer drückt er quer unter dem linken Schlüsselbein ins Fleisch und schneidet bis zur Brustmitte, um dann den Weg nach unten zum Brustbein zu nehmen. Danach kehrt er zum rechten

Schlüsselbein zurück, drückt auch hier die Klinge voller Inbrunst hinein und schneidet bis zu der Stelle, an der die Spur im ersten Schnitt endet.

„Das schaut schon sehr professionell aus“, kommentiert Dr. Jekyll die Vorgehensweise des jungen Kollegen, der liebend gerne in seine Fußstapfen treten möchte, auch wenn diese im Moment noch zu groß für ihn sind.

Die anderen drei schauen einander verwundert an. So kennen sie den Doktor nicht. Zuerst überlässt er einem Neuling sein Skalpell, dann lobt er ihn auch noch. Sein Lieblingssänger darf heute auch kein Lied trällern. Was ist passiert?

„Das freut mich, dass Ihnen der Schnitt gefällt“, fühlt sich Dr. Säger geschmeichelt.

Mit zwei geschickten Handgriffen klappt Dr. Jekyll die Hautfetzen auseinander und widmet sich den Rippen. Mit einer überdimensional wirkenden Zange setzt er in der Mitte an und zerteilt den Brustkorb wie ein Brathendl vom Grill. Dann spreizt er die Knochen auseinander, um an das Herz zu gelangen, macht ein paar feine Schnitte mit dem Skalpell und entnimmt das Organ. Wie ein lüsterner Vampir sieht der Doktor auf seine Trophäe, die er am liebsten sofort verspeisen würde.

„Ich habe Hunger, Dr. Gärtner, könnten Sie mich bitte von meiner Schnitzelsemmel abbeißen lassen“, unterbricht er plötzlich den Vorgang.

Dr. Hyde tut, wie ihm geheißen wurde, holt die Semmel und hält sie zu seinem Mund. Er beißt beherzt zu. Ketchup rinnt heraus und tropft auf die Leiche. In diesem Moment dreht sich Sputnik zur Seite, doch Diana kann den Blick von dieser vor Fett triefenden Semmel nicht abwenden. Ekel überkommt sie. Dr. Sägers Gesicht erhellt sich. Er findet es wahrscheinlich auch noch appetitlich, während einer Obduktion zu essen.

„Auf einen Blutfleck mehr oder weniger kommt es auch nicht mehr an“, scherzt Dr. Jekyll schmatzend.

Konzentriert schwenkt er das Herz in der Luft hin und her.

„Dr. Säger, sehen Sie, hier ist der Einstich vom Messer“, zeigt er mit dem Skalpell auf eine Stelle, wo eine Klappe beschädigt wurde.

„Natürlich haben Sie recht, Dr. Kalt. Wie konnte ich nur eine Sekunde an Ihrem Urteil zweifeln“, entschuldigt sich Dr. Säger demütig.

„Aber nicht doch“, winkt Dr. Jekyll ab. „Damit können wir getrost von einem Selbst…“

„…mord ausgehen“, beendet Dr. Säger seinen Satz.

Zufrieden sieht Dr. Jekyll ihn an.

Diana schließt genervt ihre Augen.

„Oh nein, nein, nein“, versucht sie, die nächste inakzeptable Theorie eines Suizids abzuwenden.

„Das ist doch sonnenklar. Das kann nur Selbstverschulden sein“, erläutert der Pathologe in spe den Sachverhalt. „In diesem Fall ist der Tote Opfer und Täter zugleich“, teilt der Ehrgeizling seine bahnbrechende Erkenntnis den anderen mit.

„Gut erkannt“, ist Dr. Jekyll begeistert von seinem Schützling.

Diana ist entsetzt. Eigentlich sollte sie sich über den Ausgang der Autopsie gar nicht mehr wundern. Jeder, der auf Dr. Jekylls Tisch landet, hat anscheinend Suizid begangen oder ist durch eine schwere Krankheit zu Tode gekommen. Aber Mord? Das Wort kennt er nicht einmal. Die vielen wichtigen Fragen, die Diana gerne stellen würde, werden auch heute wieder nicht beantwortet werden. Keiner weiß, ob noch andere Spuren auf den Händen des Toten zu finden sind. Auf seiner Jacke, seinem Hemd und auf dem Griff des Messers? Das ist mehr als frustrierend. Sie kann nur den Bericht der Forensik abwarten und Ruhe bewahren. Vielleicht gibt dieser mehr Aufschluss über den Tathergang.

„Da haben sich ja zwei Suizidfanatiker gefunden", murrt Diana leise in Sputniks Richtung.

„Sie können sich Ihre abfälligen Bemerkungen sparen. Stets einer Meinung mit dem Chefpathologen zu sein, hat auch Vorteile", zeigt er mit dem Herz auf die Kommissarin, um ihr erneut klarzumachen, dass er keine Einsprüche duldet. „Alle Fragen beantwortet. Keine mehr offen", klatscht der Rechtsmediziner das Herz zurück in den Brustkorb, aus dem er es vorhin herausgeholt hat.

„Dr. Säger", wendet er sich abermals dem jungen Arzt zu, „reißen Sie ihm doch bitte noch ein Löckchen für die Drogenanalyse aus. Sie wissen ja, das Problem immer bei der Wurzel anpacken", dirigiert er und hält ihm ein Plastiksäckchen hin. „Dr. Gärtner, nähen Sie den Mann wieder zu und verfassen Sie heute das Gutachten. Ich habe noch einen Termin", weist er Mr. Hyde an, seine Arbeit zu Ende zu bringen, und deutet seinem Mini-Me, mit ihm zu kommen.

Samstag, 7. Dezember 2019, 14:00 Uhr

Eine graue Limousine fährt vor. Die Scheiben sind abgedunkelt. Jetzt wird es spannend. Wie in einem Agentenfilm, denkt sie sich. Die Türe wird geöffnet und eine Hand, die zu einem dottergelben Sakko gehört und winkt, kommt zum Vorschein. Diana folgt der Aufforderung und springt in den Wagen. Hubsi begrüßt sie mit einem verstörten Unterton in seiner Stimme.

Er hat sie völlig aufgelöst angerufen und gebeten, um 14:00 Uhr vorm Rettl zu warten, weil er dringend mit ihr reden müsse.

„Bernie, wir drehen eine Runde um den Faaker See“, weist er seinen Chauffeur an.

„Faaker See?“, glaubt sie, sich verhört zu haben. „Wir können uns auf jeden Parkplatz hinstellen, um ein Gespräch zu führen.“

„Diana, es ist fünf vor zwölf.“

„Nein, kurz nach zwei“, erwidert sie und schaut auf ihr Handy.

„Jetzt schlägt’s aber dreizehn“, kontert er schlagfertig und Schweißperlen treten auf seiner Stirn hervor.

Betroffen greift er nach seinem grün karierten Stecktuch. Mit einer gehetzten Handbewegung tupft er sich den Schweiß ab.

„Ich rede nicht von der Uhrzeit, sondern von unserer verzwickten Lage. Journalisten belagern den Eingang des Rathauses und die kennen meinen Dienstwagen. Wenn wir jetzt irgendwo stehen bleiben, verfolgt uns diese Meute auch noch."

„Die sind aber dreist", entfährt es Diana.

„Lästig wie die Scheißhausfliegen. Ich komme mir vor wie in einem schlechten Film. Wöchentlich grüßt das Murmeltier."

Er ist völlig durch den Wind. Seine sonst so perfekt sitzende Frisur wirkt heute zerzaust. Er ist sich sicher vor Aufregung mit der Hand durch seine Haare gefahren. Und auch seine Ausdrucksweise ist rustikaler als sonst.

„Jetzt ist genau das eingetreten, was ich befürchtet habe und was du mir nicht glauben wolltest", klingt er verzweifelt. „Schon wieder ein Toter!", lässt er sie nicht zu Wort kommen. „Wie kann das sein? Was ist bloß los? Was gefällt den Menschen in unserer schönen Stadt nicht?", holt er tief Luft. „Was soll ich jetzt noch tun? Die Presse wartet auf ein Statement. Aber das habe ich nicht. Was soll ich ihnen sagen?", zieht er seine Augenbrauen nach oben und starrt ins Leere. Mit einem hilfesuchenden Blick fleht er sie an, ihn aus dieser Sackgasse herauszumanövrieren.

„Es waren alles Selbstmorde, auch der Mann beim Trachtenpärchen", erklärt sie ihm und versucht, ihn damit zu beruhigen. „Es besteht keine Gefahr für die Bevölkerung."

Hubsi runzelt die Stirn und es scheint, als ob seine Atmung zum Erliegen kommt. Plötzlich herrscht betroffenes Schweigen zwischen ihnen. Diana wird bewusst, welche Standardfloskel sie ihm aufgetischt hat, an die sie selbst nicht glaubt.

„Schon wieder?", durchbricht er die Stille. „Diana, das kannst du deiner Großmutter erzählen. Da treibt doch irgendjemand sein Unwesen, aus welchen Gründen auch immer", poltert er.

Diana weiß nicht, was sie darauf sagen soll.

„Meine schöne Stadt geht unter", setzt er noch eins drauf.

„Laut dem pathologischen Befund war es ein Selbstmord", versucht sie es doch noch mal, um ihn von seiner Schwarzseherei abzubringen. Als Diana dieses Wort erneut ausspricht, hofft sie inständig, dass es tatsächlich einer war.

Hubsi schüttelt den Kopf.

„Das wäre ja fast noch schlimmer. Drei Tote in nur drei Wochen. Alles Selbstmorde. Dabei ist es doch so herrlich, in Villach leben zu dürfen. Es gibt schöne Festivitäten, ein sensationelles Kulturprogramm, einen traumhaften Weihnachtsmarkt. Wir haben so viele tolle Projekte realisiert, von denen alle etwas haben. Denk doch nur einmal an die Milliardeninvestition von Infineon und die ganzen Betriebsansiedelungen. Und dann passiert das. Dass das Leben hier derart beschissen ist, hätte ich mir echt nicht gedacht. Dabei bemühe ich mich jeden Tag, die Stadt lebenswerter zu machen", wird er melancholisch.

Diana hat Mitleid mit ihm. Sie weiß, wie sehr ihm Villach am Herzen liegt, und sie weiß auch, dass sie ihm irgendwie aus der Patsche helfen möchte.

Sie fahren die lang gezogene Kurve bei Mittewald entlang.

„Was rätst du mir?"

„Das Gleiche wie letztes Mal. Das hat ja funktioniert, oder nicht?"

„Ja, das hat gepasst. Aber diesmal ist es etwas anderes."

„Was ist anders?"

„Es fühlt sich anders an. Als ob jemand das Messer mitten in das Herz von Villach gerammt hätte."

„Und?"

„Was ist, wenn jemand wirklich etwas gegen den Kirchtag hat?"

„Bei den steigenden Besucherzahlen glaube ich das nicht."

„Oder vielleicht gegen die Bauerngman oder gar gegen …", hält Hubsi inne. Er presst seine Lippen aufeinander und schluckt schwer.

Gebannt starrt Diana auf seinen Mund, in der Erwartung, dass er sich öffnet, um den Satz zu Ende zu bringen. Als er noch immer nichts sagt, wiederholt sie seine Worte.

„Oder gar gegen?"

„Gegen mich. Er hat etwas gegen mich, als Person oder gegen meine Politik."

„Und deswegen, glaubst du, hat sich der Bauerngman-Typ umgebracht?", schlussfolgert sie.

„Nachdem es angeblich kein Mord war, kann ich mir im Moment nichts anderes vorstellen. Ein Mitglied der Bauerngman tötet sich selbst, noch dazu genau beim Trachtenpärchen. Wenn das keine Botschaft ist, dann weiß ich auch nicht", steigert er sich hinein.

„Ach, Hubsi. Gut, dass du Standes- und kein Kriminalbeamter geworden bist", murmelt sie leise.

„Wie bitte?", hat er etwas gehört, aber nicht richtig verstanden.

Diana unterlässt es, auf seine Frage einzugehen.

„Bernie", spricht sie ruhig, als sie das Ortsschild von Drobollach sieht. „Bitte halt kurz beim Bernold."

„Was willst du denn dort?", fühlt Hubsi sich übergangen.

„Wir brauchen was Süßes zur Beruhigung für die Nerven. Hubsi, jetzt mal im Ernst. Wegen dir bringt sich doch niemand um. Du bist einfach zu lieb und nett. Das würde dir keiner antun, da niemand einen Grund dazu hätte", klingt sie versöhnlicher. „Oder etwa doch?", fügt sie hinzu.

In dem Moment bleibt die Limousine vor dem Café stehen.

„Was darf ich euch bringen?", ertönt die Stimme des Chauffeurs.

„Punschkrapferln, bitte. Mindestens vier, eines für Hubsi und drei für mich. Wenn du auch eines möchtest, dann mehr", gibt Diana ihre Bestellung auf und sieht dann wieder zum Bürgermeister. „Gab es in der letzten Zeit irgendwelche Anrufe oder sonstige Beschwerden, die dich stutzig werden ließen?"

Verdutzt sieht Hubsi sie an.

„Nein, nicht, dass ich wüsste."

„Irgendwelche Drohungen?"

„Daran würde ich mich sicher erinnern."

„Ich hab's doch gewusst!", klopft sie mit der flachen Hand auf seinen Oberschenkel.

„Was?", zuckt er zusammen. „Was ist denn jetzt schon wieder?", hält er seine Hand auf seine Herzgegend. Anscheinend hat sie ihn erschreckt.

„Du hast bestimmt nichts mit den Selbstmorden zu tun. Sonst hätten wir irgendwelche Hinweise gefunden, aber das haben wir nicht", gibt sie ihm die Bestätigung, dass er aus dem Schneider ist. „Alles wird gut. Wir müssen nur die Ruhe bewahren und überlegen, was wir als Nächstes tun."

„Was sollen wir denn bei Suiziden machen? Ein Bürgertelefon einrichten? Oder eine App? Mein Bürgertaxi dafür nutzen, um das nächste Unglück abzuwenden? Das würde doch nie funktionieren. Weißt du was, ich glaube nicht daran."

Diana schnauft über.

„An was glaubst du nicht?", fragt sie nach, obwohl sie bereits weiß, auf was er hinausmöchte.

„Dass es sich um Selbstmorde handelt."

Diana reagiert darauf nicht. Was soll sie ihm antworten? Sie glaubt ja nicht einmal selbst daran.

„Finde heraus, was an den Todesfällen dran ist", bittet er sie inständig.

„Das kann ich nicht!"

„Warum nicht?"

„Ich kann nicht einfach auf eigene Faust ermitteln, wenn die Fälle schon als Suizide deklariert sind."

„Da gibt es doch sicher einen gewissen Ermessensspielraum."

„Darum geht es gar nicht. Weißt du eigentlich, was für eine Untersuchung alles nötig ist? Angefangen bei der Spurensicherung bis hin zu den Rechtsmedizinern, die die Leiche noch einmal aufschneiden müssen. Das kostet alles Geld, das wir derzeit sowieso nicht haben“, zählt sie die Punkte auf, die gegen ein Aufrollen der Fälle sprechen.

Ganz zu schweigen von ihrem Kollegen Siebert. Wenn er von ihrer heimlichen Recherche Wind bekommen sollte, würde die alte Petze ihrem Chef alles brühwarm erzählen. Dann war es das mit ihrer Karriere.

„Solche Alleingänge darf und kann ich mir nicht erlauben, selbst wenn ich es gerne tun würde.“

„Also würdest du gerne. Du hast doch auch das Gefühl, dass da etwas nicht stimmt“, hakt er geschickt bei ihrer letzten unbedachten Äußerung ein.

„Du verlangst viel von mir. Das ist dir hoffentlich bewusst.“

„Ja, ich weiß. Aber dir liegt doch auch was an Villach, oder nicht?“

Plötzlich wird die Autotüre geöffnet und eine Box ins Wageninnere gereicht.

„Bernie, herzlichen Dank“, nimmt Diana die Punschkrapfen entgegen, auch wenn ihr der Appetit nach dieser Offenbarung vergangen ist. Die Arbeit, die ihr bevorsteht, wird kein Honigschlecken werden.

„Dann haben wir einen Deal?“, hält Hubsi ihr seine Hand hin.

Eigentlich war es ihr geheimer Plan, ohne das Wissen anderer Nachforschungen anzustellen und erst bei handfesten Beweisen damit rauszurücken, aber jetzt wendet sich das Blatt. Einen Auftrag vom Bürgermeister kann sie nicht ausschlagen. Und in gewisser Weise hat sie damit auch seine Rückendeckung. Als sie ihm die Hand drauf gibt, spürt Diana die aufkommende Vorfreude. Endlich wird sie als Kriminalistin wieder gefordert und ist voll in ihrem Element. Und das noch dazu mit dem Sanctus von ganz oben.

„Ja, haben wir", bekräftigt sie ihren Handschlag. „Darauf müssen wir mit einem Punschkrapferl anstoßen", findet Diana ihren Humor und auch ihren Appetit wieder.

„Untersteh dich, zu patzen. Bernie hat erst gestern das Auto geputzt", ermahnt Hubsi sie mit einem zögerlichen Lächeln auf seinen Lippen.

Nach einigen genüsslichen Lauten von Diana lässt er sich dazu hinreißen und nimmt sich auch ein Punschkrapferl.

„Auf dich!", beißt er beherzt hinein und genießt die wohltuende Süße.

Samstag, 7. Dezember 2019, 16:13 Uhr

Nachdem Diana persönlich Anton Obergailers Eltern über das tragische Ende ihres geliebten Sohnes informiert hat, wählt sie die Nummer des Chefs der Bauerngman.

„Hirschhuber", meldet er sich mit einer kratzigen Stimme. Anscheinend hat auch er die Nacht durchgemacht.

Die Kommissarin stellt sich kurz vor, geht dann aber sofort zum ungemütlichen Teil ihres Gesprächs über.

„Wir haben Ihr Mitglied Anton Obergailer heute früh tot aufgefunden. Waren Sie gestern Abend mit ihm unterwegs?"

Für einen Moment glaubt sie, eine Feder zu Boden sinken zu hören, so leise ist es.

„Wie bitte?", japst er nach Luft, da er glaubt, sie falsch verstanden zu haben. „Der Gaili ist tot?"

„Ja, wir haben ihn heute Morgen bei der Trachtenpärchenstatue aufgefunden."

„Beim Trachtenpärchen?", wiederholt er Dianas Worte. „Wie ist das denn passiert?"

„Waren Sie gestern mit ihm unterwegs und, wenn ja, wie lange?", fühlt sich Diana nicht bemüßigt, Genaueres über die Umstände seines Ablebens preiszugeben. Ihr innerer Sherlock hat etwas anderes vor.

„Wir hatten gestern Weihnachtsfeier mit der Bauerngman. Ich habe ihn das letzte Mal um etwa 22:00 Uhr gesehen, als ich mich mit den anderen von ihm verabschiedet und auf den Heimweg gemacht habe."

„Wo war das?"

„Beim Dobratsch-Glühweinstandl."

„Ist Ihnen irgendetwas komisch vorgekommen an diesem Abend? Hat er sich vielleicht mit wem angelegt?"

„Der Gaili hat zwar keine Manieren, aber das nehmen wir ihm nicht übel. So ist er halt. Dafür ist er immer zur Stelle, wenn wir ihn brauchen … gebraucht haben", bessert er sich aus. „Auf ihn war Verlass."

„Wie hat er sich Frauen gegenüber verhalten?", kommt ihr plötzlich in den Sinn.

„Der hat sich alles geschnappt, was nicht bei drei auf den Bäumen war. Er war ein Schürzenjäger, das muss ich zugeben, aber den Weibern hat es anscheinend gefallen."

Diana gibt keine Antwort darauf. Und das Wort „Weiber" hat sie überhört.

„Hat er sich irgendetwas zuschulden kommen lassen?", wagt Diana sich vor.

„Nein, davon wüsste ich nichts."

„Hegt er einen Groll gegen den Bürgermeister?"

„Gegen den Ringleitner? Nie im Leben, den hat er über alles geschätzt und war immer hocherfreut, wenn er bei unseren Brauchtumsaktivitäten dabei war."

„Das war's auch schon. Danke. Wenn Ihnen noch was einfällt, melden …", möchte Diana das Telefonat beenden, aber der Großbauer funkt dazwischen.

„War es Mord?", platzt es aus ihm heraus.

„Nein, wir gehen von Selbstmord aus“, lässt sie sich dazu hinreißen, die Todesursache zu offenbaren.

„Was? Der Gaili würde sich nicht umbringen. Nie und nimmer“, haspelt er die Worte heraus.

„Herr Hirschhuber, das sagen viele Angehörige und Freunde, da sie es nicht wahrhaben wollen. Sie können nicht in einen Menschen hineinschauen, was in ihm vorgeht. Ich kann es auch nicht. Halten Sie sich bitte zur Verfügung, falls ich Sie zu einem Verhör ins Revier zitieren muss“, wirkt sie nun strenger als zuvor und legt auf.

Sonntag, 8. Dezember 2019, 06:38 Uhr

Diana schlurft in ihrem Frotteepyjama von ihrem Schlafzimmer in die Küche. Columbo und Sherlock folgen ihr. Sie reibt sich die Augen und gähnt. Die Nacht war zu kurz, obwohl sie es gestern frühzeitig ins Bett geschafft hat. Doch die Kater haben keine Ruhe gegeben und betteln bereits zum dritten Mal um Leckerlis. Die erste Attacke fand um zwei Uhr früh statt. Mit einem leichten Pfotenschlag in ihr Gesicht versuchte Sherlock, sie aus dem Tiefschlaf zu holen, was ihm auch gelang. Nach ein paar wehmütigen Lauten stand sie murrend auf. Wie in Trance kredenzte sie dem hungrigen Kater seine Leibspeise und ging wieder zurück ins Bett, doch ihr wohlverdienter Schlaf war ihr nicht lange vergönnt. Diesmal war es Columbo, der sie aus ihrer REM-Phase weckte. Wie eine Schlafwandlerin richtete sie auch ihm sein Lieblingsgericht an. Danach war dann endlich Ruhe im Karton, bis sechs Uhr morgens. Beide tollten in der Wohnung umher und setzten ihr Spiel auf Dianas Bett fort, was es ihr unmöglich machte, im Land der Träume zu verweilen.

Katzen können so herrlich ausdauernd sein, wenn sie etwas haben wollen. Daher liebt Diana ihre zwei Norweger auch über alles. Ein Miau folgt dem anderen, als Diana wie ferngesteuert ein paar Leckerlis für ihre süßen Rabauken in die Schüssel schüttet. Wenn sie bloß auch Dr. Jekyll gegenüber diese Ausdauer an den Tag legen würde. Sie sollte ihm jedes Mal nach einer mangelhaften Diagnose so lange auf der Nase herumtanzen, bis er einwilligt, die Leiche genauer zu untersuchen oder einen Kollegen ranzulassen, wenn er selbst schon keine Lust hat. Verärgert über ihr Zaudern setzt sie ein Teewasser auf. Ein English Breakfast wird ihr guttun und sie munter machen. Ihre „God save the Queen"-Tasse steht schon bereit.

Gestern war sie nach ihrer Ehrenrunde mit Hubsi noch im Revier, um die Akten der letzten drei Fälle zu kopieren. Im Normalfall ist das nicht gestattet, aber für Diana ist das kein Normalfall mehr. Daher hat sie nicht gezögert. Sie verteilt die kopierten Akten auf dem Tisch und nimmt einen Stift in die Hand. Sie liest den Namen eines Toten nach dem anderen und erinnert sich an die Tatorte. Sie schließt ihre Augen und lässt die Leichen in ihrem Geiste vorüberschweben. Es gibt deutliche Anzeichen, die nicht auf Selbstmorde schließen lassen. Was immer der Rechtsmediziner auch gesehen haben mag, die wichtigsten Details hat er geflissentlich außer Acht gelassen. Wer weiß, vielleicht hat auch sie so manches übersehen.

Sie fühlt sich in die Zeit in London zurückversetzt. Damals hatte sie auch eine Reihe vermeintlicher Suizidfälle, hinter denen ein Serienmörder steckte, der sehr geschickt vorging. Ein eiskalter Schauer läuft ihr über den Rücken. Der Fall hatte ihr mehr zugesetzt, als sie gedacht hatte. Nachdem der Killer hinter Schloss und Riegel saß, musste sie psychologische Betreuung in Anspruch nehmen und auch ein paar Wochen lang Medikamente schlucken, um ihre Albträume in Schach zu halten und überhaupt schlafen zu können. Bei der letzten Befragung war der Killer erstaunt darüber, dass es Diana gelungen ist, hinter seine Fassade zu sehen und ihm zuvorzukommen. „Das zeugt von einer sehr kaputten Psyche", hat er ihr gesagt und sein diabolischer Lacher dabei hallt auch jetzt in ihren Ohren nach. Nun hofft sie inständig, dass die Villacher Fälle, auch wenn es Fremdverschulden war, nichts miteinander zu tun haben und sie sich nicht wieder in einen kranken Psychopathen hineinversetzen muss, um ihm das Handwerk zu legen.

Natürlich wäre es einfacher, zu sagen, dass alle drei Selbstmörder waren, doch das wäre zu einfach. Es mag schon sein, dass es gerade in der Weihnachtszeit vermehrt zu Selbstmorden kommt, aber so knapp hintereinander? In derselben Stadt? Und noch dazu so eigenwillige Suizide? Vielleicht wollten zwei von den drei toten Männern wirklich nicht mehr. Alles ist möglich. Bei einem hatte ganz sicher ein Täter seine Hände im Spiel, ist sie hundertprozentig überzeugt.

Als sie nach der Akte greifen möchte, springt Sherlock auf den Tisch und lässt sich zielsicher darauf nieder. Sie hebt ihn auf ihren Schoß. Von dort aus hat er auch einen guten Überblick über die Fälle.

„Der erste Todesfall war am 22. November. Genau eine Woche nach der Lichterprobe“, denkt sie laut. „Die alte Frau Weiss hat ihn gefunden und seine Freundin hat ein wasserdichtes Alibi. Der Hündin geht es Gott sei Dank wieder besser.“ Sie schaut zu ihrem Kater. „Was sagst du, Sherlock? Glaubst du, dass ihr Freund dem kleinen und wehrlosen Hund etwas angetan hat?“, stellt sie ihm die Frage, woraufhin er zweimal blinzelt.

„Du stimmst mir also zu?“, fragt sie vorsichtshalber nach.

Ein weiteres Blinzeln folgt. Diana weiß genau, was es bei Sherlock bedeutet, wenn er diese Geste macht. Er stimmt ihr zu.

Voller Freude stupst sie zärtlich mit ihrer Nase gegen seine. Wer weiß, ob er seine Freundin genauso behandelt hat und was er ihr noch angetan hätte. Hat das vielleicht jemand mitbekommen und wollte sie schützen? Aber warum dann das Stück Papier in seinem Rachen?“, spricht sie ihre Gedanken aus, bekommt diesmal aber nur einen unwissenden Blick von ihrem Hilfssheriff zurück. „Wenn ich nur wüsste, was auf dem Zettel steht“, rauft sie sich die Haare und wirkt gereizt.

In diesem Moment wird ihr wieder bewusst, wie mühsam die Zusammenarbeit mit Dr. Kalt ist. Er hat den vermeintlichen Abschiedsbrief mit keinem Wort in seinem Bericht erwähnt. Auf ihre Anfrage hin hat er es als vollkommen irrelevantes Detail abgetan. „Es tut nichts zur Sache", hat er ihr am Telefon noch gesagt, bevor er, ohne sich zu verabschieden, einfach aufgelegt hat. Zu allen anderen ist er höflich und überkorrekt, nur zu ihr ist er ein Widerling. Ist es, weil sie eine Frau ist, oder steckt mehr dahinter? Sie wird aus diesem Rechtsmediziner nicht schlau. Und sie wird auch nicht schlau daraus, wie sich jemand gleichzeitig ein Stück Papier in den Rachen steckt und sich erhängt.

„Vielleicht hat der Täter ihm den Zettel in den Hals gedrückt, er ist daran erstickt und wurde dann post mortem aufgehängt", kommt ihr in den Sinn. „Aber dazu gibt es an seiner Kleidung weder Schleifspuren noch irgendetwas, was darauf hingedeutet hätte", fährt sie mit ihrer Ausführung fort und sieht, dass Columbo neben ihrem Stuhl sitzt. Diana muss lächeln. Nun wollen beide an der Lösung mitarbeiten. Aufmerksam verfolgen sie die Bewegungen ihres Frauchens.

„Und dieser Gurkenwürger? Was hat es mit dem auf sich?", wischt sie sich mit der Hand über das Gesicht und wundert sich sogleich über ihr neu kreiertes Wort für den Penisring.

Diana nimmt die zweite Akte. Bei diesem Toten war sie leider nicht vor Ort, als er gefunden wurde, daher muss sie sich auf den Bericht verlassen und diesen besonders genau studieren. Hier darf ihr keine kleinste Information durch die Finger gehen. Martin Schmalzl, 45 Jahre alt, verheiratet, leitet eine Anwaltskanzlei, fährt einen Porsche Boxter S und besitzt ein luxuriöses Domizil am Ossiacher See. Auf den ersten Blick ein eher gewöhnlicher Typ. So wirkt er jedenfalls auf dem Ausweisfoto. Laut der Forensik hat er sich selbst in den

Kopf geschossen, aber die Kommissarin hält vorerst trotzdem an ihrer Theorie mit dem Auftragsmord fest.

Der dritte Tote ist natürlich ein Bauernopfer, denkt sie sich. Warum sollte sich ein gut aussehender junger Mann von der Bauerngman ins Jenseits befördern? Und was hat es mit den vielen Tattoos auf sich? Geben sie vielleicht Hinweise auf sein bewegtes Leben, das der Großbauer Hirschhuber angedeutet hat.

Diana sucht die Bilder auf ihrem Handy, die sie bei der Obduktion gemacht hat. Seine Ellbogen ziert das Logo der Bauerngman. Von der Schulter bis zum Handgelenk schlingen sich breite Linien, die wie Äste aussehen. An manchen Stellen scheinen Dornen daraus zu wachsen. Auf dem rechten Oberarm prangt das Logo des Bauernverbands Kärnten. Am Unterarm ist das Datum des Abwehrkampfs verewigt. Dieser Kerl war nicht nur ein glühender Kärntner, er war ein leibhaftiges Abbild von Kärnten und dessen Geschichte. Kein Stückchen Haut ist mehr frei. Kein Platz für eigene Gedanken. Die ganze Landesgeschichte scheint wie ein schweres Erbe auf ihm zu ruhen. Vielleicht hat er mit der übertriebenen Zurschaustellung seiner Heimatverbundenheit jemanden verärgert oder, noch schlimmer, gedemütigt, was in dessen Augen so eine Tat rechtfertigen würde. Diana sieht sich ein Bild nach dem anderen an und grübelt noch eine Weile über die drei Toten. Wie sie es auch dreht und wendet, ihr Gefühl sagt ihr, dass keiner von ihnen ein Opfer seiner selbst ist. Sie müsste nur herausfinden, ob es sich um einen Täter oder mehrere handelt. Einer wäre der Kommissarin lieber, da es schneller geht, ihm auf die Spur zu kommen. Aber zuerst muss geklärt werden, ob die drei Männer etwas verbindet und wem sie zum Opfer gefallen sein könnten. Hier gibt es viele Möglichkeiten.

Jan, der Investmentbanker, könnte Martin als Anwalt engagiert haben, um sich Kunden, die er vielleicht über den Tisch gezogen hat, vom Leib zu halten. Aber wie passt dann Anton in dieses Bild?

Womöglich war er das ausführende Organ und hat die Betroffenen eingeschüchtert? Das würde zu ihm und seiner schroffen Art passen, die der Bauerngman-Chef beschrieben hat. Das Trio hat in ein Wespennest gestochen und nun die Rechnung serviert bekommen. Alle drei wurden für ihre Vorgehensweise, die Opfer von Jan zum Schweigen zu bringen, selbst hingerichtet. Das würde einem James-Bond-Krimi gleichkommen. Und das in Villach. Hubsi wäre begeistert.

Jan und Martin könnten unter einer Decke stecken, aber bei Anton ist ihre Fantasie mit ihr durchgegangen, gesteht sie sich ein.

„Anton, Anton. Wie passt der ins Bild?", murmelt Diana und klappt ihren Laptop auf, um auf Facebook nach ihm zu suchen. Vielleicht stellt er sich ja gerne selbst dar. Passen würde es zu ihm.

Sie tippt seinen Namen ein und prompt wird ihr sein Profil angezeigt. Diana klickt sich durch seine Fotos. Auf einem der ersten lacht ihr Sputnik entgegen, Arm in Arm mit Anton. Sie hält die Luft an. Im Hintergrund ist ihr Gesicht zu sehen, wie sie sich mit Aschi unterhält. Das Bild wurde an dem verhängnisvollen Abend vom Chef des Turmstüberls gemacht, der Anton darauf markiert hat.

„Verdammt", zischt sie.

Auch wenn laut Befund alles auf einen Suizid hindeutet, würde ihr Treffen ein schlechtes Licht auf die Polizei werfen. Wenn ihr Vorgesetzter davon Wind bekommt, könnte er sie von diesem Fall abziehen. Am besten, Diana kontaktiert den Chef vom Turmstüberl, um ihn zu bitten, dieses Foto zu löschen.

Froh über ihren rettenden Einfall klickt Diana weiter. Bilder mit hübschen Frauen erscheinen. Darunter viele Likes und dämliche Kommentare von Männern, die die Kontrolle über ihr Leben ihrem Schwanz überlassen haben. Diana zieht in Betracht, dass ihn vielleicht eine Vertreterin des weiblichen Geschlechts auf dem Gewissen hat. Bei den Fotos, die sie gesehen hat, würde es sie nicht überraschen, wenn er es sich mit einer Auserwählten verscherzt hätte. Es ist vielleicht zu einem Eklat gekommen. Er hat sie bedrängt, sie wollte nicht. Er hat Gewalt angewendet, sie hat sich gewehrt. Diana kennt das nur zu gut und sie würde das der Frau auch nicht übel nehmen. Im Gegenteil. In so einem Fall steht es jeder und jedem zu, sich zu wehren. Bei Notwehr wäre das Thema mit dem Selbstmord vom Tisch. Bei Jan und Martin sieht die Sachlage hingegen anders aus. Dahinter vermutet sie eher Geschädigte, an denen sie sich vergangen und die zurückgeschlagen haben. Selbstjustiz ist zwar keine Lösung, aber ein Weg, um unliebsame Zeitgenossen aus dem Weg zu schaffen.

Diana befindet sich in einer Sackgasse. So kommt sie nicht weiter. Sie hat keine Anhaltspunkte.

Columbo schmiegt sich an ihre Beine.

„Mein Süßer, was ist da los? Habe ich etwas übersehen?“

Zu viele Gedanken schwirren in ihrem Kopf, die kein brauchbares Ergebnis hervorbringen. Ein herzzerreißendes Miauen folgt.

„Ach, du meine Güte. Es ist ja schon wieder Zeit für eure Leckerlis“, steht sie auf und ihr wird bewusst, dass sie einen Serientäter ausschließen muss, da es keine einheitliche Vorgehensweise gibt.

Sie schaut auf ihr Handy. Es ist schon elf Uhr und ihre Mutter hat sie zum Essen eingeladen. Jetzt muss sie sich aber sputen. Zu den leckeren Kärntner Nudeln darf sie nicht zu spät kommen.

Dienstag, 10. Dezember 2019, 17:04 Uhr

„Entschuldigen Sie meine Verspätung“, ist Diana völlig außer Atem, als sie die Tür zum Verhörraum öffnet.

Frau Mag. Nussbaumer winkt ab und legt ihre Schreibarbeiten beiseite.

„Ich weiß, Ihr Job geht vor“, antwortet sie gelassen.

Mit einem lauten Überschnaufen lässt sich Diana auf den Stuhl fallen.

„Zu meiner Verteidigung muss ich sagen, dass wir schon wieder eine Leiche hatten.“

Die Psychologin weitet ihre Augen.

„Meinen Sie den Toten beim Trachtenpärchen. Wieder ein Suizid, habe ich gehört. Das ist in aller Munde.“

„Erinnern Sie mich bitte nicht daran“, schüttelt es Diana bei dem Gedanken. „Diesen Vorfall hab ich nicht gemeint.“

„Also noch eine weitere Leiche?“, ist Frau Nussbaumer sichtlich überrascht.

Diana nickt.

„Es scheint kein Ende zu nehmen“, fühlt sie mit der Kommissarin.

„Bei der Toten handelt es sich um eine ältere Dame, die gestern leblos in ihrer Wohnung aufgefunden wurde.“

„Wurde sie ermordet?“

„Es gibt keine Einbruchsspuren und keine Anzeichen für ein Gewaltverbrechen. Auch einen Selbstmord schließen wir hier aus“, wirkt Diana erleichtert.

„Gott sei Dank, dann ist ja alles gut“, fühlt Frau Nussbaumer mit ihr.

„So ist es. Ein normales Ableben nach einem langen, erfüllten Leben. Einfach entschlafen in ihrem Bett.“

„Das kann man sich nur wünschen. Der schönste Tod von allen.“

„Ja, das stimmt“, gibt Diana ihr recht. „Und das macht es mir auch leichter, zu glauben, dass die Stadt nicht von einer Mordserie heimgesucht wird. Manche munkeln bereits, dass vielleicht ein Fluch auf Villach liegt“, denkt sie an das Radiointerview von Hubsi im Krankenhaus.

„Ein Fluch? Das ist doch absurd. Was sich die Leute nicht alles zusammenreimen“, zeigt sie Diana, dass sie von solchem Getratsche nichts hält. „Aber mich würde mehr interessieren, warum es für Sie nun leichter ist, an Suizide zu glauben?“

Diana fühlt sich ertappt. Sie muss zukünftig aufpassen, was sie von ihrer Arbeit erzählt. Nicht, dass sie noch ihre geheimen Recherchen ausplaudert.

„Ähm, nun ja“, beginnt sie zu stottern. „In London hatte ich es mit dem grausamsten Fall meiner Laufbahn zu tun. Alle zwei Wochen gab es einen Todesfall, und das über Monate hinweg. Bei allen Leichen ging die Pathologie von Selbstmorden aus. Da war der Officekiller, der seine Opfer einfach in die Themse geschmissen hat, nichts dagegen. Auch wenn Suizide in einer Großstadt zur Normalität gehören, wurde ich irgendwann dann doch skeptisch, da mir die Abstände zu regelmäßig vorkamen. Ich habe das meinem damaligen Chef gemeldet und mich auf die Suche begeben. Jedes Detail noch mal angesehen. Leichen wieder auf den Tisch gebracht und nach Hinweisen gesucht, auch wenn diese noch so unlogisch erschienen."

„Hat sich Ihr Verdacht erhärtet?", hat Diana die Neugierde der Psychologin geweckt.

„Anfangs habe ich nichts gefunden", gesteht sie.

„Keine Unstimmigkeiten? Keine Spuren? Jeder hinterlässt doch irgendeine Spur am Tatort, oder nicht?"

„So hab ich das in meiner Ausbildung auch gelernt, aber bei diesen Fällen war es anders. Es war so skurril und aufregend zugleich, einem Täter auf die Schliche zu kommen, dass es für mich mehr war, als nur nach Fingerabdrücken zu suchen. Hinter die Fassade des Monsters zu blicken, das solch ein erbarmungsloses Verhalten an den Tag legt, war eine Herausforderung", klingt Diana plötzlich euphorisch und fühlt sich, als ob es gestern gewesen wäre. „Nachdem es keine brauchbaren Spuren gab, wollte mich mein Chef von diesem Fall abziehen. Er meinte, dass ich mich da in irgendetwas verrannt hätte. Aber ich war mir sicher, dass da mehr dahintersteckt."

„Was haben Sie dann getan?"

„Ich habe mir vorgestellt, dass ich der Täter bin, und in mich hineingefühlt, was ich als Nächstes tun würde."

„Sehr mutig", bemerkt Frau Nussbaumer.

Diana nickt, erwähnt jedoch nicht ihre Therapiesitzungen bei einer Psychiaterin und die Medikamente, die sie nicht nur wegen dem Serienmörder nehmen musste. Wenn das ans Tageslicht gekommen wäre, hätte man sie sicher auf unbestimmte Zeit freigestellt. Eine Kriminalbeamtin unter Einfluss von Beruhigungsmitteln.

„Haben Sie es geschafft, in seine Psyche vorzudringen?"

„Ja", ist sie stolz auf ihre Leistung. „Ich habe ein Tagebuch geführt. Jeden Tag, an dem ein angeblicher Selbstmord stattfand, notierte ich. Jedes Detail, von der Uhrzeit angefangen bis hin zu der Todesursache, habe ich minutiös hinzugefügt."

„Aber das ist doch Ihre übliche Herangehensweise, oder nicht?"

„Das stimmt, aber es war mehr. Ich habe in dem Tagebuch den Mord an sich beschrieben, als ob ich der Täter wäre. Dabei habe ich mich immer wieder gefragt, warum ich es tue. Welches Motiv habe ich? Zuerst kam es mir so vor, als ob er keinen Plan hätte und überhaupt kein Schema. Er brachte seine Opfer einfach willkürlich um, wie es ihm beliebte."

„Aber das tat er nicht", wird der Psychologin auf einmal klar, als sich der Ausdruck in Dianas Gesicht ändert.

„Nein. Eines Abends habe ich die Cosmo gelesen. Dabei ist mir ein Artikel über den Mond ins Auge gesprungen und welche Auswirkungen er auf die Frau hat. Sofort hab ich jedes Todesdatum mit dem Mondstand verglichen und siehe da, das passte perfekt. Er tötete nur bei Vollmond und Neumond."

Frau Nussbaumer wirkt angespannt. Sie kann nicht glauben, was sie da zu hören bekommt.

„Aber das war noch nicht alles", hält Diana kurz inne, um an die Nächte zu denken, die sie mit der Lösung des Falls zugebracht hat. „In jedem Datum steckte eine Botschaft, die ich aus dem Alphabet herauslesen konnte. Der Monat gab mir den Stadtteil preis, der Tag war die Hausnummer und die Quersumme des Datums zeigte die Straße an."

„Waren das Koordinaten, die Sie auf der Landkarte nur zu suchen brauchten?"

„Nein, so einfach war es nicht. Ich gebe Ihnen ein Beispiel: Am 3. Dezember 2017 hatten wir Vollmond. An der zwölften Stelle im Alphabet steht das L. In London ist das der Stadtteil Lewisham. Die Quersumme des Datums ergibt die Ziffer 7 und im Alphabet ist das der Buchstabe G. In Lewisham gibt es eine Gilmore Road mit der

Hausnummer 3, die wiederum für den Tag steht. Und genau dort wohnte eines seiner Opfer."

Frau Nussbaumer legt eine Hand auf ihren Mund. Zu erschüttert ist sie über diese Offenbarung. Nicht auszudenken, was es bedeutet, wenn plötzlich jemand vor der Tür steht, der so seinen perfiden Plan in die Tat umsetzen möchte.

„Aber das ist doch fast nicht möglich, dass in jedem Stadtteil aufgrund seiner Berechnungen eine Straße mit einer bestimmten Nummer existiert."

„Er hatte Glück", sagt sie kühl und erntet einen fragenden Blick von Frau Nussbaumer. „Ich meine, aus seiner Sicht hatte er Glück", präzisiert sie ihre Aussage. „Sein Plan wäre sonst gescheitert oder er hätte davon abweichen müssen. Aber seine Rechnung ging auf, bis ich ihm in die Quere gekommen bin."

„Was haben Sie getan?"

„Ich habe ihm eine Falle gestellt."

„Was war das für eine Falle?"

„Ich habe anhand der Numerologie die Adresse seines nächsten Opfers berechnet. Kurz vor Neumond haben wir die Zielperson in Sicherheit gebracht. Die Einsatzkräfte haben am Abend unauffällig ihre Positionen bezogen und ich nahm den Platz im Haus ein. Verkabelt und bewaffnet habe ich auf den Killer gewartet, bis er zuschlägt, um ihn auf frischer Tat zu überführen und lebenslänglich hinter Gitter zu bringen", erinnert sich Diana erleichtert an diesen Moment zurück.

„Haben Sie mit ihm gesprochen?"

„Natürlich, und es war eine meiner schlimmsten Begegnungen im Leben. Er war einfach nur irre. Sie können mit so einem Menschen keine Konversation führen. Ich musste mich erneut in ihn hineinversetzen, um zu verstehen, warum er es überhaupt getan hat."

„Und? Welches Motiv hatte er?“

„Er war von der Numerologie besessen und machte sich ein Spiel daraus, ein Glied aus einer Kette zu nehmen, um zu sehen, was passiert. Unschuldige kamen ums Leben für seine absurden Experimente.“

„Um Himmels willen“, stößt die Psychologin hervor. „Das ist ja schrecklich. Aber wie hat er es geschafft, seine Verbrechen wie Selbstmorde aussehen zu lassen?“

„Da war er sehr erfinderisch, muss ich zugeben.“ Diana zögert. „Verstehen Sie jetzt, warum ich zuerst nicht an Suizide bei den Fällen in Villach geglaubt habe?“

Frau Nussbaumer nickt. Nach so einer Erfahrung ist das völlig verständlich.

„Befürchten Sie, dass er Sie verfolgt?“

„Das kann er gar nicht, er sitzt doch im Knast.“ Diana beißt sich auf die Unterlippe. Gleich darauf wird ihr unbehaglich. „Damals haben wir vermutet, dass er einen Komplizen hat, aber wir haben keine Beweise gefunden, die unsere Annahme untermauerten.“

„Und wenn es da doch jemanden gibt, der sich an Ihnen rächen möchte? Vielleicht ein Freund des Wahnsinnigen?“, stellt Frau Nussbaumer eine gewagte These auf.

Diana runzelt ihre Stirn.

„Das wäre fatal. Aber dann müsste die Person mich schon direkt angreifen und nicht in meiner Heimatstadt ihr Unwesen treiben“, erlaubt sie es sich nicht, daran zu denken.

Plötzlich fällt es Diana wie Schuppen von den Augen. Das ist, wie Hubsi vermutet hat, dass ihn jemand tief im Herzen treffen möchte. Hat sie tatsächlich ihre Vergangenheit mit nach Kärnten gebracht? Vielleicht ist es auch ihr Exmann, dem sie nach dem Ereignis mit der Waffe so ziemlich alles zutraut. Auch einen weiteren Mord, kommt sie nicht umhin, zu mutmaßen, und es schmerzt mit solch einer Brutalität, dass sie am liebsten aufgesprungen und geflüchtet wäre. Aber sie ruft sich zur Besinnung.

„Dann wäre Villach in Gefahr", flüstert sie, doch so schnell lässt sie sich von ein paar vagen Vermutungen nicht aus dem Konzept bringen. Geistig wischt sie ihre destruktiven Gedanken beiseite. „Aber wir gehen nach wie vor von Suizidfällen aus", erklärt sie mit fester Stimme. „Und solange nicht das Gegenteil bewiesen wurde, wird das auch so bleiben. Es stellt sich für mich nur noch die Frage, wie ich weitere Selbstmorde verhindern kann."

„Wie kommen Sie darauf, dass Sie einen Selbstmord verhindern können?"

Verblüfft sieht Frau Nussbaumer ihre Klientin an.

„Meine Kollegen und ich hatten letzte Woche unseren Dartabend und wir haben den Bauerngman-Typ, der sich ins Jenseits befördert hat, ein paar Stunden vor seinem Ableben in einer Bar getroffen. Wenn wir gewusst hätten, was er im Schilde führt, hätten wir natürlich eingegriffen."

„Aber das können Sie vorher nicht wissen. Außerdem kann es auch passieren, dass übermäßiger Alkoholkonsum eine latente Depression verstärkt und der Betroffene danach handelt. Es kommt zu einer Kurzschlussreaktion. Wenn Sie nicht genau in diesem Moment die Person, die sich umbringen möchte, antreffen, können Sie es als Außenstehende nicht verhindern", stellt sie klar.

„Egal ob Mord oder Selbstmord. Wir hätten es sicher verhindern können, wenn wir ihn nicht in der Bar seinem Schicksal überlassen hätten", wirft sie sich vor.

„So wie Sie sich anders verhalten hätten sollen, als Ihr Mann die Pistole an Ihren Kopf gehalten hat?", merkt Frau Nussbaumer an.

Die Frage erscheint Diana völlig aus der Luft gegriffen. Mit diesem Fall hat das absolut nichts zu tun.

„Das ist etwas vollkommen anderes", antwortet sie heiser und spürt, wie ihre Kehle trocken wird.

„Ist es das tatsächlich?"

„Ja. Das eine ist die Arbeit, das andere mein Privatleben."

„Das hat Ihren Mann aber nicht davon abgehalten, mit seiner Dienstwaffe in Ihrem Schlafzimmer zu hantieren und Ihnen den Lauf gegen die Schläfe zu drücken", spricht die Psychologin in einer härteren Tonlage.

Diana wird ganz ruhig und sinkt nach hinten gegen den Stuhl. In diesem Moment scheint die Zeit stillzustehen. In Dianas Kopf drängen die Geschehnisse dieser Nacht in den Vordergrund. Sie kann sich noch gut an die Sirenen der Rettung erinnern, an das viele Blut und wie besorgt die Sanitäter auf sie eingeredet haben. All die Stimmen und Gesichter, die sie nicht mehr wahrnehmen konnte. Plötzlich ist alles wieder ganz klar in ihrem Gedächtnis. Die Bilder sind gestochen scharf. Der Schleier der Vergangenheit wurde endgültig beiseitegeschoben. Das Gefühl, als sie ins Krankenhaus eingeliefert wurde, breitet sich in ihrem Körper aus. Die Ungewissheit, ob ihr Leben überhaupt noch Sinn macht, wenn es so endet, wird so lähmend wie der grenzenlose Schmerz, der auch jetzt wieder tief in ihrem Inneren zu spüren ist. Sie hat das Erlebte all die Monate vergraben und sich geschworen, es nicht mehr ans Tageslicht zu holen. Aber Frau Nussbaumers eindringliche Fragen haben einen Weg gefunden, die Büchse der Pandora zu öffnen.

Dianas Augen werden wässrig. Eigentlich sollte sie darüber sprechen, aber warum diese alte Wunde komplett aufreißen? Ist es nicht besser, diese Verletzung zuerst vollständig abheilen zu lassen? Danach würde es ihr auch leichter fallen, darüber zu sprechen. Wie ihre Mutter immer zu sagen pflegt: „Die Zeit heilt alle Wunden." Diese weisen Worte beherzigt Diana nun.

„Kaugummi", sagt sie leise, steht auf und geht, ohne sich zu verabschieden.

Freitag, 13. Dezember 2019, 20:15 Uhr

„Freitag der Dreizehnte. Besser kann es nicht mehr werden. Wenn das nicht der perfekte Tag für einen weiteren Mord ist“, redet Diana mit sich selbst, als sie ins Wohnzimmer geht.

Columbo und Sherlock folgen ihr auf leisen Pfoten. Sie lässt sich in ihren Sitzsack fallen, während die beiden Kater die Couch ansteuern. Diana greift mit der einen Hand nach der Fernbedienung, in der anderen hält sie eine Tafel ihrer Lieblingsschokolade, die sie sich heute gönnt. Nicht nur, um ihre Nerven zu beruhigen, sondern auch, um hellwach durch die Nacht zu kommen. Obwohl, dafür braucht sie keinen Zucker. Schlafen kann sie in ihrer Aufregung sowieso nicht.

Die Kriminalistin hat das ungute Gefühl, dass sie mit Sputnik wieder zu einem Tatort gerufen wird. Dafür muss sie diesmal nüchtern und fit sein. Im illuminierten Zustand einen Tatort aufzusuchen, darf ihr nicht mehr passieren. Auch wenn sie auf tote Menschen im Augenblick keine Lust mehr hat. Leichen hat es in der letzten Zeit ja genug gegeben. Es reicht, ist sich Diana sicher und beißt ein Stück von der Schokolade ab. Sie schaltet ihren Fernseher ein und aktiviert Netflix. Von den Krimis, Thrillern und Actionfilmen, die ihr als Empfehlungen angezeigt werden, hat sie im Moment die Schnauze voll. Sie zappt zur Rubrik Comedy. Lachen wird ihr guttun. „How to Be Single" klingt vielversprechend. Sie drückt auf Play und versucht, sich zu entspannen, aber sie hält es kaum eine halbe Stunde aus. Diese Warterei ist nichts für sie. Sie schnappt sich ihr Handy und wählt Sputniks Nummer. Die beiden haben ausgemacht, die Nacht aufzubleiben, falls es wieder einen Notfall gibt, damit sie schnell reagieren können.

Es klingelt, aber niemand hebt ab. Sie versucht es erneut.

„Jaaaa", klingt Sputnik gehetzt.

„Schläfst du schon?"

„Nein, ich war grad am Laufband."

„Du hast ein Laufband?"

„Ja, ich muss doch wach bleiben."

„Macht dich Laufen nicht müde?"

„Nein."

„Hörst du Musik beim Laufen?"

„Ja."

„Welche?"

„Heavy Metal", antwortet er ihr, wundert sich aber über ihre Fragen.

„Welche Farbe hat deine Unterhose?", fragt sie einfach weiter, in der Hoffnung, dass die belanglose Konversation mit Sputnik sie ablenkt und sie nicht ständig an einen weiteren Toten denken muss.

„Diana, was wird das, wenn's fertig ist?"

„Was?"

„Na, deine Fragerei. Hältst du es keinen Tag ohne Verhör aus?"

„Lass den Quatsch, Sputnik. Ich bin nervös. Sehr sogar."

„Wieso denn? Doch nicht wegen der Leichen?"

„Doch!", sagt sie schrill ins Telefon, sodass Sputnik das Ohr wechseln muss. „Wegen den vielen Leichen bin ich aufgeregt. Und dass das heute erneut passiert."

„Was ist denn los? So kenn ich dich gar nicht. Du gehst doch sonst auch nicht so zimperlich mit Toten um."

Eine kurze Pause entsteht. Diana grübelt über das Gesagte nach.

„Stimmt. Mit Toten habe ich im Grunde genommen ja auch kein Problem, mit Selbstmordattentätern schon gar nicht. Die sind ja bereits tot. Aber wenn ich mich ratlos fühle und nicht mehr weiß, was ich Hubsi noch sagen soll, dann werde ich ganz kribbelig."

„Dass dir dein Hubsi so viel bedeutet, war mir nicht bewusst."

„Er ist der Bürgermeister. Wenn es ihm nicht gut geht, geht es der Stadt auch nicht gut."

„Vielleicht neigen die Villacher deswegen zu verfrühten Abgängen", schnalzt er mit der Zunge und beginnt zu lachen.

„Jetzt fängst du auch noch damit an. Du weißt, dass er nicht schuld ist und ich sowieso nicht an Suizide glaube."

Sputnik bejaht ihre Aussage. Er weiß sehr gut darüber Bescheid, daher sitzen sie beide ja wie auf Nadeln, vor allem Diana. Befördert sich heute Nacht wieder einer ins Jenseits, was dann?

„Wir warten ab. Ich melde mich, wenn es etwas Neues gibt", sagt er und legt auf, ohne sich zu verabschieden.

Freitag, 13. Dezember 2019, 21:20 Uhr

Diana kramt in der bunten Tasche, die sie gestern Abend bekommen hat. Ihre Mutter hat sie zu der Buchpräsentation eines Villacher Starautors mitgeschleift. Die Kommissarin hatte die Plakate in der Stadt gesehen, aber keinen Kopf dafür, zu sehr war sie mit ihren Fällen beschäftigt. Doch ihre Mutter bestand darauf. Aus gutem Grund, wie Diana im Nachhinein feststellen muss, denn die Lesung aus seinem neuesten Werk war ein voller Erfolg. Ihr gefiel vor allem seine Art, mit Worten zu spielen. Allein der Buchtitel ist schon ein Schenkelklopfer: „Einhornsex ist nichts für Spießer". Ihre Lachmuskeln wurden sehr strapaziert und das kommt in letzter Zeit eher selten vor. Daher ist Diana ihrer Mutter für ihre Hartnäckigkeit, sie bei dem Event unbedingt dabeihaben zu wollen, überaus dankbar. Es war ein erfrischender Abend und eine willkommene Abwechslung zu ihrem Arbeitsalltag und Gedankenwirrwarr, das ihr die derzeitigen Fälle bescheren.

Um ihr Gefühlshoch lange aufrechtzuerhalten, konnte sie es nicht lassen, bei weiteren Büchern des Verlags zuzuschlagen. Die „Hummeltaille" und „Mit Schirm, Charme und Keksen" haben es ihr besonders angetan. Die gelben Cover lachen sie auch jetzt noch an, dass sie nicht widerstehen kann, darin zu schmökern. Der Liebesroman von einer Villacher Autorin wird sie auf andere Gedanken bringen und ihr die Zeit bis in die frühen Morgenstunden versüßen, ganz zuckerfrei.

Diana macht es sich diesmal auf ihrer Couch neben den beiden Katern bequem, so gut es geht, da die beiden einen großen Teil der Fläche für sich in Anspruch nehmen. Sie schlägt das Buch auf und beginnt zu lesen. Das pinke Einhorn, das es als Geschenk für alle Besucher gab, schaut ihr dabei zu.

Samstag, 14. Dezember 2019, 02:20 Uhr

Es läutet. Einmal, zweimal, dreimal. Mobilbox. Diana versucht es erneut. Wieder die Mobilbox. Doch sie lässt nicht locker. Irgendwann muss er ja abheben.

„Diana“, hört sie eine verschlafene Stimme am anderen Ende der Leitung.

„Du schläfst?“, klingt ihre Frage nach einer Anklage.

„Ich bin nur kurz eingenickt“, sagt er zu seiner Verteidigung.

„Hast du einen Anruf bekommen? Gibt es eine Leiche?“

„Nein, sonst hätte ich mich doch längst bei dir gemeldet.“

„Du schläfst sicher schon seit Stunden“, konfrontiert sie ihren Kollegen. „Gut möglich, dass du den Anruf versäumt hast“, führt sie ihr Verhör fort.

Diana vernimmt zuerst ein Tippen, gleich darauf ein Wischen, dann erklingt Sputniks Stimme erneut.

„Nein, es hat niemand angerufen und es gibt auch keine Leiche.“

„Wer weiß, ich würde noch nicht Entwarnung geben“, erwidert sie teilnahmslos, da sie schon eine neue Strategie verfolgt. „Vielleicht sollten wir das selbst in die Hand nehmen und heimlich auf Mörderjagd gehen.“

„Auf Mörderjagd?“, wiederholt er ihren Vorschlag mit einem Unterton in seiner Stimme, der vermuten lässt, dass sie ihn mit ihren skurrilen Ideen immer wieder herausfordert.

„In London war ich damit erfolgreich.“

„Villach ist nicht London. Wenn es sich bestätigt, dass es sich um einen oder mehrere Täter handelt, bin ich gerne dabei. Aber so, ohne stichfeste Beweise, durch die Villacher Nacht jagen, da passe ich.“

„Schade“, kichert sie leise ins Telefon.

„Schlafmangel ist nicht förderlich für klares Denken“, stichelt er.

„Du meinst, ich bin nicht ganz knusper?“

„Na ja, so direkt wollte ich das jetzt nicht sagen. Aber ab und an geht deine Fantasie mit dir durch.“

„Fantasie?“, wird sie wieder todernst.

„Ja, du steigerst dich zu sehr hinein. Du siehst vielleicht etwas, das gar nicht da ist.“

„Du hast doch überhaupt keine Ahnung, was es heißt, wenn es sich um vorgetäuschte Suizide handelt“, wirkt sie aufgebracht.

Sputnik hat mit seiner Aussage genau ins Schwarze getroffen und die Strapazen des damaligen Falls aufflammen lassen. Als ob das Gespräch mit Frau Mag. Nussbaumer in dieser Woche nicht schon genug Chaos in ihre Gefühle gebracht hätte.

„Nein, Ahnung habe ich wirklich keine. Ich gehe nur auf Spurensuche, um dir einen Täter zu präsentieren. Du weißt schon: Fingerabdrücke, Haare, Hautschuppen … verwertbares Material, um jemanden zur Strecke zu bringen.“

„Du hast mir aber keinen Täter auf dem Silbertablett serviert, sondern immer nur Kandidaten, die sich angeblich selbst umgebracht haben.“

„Moment, Diana. Dr. Jekyll hat es bestätigt. Was willst du noch?“

„Die Wahrheit, Sputnik“, sagt sie mit einem scharfen Unterton. „Nichts als die Wahrheit.“ Mit den Zähnen knirschend wiederholt sie das Wort, um zu unterstreichen, dass es sich hierbei um kein

Spiel handelt. „Nur weil Dr. Jekyll einen Suizid attestiert, heißt das noch lange nicht, dass es einer ist."

„Du stellst also alles infrage, was Dr. Jekyll für richtig hält?", ist Sputnik irritiert.

„Ja, das tue ich. Außerdem gab es für dich auch ein paar Punkte, die dich stutzig werden ließen. Oder etwa nicht?"

„Das mag schon sein, aber wahrscheinlich habe ich mich getäuscht. Dr. Jekyll weiß, was er tut. Er hat nie etwas anderes getan, als Leute aufzuschneiden."

„Und? Nur weil er Leichen blind sezieren kann, bedeutet das noch lange nicht, dass er mit seinen Behauptungen auch richtigliegt."

„Diana, nichts für ungut, aber wenn ich du wäre, würde ich hier nicht näher nachforschen. Nicht, dass du auch noch deine Vorgesetzten verärgerst. Mit Dr. Kalt ist schon nicht gut Kirschen essen. Vertrau mir. Das könnte dich deinen Job kosten."

„Meinen Job? Wenn ich als Kriminalbeamtin nicht für Gerechtigkeit einstehe, habe ich in diesem Job auch wirklich gar nichts verloren", knurrt sie ihn an.

„Egal was du unternimmst, er sitzt am längeren Ast."

„An dem säge ich nur zu gerne. Mit mir sollte man sich auch nicht anlegen. Aber was mich mehr interessiert, ist: Warum in aller Welt stellst du dich auf Dr. Jekylls Seite?"

„Das mache ich doch nicht. Ich sage nur, wie's bei uns läuft."

„Du meinst das altbekannte Vitamin B, das dafür sorgt, dass Positionen mit Personen besetzt werden, die weder die Expertise noch die Fähigkeit einer Führungskraft besitzen."

Sputnik weiß, wenn er sich auf diese Diskussion jetzt einlässt, zieht er sicher den Kürzeren.

„Ich möchte dir damit nur sagen, dass ich keine handfesten Beweise gefunden habe, die deine Theorie untermauern, dass es sich vielleicht um Mordfälle handelt."

„Das kannst du auch nicht, du musst zwischen den Zeilen lesen, um die Botschaft der Toten zu entschlüsseln." Diana beißt sich auf die Unterlippe. Sie weiß nicht, ob sie Sputnik ihr Geheimnis anvertrauen soll, dass sie heimlich die Mordfälle auf ihre Stichhaltigkeit prüft. Sie muss an die Sache anders herangehen. „Das geht nur, wenn wir zurück zum Anfang spulen und alle Fälle wieder aufrollen", schlägt sie vor.

Es ist ein guter Test, um zu erfahren, wie Sputnik zu ihrer Idee steht.

„Nein, neu aufrollen würde ich sie nicht. Hast du eine Ahnung, was das kostet? Dafür bekommen wir nie die Genehmigung von oben", erklärt er seine Sicht.

„Pfeif auf Genehmigungen. Es geht um die Verantwortung, die wir haben."

„Das mag schon sein, aber wir haben auch Vorschriften, an die wir uns halten müssen, ganz abgesehen vom Budget, das wir nicht überschreiten dürfen", versucht er, sie von ihrer wahnwitzigen Idee abzubringen.

„Dieser bürokratische Haufen. Typisch Österreich. Reich an Korinthenkackern."

„Das sind nun mal unsere Vorschriften. Da können wir nichts ändern", lenkt er nicht ein, sondern bringt sie zur Weißglut.

„Angenommen, ich habe recht und der Täter läuft noch immer frei herum und es besteht jede Sekunde die Gefahr, ein Opfer von ihm zu werden. Was sagen dann deine Vorschriften *dazu*?", erwartet sie eine überzeugende Erwiderung, aber Sputnik schweigt.

Diana hört nur ein verdächtiges Räuspern, das darauf schließen lässt, dass er nicht weiß, was er noch sagen soll.

„Siehst du? Du kannst es auch nicht verantworten“, hat sie ihn durchschaut und legt einfach auf.

Was er mit seiner ablehnenden Haltung bezwecken will, muss sie noch in Erfahrung bringen. Sputnik ist doch kein Hosenschisser, der Angst vor Konsequenzen hat. Das mit den Vorschriften war doch nur eine Ausrede. Vielleicht weiß er mehr über Dr. Jekyll und möchte sie schützen, damit sie keine Dummheit begeht und tatsächlich ihren Job verliert. Aber darüber kann sie sich später auch den Kopf zerbrechen. Sie hüpft ins Bett und zieht die Decke bis zu ihrem Kinn. Vorerst ist Nachtruhe angesagt. Einen erholsamen Schlaf hat sie bitter nötig.

Samstag, 14. Dezember 2019, 07:12 Uhr

Nachricht von Sputnik:

Entwarnung! Es gibt keine weitere Leiche in Villach. Was ich gesagt habe, war wirklich nur gut gemeint. Ich kenn den Laden besser als du. Leg dich nicht mit bestimmten Personen an. Das bringt dich sonst noch in Teufels Küche. Und ich hätt dich gerne noch länger als Kollegin. Und das nicht nur, weil du besser riechst als der Rest der Truppe ;-) Auf einen leichenfreien Tag!

Nachricht von Diana:

Danke für die frohe Botschaft. Hubsi wird sich freuen wie ein Hutschpferd. Und der Teufel mit seiner Küche soll sich schleichen. Ich lass lieber den Aschi grillen. LGD

Samstag, 14. Dezember 2019, 08:35 Uhr

Diana ruft Hubsi an. Lange muss sie es bei ihm nicht klingeln lassen.

„Auf deinen Anruf hab ich schon gewartet. Die halbe Nacht hab ich kein Auge zugetan."

„Deinen Schönheitsschlaf hättest du wegen mir nicht opfern müssen", erwidert sie.

„Ist das jetzt wieder einer deiner Scherze oder meinst du damit wirklich …", ist Erleichterung in seiner Stimme zu hören.

„Ja, ganz recht. Heute Nacht gab es keine Leiche."

„Gott sei Dank. Das bedeutet, dass es sich bei den anderen Fällen tatsächlich um Selbstmorde gehandelt hat", schlussfolgert er und Diana stimmt ihm einfach zu, damit er sich wieder wohler fühlt und seine Stadt und sich in Sicherheit wiegen kann.

„Ja, Hubsi, schaut ganz danach aus."

Aber sie wird die Ereignisse nicht ruhen lassen, bis sie den Beweis dafür gefunden hat, dass dem wirklich so ist.

„Du hast gar keine Ahnung, wie froh ich bin. Das muss gefeiert werden, Diana."

„Gerne, aber wie stellst du dir das vor? Ohne Leiche gibt es auch keinen Leichenschmaus", neckt sie ihn.

„Ich lade dich auf einen Kaffee ein …"

„Und danach gehen wir ins Designer Outlet am Oberen Kirchenplatz shoppen", fällt sie ihm ins Wort, da Kaffeetrinken zur Feier des Tages wahrlich zu wenig ist.

„Oh ja, abgemacht. Ich brauch ohnehin noch ein neues Sakko für die Weihnachtsfeier des Magistrats. Was hältst du zur Abwechslung einmal von Pink?"

„Sehr viel, das ist meine Lieblingssängerin."

„Sehr witzig, Frau Kommissarin, du kannst es echt nicht lassen."

„Heute um 15:00 Uhr in der Caffè Latte Bar?", bietet ihm Diana an, da sie vorher noch eine Mütze voll Schlaf benötigt.

Mit Freude willigt er ein und beendet das Gespräch.

Montag, 16. Dezember 2019, 09:00 Uhr

„Guten Morgen, Frau Nussbaumer“, begrüßt Diana die Psychologin, als diese ihr Büro betritt.

„Guten Morgen, Frau Neumann. Schön, Sie wiederzusehen.“ Sie lässt ihren Blick durch den Raum schweifen. „Heute treffen wir uns nicht im Verhörraum?“, klingt sie verwundert.

„Nein.“

„Warum nicht?“

Diana zuckt mit den Schultern.

„Ich habe eine Vermutung.“

„Welche?“, interessiert sie Frau Nussbaumers Einschätzung.

„Vielleicht empfinden Sie unsere Gespräche nicht mehr als Verhör.“

Diana beginnt zu schmunzeln und nickt. Mit einer Handbewegung bittet sie die Psychologin, ihr gegenüber Platz zu nehmen.

„Richtig erkannt, aber es gibt auch noch etwas anderes“, sagt sie mit Erleichterung in ihrer Stimme.

„Gibt es etwas Neues bei den Suizidfällen?“, ist Frau Nussbaumers Neugierde geweckt.

„Nein, aber letztes Wochenende gab es keine neue Leiche.“

„Das freut mich“, ist sie ebenfalls erleichtert und stellt ihre Tasche auf den Boden.

„Ich hätte einen etwas unkonventionellen Vorschlag, wenn Sie einverstanden sind“, bleibt die Psychologin vor ihr stehen.

„Jetzt machen Sie mich neugierig.“

„Was halten Sie davon, wenn wir die Plätze tauschen?“

„Die Plätze? Sie meinen, Sie wollen meinen vorgewärmten Stuhl haben?“

„Den habe ich schon länger im Visier“, lacht sie. „Aber nicht nur das. Sie sind ich und ich bin Sie. Wir wechseln die Rollen.“

„Was erwarten Sie sich davon?

„Es bringt eine andere Sicht auf die Dinge. Das kann sehr aufschlussreich sein.“

Diana überlegt einen Moment, ob sie sich auf das Experiment einlassen soll, doch das Vertrauen, das sie Frau Nussbaumer und ihren Methoden mittlerweile entgegenbringt, überwiegt und sie steht auf.

„Überredet“, zwinkert sie ihrer Psychologin zu.

Nachdem es sich beide in den Stühlen bequem gemacht haben, ergreift Frau Nussbaumer an Dianas Stelle das Wort.

„Das letzte Mal konnte ich nicht länger über meinen Exmann sprechen. Mir war das einfach zu viel. Außerdem waren mir meine Fälle viel wichtiger. Da haben persönliche Befindlichkeiten keinen Platz. Mir ist generell alles wichtiger als mein Privatleben“, beginnt sie, an dem Gespräch von letzter Woche anzuknüpfen.

Diana ist überrascht. Aus dieser Perspektive hat sie sich noch nie betrachtet. Frau Nussbaumer ist wirklich gut in dem, was sie tut.

„Möchten Sie heute darüber sprechen?“, steigt Diana in das Gespräch ein, überschlägt die Beine und nimmt die Haltung der Psychologin an.

„Ja, ich würde gerne über meine Gefühle zu meinem Exmann sprechen.“

„Über Ihre Gefühle?“

Diana bezweifelt, dass Frau Nussbaumer nur einen Hauch von Ahnung hat, wie es ihr damals ergangen ist. Doch sie lässt sich nichts anmerken und spielt ihre Rolle weiter.

„Wo wollen Sie anfangen?“

„Der Abend, der mich verändert hat, kommt mir so vor, als wäre er gestern gewesen. Wie er mich da mit aller Gewalt aus dem Schlaf geholt und aus dem Bett gezerrt hat“, wird Frau Nussbaumers Stimme heiser. „Das macht mir jetzt noch Angst“, beginnt sie zu zittern. „Mit roher Gewalt hat er seine Hand auf meinen Hals gelegt und zugedrückt. Voller Zorn hat er mich angestarrt und mir beim Reden ins Gesicht gespuckt. Er war außer sich vor Wut.“

Der Kommissarin verschlägt es die Sprache. Sie kann keine weitere Frage stellen, da Frau Nussbaumer völlig in ihrer Rolle aufgeht und Diana mit ungeahnter Wucht in die Vergangenheit zurückgeschleudert hat.

„Er hat mich überrumpelt. Dann hat er mir seine Waffe gegen meine Schläfe gehalten. Mit seinem Finger auf dem Abzug, bereit, eine Kugel durch den Lauf zu jagen, um mein Leben zu beenden“, wirkt sie mitgenommen und ihre Augen werden glasig.

„Nicht nur meines“, entfährt es Diana, der bei der Vorstellung von Frau Nussbaumer ein kalter Schauer über den Rücken läuft.

Die Psychologin schaut Diana eindringlich an und wartet ab, ob sie ihr das Geheimnis erzählen möchte. Doch als die Ermittlerin nur ins Leere starrt und kein Wort über ihre Lippen bringt, schlüpft Frau Nussbaumer wieder in ihre angestammte Rolle.

„Was ist in dieser Nacht genau passiert?“

Diana schluckt schwer und beginnt zu schluchzen. Die Psychologin reicht ihr ein Taschentuch.

„Wollen Sie jetzt darüber sprechen? Wenn nicht, Sie kennen ja das Codewort“, bietet sie den vereinbarten Ausweg an, doch Diana winkt ab.

Für sie gibt es kein Zurück mehr. Die alten Wunden sind aufgebrochen und schreien nach Hilfe.

„In seinen Augen war blanker Hass zu erkennen. Dieser Hass versetzte mich in Panik. Ich hatte Todesangst, dass er völlig die Kontrolle verliert“, schnieft sie und trocknet ihre Tränen. „Er hat mich mit sich gezerrt und gegen die Wand gedrückt, damit ich ihm nicht mehr auskomme.“

„Dann erst haben Sie sich gewehrt?“, forscht Frau Nussbaumer nach, da sie das Schlimmste befürchtet.

„Ja, reflexartig. Zuerst habe ich mit meinem Knie in seine Weichteile getreten und dann meinen Ellbogen in sein Gesicht gerammt, was ihm den Rest gegeben hat. Er ging mit schmerzhaften Lauten zu Boden. Dabei hat sich ein Schuss gelöst. In meinem Adrenalinrausch bin ich aus dem Zimmer gestürmt … doch ich bin nicht weit gekommen“, greift sie sich auf den Bauch. „Plötzlich habe ich ein grausames Stechen verspürt, das mich in die Hocke gezwungen hat. Krampfhaft habe ich meine Zähne zusammengebissen und meine Hände auf die höllisch schmerzende Stelle gedrückt. Doch es half alles nichts. Mein Körper hat sich gekrümmt und das Blut hat sich langsam auf meinen Oberschenkeln verteilt. Mit letzter Kraft bin ich auf den Knien zur Wohnungstür gekrochen. Ich konnte noch die Klinke drücken und mich in den Gang schleppen“, holt sie tief Luft. „Als ich zurückgesehen habe, war hinter mir alles voller Blut.“ Sie zögert. „Dann bin ich bewusstlos geworden und erst im Krankenhaus wieder aufgewacht.“

„Gut, dass die Kugel noch rechtzeitig entfernt werden konnte“, atmet die Psychologin auf.

„Welche Kugel?“, ist Diana von ihrer Aussage irritiert.

„Wenn es keine Kugel war, was war es denn?“, fragt sie verunsichert.

„Etwas sehr Kostbares.“

„Dann haben Sie etwas verloren, das Sie über alles geliebt haben.“

Vehement schüttelt Diana den Kopf.

„Nein, er hat es mir genommen, das Liebste in meinem Leben … mein Baby“, klingt ihre Stimme verzweifelt.

Die Psychologin weiß, dass nichts, was sie jetzt sagt, den Schmerz, den Diana in sich trägt, dämpfen oder verschwinden lassen könnte. Die Kommissarin lässt ihren Kopf nach vorne fallen und ihr Schluchzen geht in ein klägliches Weinen über.

„Es war ein Mädchen“, murmelt Diana.

„In welcher Woche waren Sie?“

„In der 16., aber das tut jetzt nichts mehr zur Sache.“

„Doch, ich denke, das ist wichtig für Ihren Heilungsprozess.“

Rasch setzt sich Diana gerade hin.

„Er ist der Mörder, nicht ich“, schlägt sie mit der Hand auf den Tisch und sieht die Psychologin mit geröteten Augen an.

„War er der Vater?“, kommt Frau Nussbaumer nicht umhin, sich zu vergewissern, da ein außereheliches Verhältnis den Wutausbruch ihres Exmanns erklären könnte.

„Natürlich!“ Erzürnt springt sie vom Sessel auf. „Aber er hat es mir nicht geglaubt“, ballt sie ihre Hand zur Faust und die tiefe Traurigkeit scheint vergessen. „Er hat mich angeschrien und mich gezwungen, die Wahrheit zu sagen, mit wem ich ihn betrogen habe … und ich verstehe es auch heute nicht.“

„Was genau verstehen Sie nicht?“

„Wie ein Mensch sich nach der Hochzeit so verändern kann. Er war rasend vor Eifersucht. Auf meinen Job, auf meine Arbeitskollegen und auf das Baby. Statt stolz auf mich zu sein, hat er mir Vorwürfe gemacht. Anstatt sich auf sein Baby zu freuen, hat er es getötet. Einfach so. Ohne mit der Wimper zu zucken“, hebt sie ratlos die Schultern.

„Haben Sie Ihren Mann angezeigt und ihn zur Rechenschaft gezogen?“

Diana senkt ihren Blick und es scheint, als ob sie darüber nachdenkt, was nach ihrem Krankenhausaufenthalt passiert ist.

„Ich möchte nicht darüber sprechen“, bittet sie die Psychologin, die Fragen über den weiteren Werdegang ihres Exmanns ruhen zu lassen. Außer der britischen Polizei hat sie bisher niemandem diese Nacht so detailliert geschildert.

Frau Nussbaumer hat dafür Verständnis. Was Diana wohl noch alles mitgemacht haben muss, bis die Scheidung über die Bühne gegangen ist. Die Offenbarung ihres Privatlebens ist vermutlich schlimmer als all die Leichen, die sie in letzter Zeit zu Gesicht bekommen hat.

„Was ist mit Ihrer Mutter? Weiß sie über den Vorfall Bescheid?“

„Nein, sie weiß von alldem gar nichts. Das soll auch weiterhin so bleiben.“

„Glauben Sie nicht, dass sie gerne für Sie da gewesen wäre?“

„Sie ist immer für mich da. Aber ich möchte sie nicht mit meinen Problemen belasten.“

„Überlegen Sie es …“, will sie Diana gut zureden, aber sie unterbricht sie mit ihrem altbekannten Codewort.

Erstaunt sieht Frau Nussbaumer die Kommissarin an. Diese abrupte Beendigung kommt immer wieder überraschend, genau dann, wenn sie auf dem besten Weg ist, mehr aus Diana herauszubekommen. Aber für heute reicht's. Ein wichtiges Geheimnis ist gelüftet, das Diana sehr gut versteckt hatte. Das ist viel wert und der erste Schritt in die richtige Richtung.

Die Psychologin nimmt ihre Tasche an sich und schreitet auf die Türe zu. Doch bevor sie Dianas Büro verlässt, dreht sie sich noch einmal um.

„Wenn der Schmerz überhandnimmt und Sie vor dem Abgrund

stehen, melden Sie sich. Es gibt Mittel und Wege, um das schwarze Loch in hellen Farben erleuchten zu lassen."

Mit diesen Worten schließt sie die Tür hinter sich. Diana ist sich bewusst, welche Lösung Frau Nussbaumer ihr angeboten hat. Bis zu ihrer Rückkehr nach Österreich hat sie diese Medikamente noch regelmäßig eingenommen. Und sie hofft nicht, es so schnell wieder tun zu müssen.

Mittwoch, 18. Dezember 2019, 10:04 Uhr

Diana hastet die Treppen des Wellnesshotels Seestuben nach oben. Außer Atem kommt sie an einer Türe an, die von zwei Polizeibeamten bewacht wird. Sie zeigt ihren Ausweis, obwohl die beiden sie bereits kennen. Ihr Herz klopft ihr diesmal bis zum Kopf, als sie vorsichtig eintritt und sieht, wie sich Mr. Hyde über eine Frau beugt, die auf dem Bett liegt. Es stimmt also. Wie es Sputnik am Telefon gesagt hat. Diana wird bei dem Anblick der Leiche schlecht. Das ist ihr noch nie passiert. Plötzlich erhöht sich ihr Puls und ihr Herz beginnt zu rasen. Ihr wird schwindlig. In ihrem Kopf erscheinen Bilder, die diesem Schauplatz ähnlich sind. Wo hat sie das schon einmal gesehen? Es kommt ihr so bekannt vor.

Das Leintuch ist voller Blut. Die Frau, die sie auf Mitte dreißig schätzt, hat um ihre Handgelenke schwarze Seidenschals gebunden. Von dort aus ist Blut Richtung ihrer Handflächen geronnen, um über die Finger die Bettwäsche zu erreichen, die alles aufgesaugt hat.

Diana kann sich an diesem Tag auf keine Details fixieren. Alles wirkt verschwommen. Plötzlich hört sie jemanden hinter sich, der sie aus ihrer Schockstarre holt.

Sputnik hat sich ihr genähert und flüstert in ihr Ohr.

„Das hier ist kein Anblick für eine Lady."

Diana nickt.

„Ich verstehe, wenn du es nicht aushältst und lieber wieder gehen möchtest“, zeigt er Mitgefühl und wirft einen Blick über seine Schulter. „Wo ist dein Kollege Siebert?“

„Dreimal darfst du raten.“

„Schon wieder sein vorgeschobenes Burn-out?“, ächzt er.

„Ich weiß es nicht“, möchte sie sich jetzt auf keine Diskussion über ihren Kollegen und die Glaubwürdigkeit seiner Krankheit einlassen, da sich ihre Gedanken nur um die tote Frau drehen.

Die Szenerie ist schockierend. Diana wirkt überfordert. Das Wort „Selbstmord“ schleicht sich in ihre Gedanken.

„Ganz ehrlich? Ich bin froh, dass er heute nicht da ist. Er steht sowieso nur im Weg herum und behindert unsere Arbeit“, stellt Sputnik klar.

Diana antwortet ihm nicht. Der Fauxpas bei der Ö3-Weihnachtswunderbox darf sich nicht wiederholen, sonst könnte das für Siebi schwerwiegende Konsequenzen haben. Suspendierung ist ein verpöntes Wort unter Kollegen, aber ein untauglicher Kriminalbeamter ist auf lange Sicht nicht tragbar.

Diana bemerkt aus den Augenwinkeln, wie sich Sputnik entfernt und sich seinen Fotoapparat schnappt. Sein Partner Albin nimmt den Schreibblock zur Hand. Mr. Hyde packt seine Utensilien wieder ein und schließt seinen Arztkoffer. Schnurstracks geht er auf Diana zu, die sich noch keinen Millimeter bewegt hat.

„Wir müssen natürlich noch den pathologischen Befund abwarten. Aber für mich war das kein Selbstmord. Es sieht zwar so aus, als ob es einer wäre, aber mein Gefühl sagt mir was anderes.“

Seine Bemerkung zieht Diana augenblicklich den Boden unter ihren Füßen weg.

„Herr Doktor, Gefühle sind hier fehl am Platz“, wirkt Diana kühler als zuvor. „Ich brauche handfeste Beweise.“

Mitfühlend sieht er in ihr bleiches Gesicht. So kennt er Diana gar nicht. Aber sie hat recht. Sie müssen schnell herausfinden, ob sich die junge Frau das selbst angetan hat oder nicht.

„Ich rufe den Staatsanwalt an, um alles vorzubereiten, was wir für die Obduktion brauchen", bietet er ihr an.

„Danke", sagt sie leise und lässt noch einmal ihren Blick durchs Zimmer schweifen.

Der chaotische Zustand, der hier herrscht, hat einen grausamen Beigeschmack. So wie die Leiche. Etwas Furchtbares muss hier geschehen sein, spürt sie tief in ihrem Inneren.

„Sputnik, wenn du hier fertig bist, lässt du bitte die Leiche umgehend in die Pathologie bringen", ordnet sie an. „Ich fange mit den Befragungen an", meldet sie sich ab und verschwindet aus dem Zimmer.

Mittwoch, 18. Dezember 2019, 10:38 Uhr

Bei der Rezeption bittet sie die völlig aufgelöste Mitarbeiterin, die die Leiche entdeckt hat, um ein Gespräch unter vier Augen. Sieglinde Müller, Mitte fünfzig, führt sie durch einen engen Gang in ein Büro. Sie trocknet sich ihre Augen und bittet erneut um Entschuldigung. Sie kommt aus dem Weinen nicht mehr heraus. Diana hat dafür vollstes Verständnis. Eine Leiche zu entdecken, ist ein Erlebnis, das sie gerne jedem Menschen ersparen möchte, aber leider ist das nicht möglich. Auch eine detaillierte Befragung lässt sich nicht vermeiden.

„Kann ich mir noch ein Glas Wasser holen?“, fragt Frau Müller schluchzend, um die Fassung wiederzuerlangen.

Diana gewährt ihr diese Bitte, da eine Konversation sonst nicht möglich scheint. Während Sieglinde ihren Durst stillt, sieht sich die Kommissarin in dem kleinen Büro um. Auf dem Fensterbrett stapeln sich Unterlagen, die schon längst abgelegt hätten werden müssen.

Die Rezeptionistin ist zurück und wirkt nun etwas gefasster. Sie hat ihr leicht gerötetes Gesicht anscheinend mit Wasser gewaschen, da sich noch ein paar Tropfen auf ihrer Stirn tummeln.

„Frau Müller, ich verstehe, was Sie durchmachen, aber Sie müssen sich im Klaren sein, dass ich jetzt Ihre Hilfe benötige, um die Person, die das zu verantworten hat, hinter schwedische Gardinen zu bringen. Damit das nicht noch einmal passiert.“

Sieglinde nickt zaghaft.

„Können Sie mir sagen, wie die tote Frau heißt?"

„Tanja Künster", gibt sie zur Auskunft und schlägt eine Mappe auf. „Sie kommt aus Wolfsberg", zeigt sie Diana das Gästeformular, auf dem weitere Daten der Toten vermerkt sind. „Sie ist vor zwei Tagen angereist."

„Können Sie mir bitte davon eine Kopie machen", weist sie die Rezeptionistin an. „Wann haben Sie die Leiche entdeckt?"

„Das war heute gegen neun Uhr."

„Warum hat nicht die Putzfrau die Tote gefunden?"

„Bei uns wird erst ab halb zehn geputzt. Außerdem wollte die Frau heute wieder abreisen. Check-out ist um elf Uhr, daher wäre die Raumpflegerin sowieso erst später in das Zimmer gekommen."

„Was hatten Sie dort zu suchen?"

Sieglinde kann der Kriminalistin kaum in die Augen schauen. Mit dieser Frage fühlt sie sich überfordert. Nicht, dass sie auch noch unter Generalverdacht gerät, einen Mord begangen zu haben.

„Frau Künster wollte an diesem Morgen um 08:30 Uhr geweckt werden. Wir machen das über das Telefon im Zimmer. Aber nachdem sie nach mehrmaligen Versuchen nicht abgehoben hat, habe ich an ihrer Tür geklopft. Als sie sich nicht rührte, habe ich den Generalschlüssel geholt, um in das Zimmer zu gelangen."

„Haben Sie im Zimmer irgendetwas verändert oder angegriffen?"

„Natürlich nicht, nur die Türschnalle. Als ich sie so leblos vorfand, habe ich vor lauter Schreck kehrtgemacht und sofort die 133 angerufen", ist sie betroffen und hält eine Hand auf ihren Brustkorb.

„Wissen Sie, ob die Frau gestern Besuch hatte?"

„Nein, darüber bin ich nicht informiert, was meine Gäste in den Hotelbetten so treiben. Das geht mich auch nichts an", wirkt sie nun ein wenig erzürnt, als ob sie sich ertappt fühlt.

„Haben Sie vielleicht eine fremde Person gesehen, die sich hier Zugang verschafft hat?“

„Nein, niemanden.“

„Haben Sie irgendetwas mitbekommen, das uns weiterhelfen könnte?“, bohrt Diana tiefer.

„Nein, mehr als ein Guten Morgen und ob alles zu ihrer Zufriedenheit ist, habe ich nicht mit ihr gesprochen.“

„Haben Sie sonst noch etwas bemerkt?“ Sieglinde schüttelt den Kopf, doch plötzlich hebt sie ihren Zeigefinger. „Da gibt es tatsächlich etwas, das mich stutzig werden ließ.“

Die Kommissarin ist ganz Ohr.

„Sie hat in unserem Gästeblatt angegeben, dass sie eine Assistentin ist.“

„Was ist daran so ungewöhnlich?“

„Frau Künster war sehr edel angezogen. Mich hat es gewundert, woher sie diese teure Kleidung hat. Als Assistentin kann man doch nicht so viel verdienen“, mutmaßt sie. „Vielleicht hatte sie einen Gönner.“

„Einen Gönner?“

„Sie wissen schon, einen Mann, der ihr teure Geschenke macht, und dafür bietet sie …“

„Auf was wollen Sie hinaus?“

„Na ja, ich vermute, dass sie eine …“, beginnt Sieglinde.

„Eine was?“, wiederholt Diana und ist gespannt, was die Rezeptionistin über die Verstorbene denkt.

„Ich befürchte, sie war eine Escortdame oder gar eine Edelhure“, lispelt sie.

„Eine Edelhure?“

Der Verdacht, den die Rezeptionistin hegt, ist sonderbar, findet Diana, aber natürlich möglich.

„Wenn dem so wäre, müsste sie ja Besuch bekommen haben.“

„Nein, da war kein Mann. Außerdem sind wir ein seriöses Hotel. Das würden wir nicht dulden."

„Was glauben Sie, was sie dann bei Ihnen gemacht hat?"

„Wahrscheinlich einfach ein paar Tage Urlaub. Sie hat sicher eine Auszeit gebraucht von den alten Säcken, denen sie viele Gefallen machen musste. Und jetzt ist das arme Ding tot", schnieft sie erneut los. „Mich würde es nicht wundern, wenn sie sich das Leben genommen hätte", versucht sie sich als Kriminologin.

Bestürzt sieht Diana ihr nun direkt in die Augen.

„Wie kommen Sie zu dieser Annahme?"

„Wegen dem Blut, das ich auf ihren Händen und dem Bett gesehen habe. Sie hat sich sicher die Pulsadern aufgeschnitten", rinnen die Tränen über ihre Wangen.

„Spekulationen bringen uns jetzt nicht weiter. Ich muss Sie bitten, mir die Namen und Adressen der derzeitigen Hotelgäste auszuhändigen", fordert Diana ein.

„Das kann ich nicht tun. Sie wissen doch, der Datenschutz", hüstelt die Angestellte.

„Frau Müller, es geht hier wahrscheinlich um Mord und es laufen Ermittlungen gegen Ihr Hotel einschließlich aller Hotelgäste. Jeder ist verdächtig, bis das Gegenteil bewiesen ist."

„Ich bin auch verdächtig?", kann sie nicht glauben, was sie soeben gehört hat. „Aber …", versucht sie, ihren Hals aus der Schlinge zu ziehen, doch Diana kümmert das reichlich wenig.

„Wo waren Sie heute Morgen, bevor Sie Frau Künster wecken wollten?"

„An der Rezeption. Ich habe Papierkram erledigt, die Broschüren sortiert und die neuen eingeordnet", gibt sie als Alibi an.

„Gut. Und jetzt geben Sie mir bitte die aktuelle Gästeliste", besteht Diana auf die Informationen.

Sieglinde widmet sich ohne Widerworte ihrem Computer. Mit zitternden Händen tippt sie etwas ein, danach sind ein paar Mausklicks zu hören, bevor der Drucker mit seiner Arbeit beginnt.

„Von mir haben Sie diese Unterlagen aber nicht. Das könnte mich meinen Job kosten."

„Beruhigen Sie sich. Sie bekommen dadurch keine Probleme. Wichtig ist nur, dass Sie Stillschweigen bewahren. Niemand darf etwas davon erfahren. Weder die Presse noch irgendwelche sozialen Medien", bittet Diana sie, über den Fall kein Sterbenswörtchen zu verlieren.

„Ja, meine Lippen sind versiegelt", fährt sie mit zwei Fingern über ihren Mund. „Aber ich weiß nicht, ob ich die Bilder aus meinem Kopf bekommen werde."

„Das werden Sie, auch wenn es eine Zeit lang dauern wird. Falls Sie professionelle Hilfe benötigen, geben Sie mir Bescheid", schiebt Diana ihr ihre Visitenkarte hin.

Mehr möchte die Kommissarin jetzt nicht wissen. Die Informationen sind ausreichend, um die Fährte aufzunehmen.

Mittwoch, 18. Dezember 2019, 12:30 Uhr

Diana wartet mit Mr. Hyde ungeduldig vor der Pathologie. Dr. Jekyll ist schon im Weihnachtsurlaub, was Diana einerseits freut, andererseits beunruhigt sie die tote Frau. Es bleibt ein Hauch von Ungewissheit bestehen, dass es doch wieder ein Selbstmord war.

„Warum dauert das so lange?“, schaut sie auf die Uhr und wählt Aschis Nummer. Ewig hat Mr. Hyde für die Autopsie auch nicht Zeit.

Sie hört ein Knacksen, ein Knistern und dann Aschis Stimme.

„Ich bin gleich da.“

„Ich auch!“, ist Sputniks Stimme im Hintergrund zu vernehmen.

„Was bedeutet gleich?“, wird Diana nervös.

„Zehn Minuten“, antwortet er rasch und legt auf.

Um ein Uhr, ganze dreißig Minuten später, öffnet Mr. Hyde die große Tür, um den beiden Einlass zu gewähren.

„Tut mir leid, das Grillen hat heute länger gedauert als geplant. In meiner Branche möchte niemand seine Leiche medium rare“, biegt Aschi um die Ecke.

„Das ist ein Mann nach meinem Geschmack“, ist Mr. Hyde entzückt und bekommt einen freundlicheren Gesichtsausdruck. Die Verspätung ist längst vergessen.

„Bitte schieben Sie die Tote hier herein“, zeigt Mr. Hyde auf einen Platz neben Diana.

Aschi war noch nie in der Pathologie. Im Normalfall gibt er den Leichnam am Eingang ab und er wird von Angestellten der Rechtsmedizin entgegengenommen. So kurz vor Weihnachten ist die Anzahl der anwesenden Leichen allerdings höher als die des Personals.

„Der Geruch ist anders“, zuckt Aschis Nase wie bei einem Ameisenbären, der seine Beute gewittert hat. „Bei mir riecht es nach verkohltem Fleisch mit einer Nuance von Buchenholzaroma und …“

„… und bei uns handelt es sich um abgelegenes Fleisch, das noch nicht gebeizt worden ist“, packt nun auch Mr. Hyde seine Grillkünste aus.

Diana kann darüber jetzt gar nicht lachen. Der heutige Fund hat sie nachdenklich gemacht.

„Mich würde es freuen, wenn Sie heute bei den Vorbereitungen zur Grillage dabei sein möchten“, will sich Mr. Hyde von der bevorstehenden Obduktion und Dianas kritischem Blick ablenken.

„So verlockend das Angebot ist, ich muss leider passen. Mit dem Grillen ist es nicht so einfach. Ich muss noch einige Leichen für die heiße Zeremonie vorbereiten.“

„Vor Weihnachten ist bei Ihnen noch so viel los?“, ist der Rechtsmediziner erstaunt.

„Ja, ich habe mich auch schon gewundert. Muss wohl an …“

„Und mich würde es freuen, wenn wir jetzt zur Sache kommen könnten“, unterbricht Diana ihn. „Aschi, danke für die Lieferung. Deine Kunden warten sicher schon sehnsüchtig auf dich“, versucht sie, ihn zum Gehen zu bewegen.

Er verabschiedet sich, ohne weitere Reden zu schwingen.

„Grillmeister können echt anstrengend sein“, murmelt sie leise, aber nicht leise genug.

Sputnik wundert sich über ihre Gereiztheit.

„Dann schauen wir mal, warum diese schöne Frau dran glauben musste“, konzentriert sich Mr. Hyde.

Diana rückt ein Stück näher heran und sieht auf die Handgelenke der Toten. Der Pathologe entfernt beide Seidenschals und legt sie auf den Wagen, der neben ihm steht.

„Die Blutprobe habe ich bereits am Tatort genommen. Die Auswertung wird diesmal noch länger dauern, da wir über die Feiertage unterbesetzt sind. Vor allem die Proben, die wir nach Innsbruck schicken müssen, werden nicht so schnell ausgewertet sein.“

„Und wenn wir sie als dringend deklarieren?“

„Das können wir gerne machen, aber ich kann dir nichts versprechen.“

„Schon gut. Trotzdem sollten wir ein Augenmerk auf die toxikologische Auswertung legen. Wer weiß, ob ihr jemand Drogen oder Medikamente verabreicht hat.“

„Einverstanden, aber als Erstes widmen wir uns den Händen“, greift er nach einer Hand der Toten.

Diana macht ein Foto und Sputnik schreibt wie gewohnt mit. Mr. Hyde nimmt seine Lupe und hält sie über das rechte Handgelenk. Mit einem Finger streicht er darüber und entfernt das eingetrocknete Blut in der Nähe des Handwurzelknochens. Darunter kommt ein Teil eines kleinen Tattoos zum Vorschein.

„Was ist das?“, zieht das Bild Dianas Aufmerksamkeit auf sich.

Bevor der Gerichtsmediziner antwortet, säubert er auch noch die Haut oberhalb der Wunde Richtung Unterarm. Alle drei sehen nun gebannt auf das Tattoo, das ein kleiner Schmetterling sein könnte.

„Ein Schmetterling, der entzweigeschnitten wurde …“, beginnt Diana, über eine mögliche Bedeutung nachzudenken.

„Ja, und schau dir an, mit welch einer Präzision das gemacht wurde. Das kann fast nur ein Chirurg mit einem Skalpell vollbringen“, kommt er zu der Erkenntnis, während er den feinen Schnitt begutachtet. „Oder mit der Rasierklinge, die am Tatort gefunden wurde“, ergänzt er.

„Zwei Rasierklingen. Sie hat eine für links und eine für rechts verwendet, vermute ich“, korrigiert Sputnik. „Vielleicht stand sie tatsächlich unter Drogen“, befürchtet er.

„Interessant. Diana, was hältst du davon?“, richtet Mr. Hyde eine Frage an die Kommissarin, doch die zuckt nur zusammen und ist erstaunt, dass sie während einer Obduktion um ihre Meinung gebeten wird. Das war bis jetzt nicht gewünscht. Sie zögert noch, bevor sie das Wort ergreift.

„Warum soll sie sich mit einer Rasierklinge links und mit einer anderen rechts ihre Pulsadern aufschneiden? Würde nicht eine Rasierklinge reichen?“

„Ja, das ist schon eigenartig“, pflichtet er ihr bei.

„Ich frage mich auch schon die ganze Zeit, warum sie diese Seidenschals um ihre Handgelenke hatte.“

„Vielleicht hat sie sich mit einem Typ aus der Moonlightbar vergnügt, der dann nichts mehr von ihr wissen wollte und sie alleine gelassen hat“, mischt sich Sputnik ein.

Diana schüttelt ihren Kopf.

„Das ist dir wahrscheinlich noch nie passiert.“

„Was?“

„Ein One-Night-Stand?“, merkt Sputnik an, aber Diana reagiert nicht darauf.

Mr. Hyde schaut kurz von seinem Vergrößerungsglas auf und sieht beide fragend an.

„Warum sollte sich eine junge, gut aussehende Frau umbringen, nur weil ihr Stecher abgehauen ist. Die kann doch jeden haben“, beugt sie sich über das hübsche Gesicht der Leiche.

Der Pathologe wandert mit seiner Lupe weiter über den Frauenkörper zu ihrer Brust. Er inspiziert alles minutiös und lässt sich Zeit.

Er ist bei der Obduktion das glatte Gegenteil von Dr. Jekyll und das gefällt ihr. So macht die Arbeit wieder Spaß und die Hoffnung flammt auf, bald einen Täter festnageln zu können.

Mr. Hyde berührt den Hals der jungen Frau und drückt sachte hinein.

„Lymphknoten sind keine zu ertasten. Sie scheint auf den ersten Blick gesund gewesen zu sein“, erklärt er und bewegt ihren Kopf nach links, um sich der rechten Gesichtshälfte zu widmen und nach Gewalteinwirkungen zu suchen, aber er findet nichts. Weder in ihren Haaren noch in ihren Ohren oder auf ihrer Haut.

Frustriert öffnet er ihre Lippen und bestaunt die schönen weißen Zähne. Mit einem Finger fährt er in den Mundraum und berührt das Zahnfleisch und jeden einzelnen Zahn. Er geht dabei so gewissenhaft vor, dass Diana das erste Mal, seitdem sie in der Pathologie ist, das Ambiente richtig genießt. So könnte es immer sein. Mr. Hyde, Sputnik und sie. Bei dem Gedanken wird Dr. Jekyll völlig überflüssig. Nur, wie soll sie diesen alten Schwerenöter ausrangieren. Sie hofft nun umso mehr, dass sie ihm nachweisen kann, dass er bei den letzten Fällen geschlampt hat, dann würde sie ihm einen filmreifen Arschtritt verpassen und er könnte in Frühpension gehen. Wieder ein Stümper weniger.

Während Diana sich ihrem Tagtraum hingibt, wie sie Dr. Jekyll rauskickt, schleichen sich Sputniks Worte wieder in ihr Gedächtnis. Sie soll sich zurückhalten und nichts unternehmen, was sie ihre Karriere kosten könnte. Dr. Jekyll sitzt eindeutig am längeren Hebel. Da gibt sie Sputnik ungern recht. Es wäre ein riskantes Spiel, mit den dürftigen Informationen über den Chef der Pathologie, die den Großteil seiner Arbeit hinterfragen, zu ihren Vorgesetzten zu gehen.

„Ich finde nichts. Nichts Offensichtliches. Verflixt“, wirkt Mr. Hyde plötzlich verzweifelt und holt Diana zurück ins Hier und Jetzt. „Ich war mir so sicher, dass es kein Selbstmord ist“, gesteht er und stemmt seine zu Händen geballten Fäuste gegen den Tisch, auf dem die Tote liegt.

Der Raum ist gefüllt mit einer Stille, die Diana erschaudern lässt. Länger kann sie dem Trauerspiel nicht mehr zuschauen. Ein Mörder muss her, und zwar schnell. Noch einen Suizid verkraftet weder die Stadt noch der arme Hubsi.

„Schau ihr noch einmal in den Mund. Vielleicht haben wir etwas übersehen“, fordert sie aus ihrem Bauch heraus.

„Das haben wir doch schon alles begutachtet“, erwidert Sputnik und versteht Diana nicht. Es scheint für ihn, als ob sie auch Mr. Hyde kein Vertrauen entgegenbrächte.

„Dann machen wir es noch mal“, besteht sie mit Nachdruck darauf. „Bitte!“, fügt sie rasch hinzu, da sie nicht unhöflich sein möchte.

„Okay, wie du wünschst. Wenn es uns weiterhilft, gerne“, ist Mr. Hyde damit einverstanden, sich erneut dem Mund der Leiche zu widmen.

Er greift nach einer Kieferspange. Behutsam zieht er den Kopf nach hinten und öffnet den Mund.

„Diana, magst du mir behilflich sein? Zu zweit sehen wir mehr“, baut er auf ihre Unterstützung, zumal es ja auch ihre Idee war.

Er leuchtet die Mundhöhle aus. Diana beugt sich zu ihm.

„Das gibt es doch nicht“, stößt sie heiser aus und schnappt sich die Lupe, um ihren Verdacht zu bestätigen.

„Was?“, werden die Männer hellhörig.

„Das Gaumenzäpfchen!“

„Was ist damit?“

„Es ist weg“, ist sie entrüstet.

„Das kann nicht sein“, tritt nun auch Sputnik näher an den Tisch, da er es nicht glauben kann.

„Tatsächlich", sagt Mr. Hyde, als er die Stelle im Rachen entdeckt.

„Wie ist so was möglich?"

„Es gibt Menschen, die haben keines", erklärt der Mediziner. „Aber dann hätte sie eigenartig gesprochen. Ohne Gaumensegel kann man gewisse Laute nicht richtig bilden."

„Es wurde abgeschnitten", zeigt sie auf eine leichte Erhebung, die darauf schließen lässt, dass es sorgfältig entfernt wurde.

„Wer macht denn so was Krankes?", runzelt Sputnik die Stirn.

„Ein Mörder", antwortet sie kühl und sieht dabei Mr. Hyde direkt in die Augen.

„Damit haben wir einen Beweis", hätte dieser am liebsten laut gejauchzt, hält sich jedoch zurück.

Diana stimmt ihm lächelnd zu.

„Aber was will uns der Täter damit sagen?", hakt Sputnik bei seiner vorherigen Frage ein.

„Vielleicht hat sie zu viel geredet oder der Mörder wollte, dass ihr das Lachen im Hals stecken bleibt", stellt Mr. Hyde eine vage Vermutung auf.

„Wir suchen einen abartigen Täter, der im Umgang mit scharfen Gegenständen versiert ist und Frauen mag, die auch noch im Tod schweigen."

„Oder eine Täterin. Auch Frauen sind zu einem Mord fähig", wirft Sputnik ein und fixiert Dianas Gesicht.

„Du weißt genauso gut wie ich, dass Frauen gewisse Taten nicht begehen. Sie würden eher zu Giftcocktails greifen, da sie einen Hang dazu haben, ihre Opfer, im Speziellen Männer, leiden zu lassen", verteidigt sie ihr Geschlecht.

„Wie machen wir weiter?", fragt Sputnik.

„Vorerst bleibt es unser Geheimnis", schlägt Diana vor.

„Unser Geheimnis?", fragen beide im Chorus.

„Das geht doch nicht! Gefahr im Verzug. Wir müssen sofort eine Spezialeinheit verständigen und an die Presse gehen, um die Bevölkerung zu warnen, wenn ein Mörder frei herumläuft", ist der Pathologe verunsichert.

„Nur die Ruhe. Es muss unser Geheimnis bleiben. Wir können jetzt nicht so viel Staub aufwirbeln. Wenn wir da rausgehen und sagen, dass wir auf der Suche nach einem Mörder sind, bekommen wir den nie", stellt sie klar. „Wir müssen dafür sorgen, dass er sich in Sicherheit wiegt", heckt sie bereits einen Plan aus.

„Dann tötet er vielleicht weiter", warnt Sputnik seine Kollegin.

„Das ist doch eine Suche nach der Stecknadel im Heuhaufen, zumal wir noch keine DNA-Spuren ausgewertet haben", äußert Mr. Hyde seine Bedenken.

„Ich habe für morgen ein Verhör anberaumt. Ich erzähle allen, dass es ein tragischer Selbstmord war, und warte ihre Reaktionen ab. Das geht zack, zack, zack."

„Du glaubst tatsächlich, dass das funktioniert?", klingt Sputnik misstrauisch.

„Vertrau mir, ich hab einen untrüglichen Blick dafür, ob jemand verdächtig ist oder nicht", erwidert sie stolz, da sie es in London viele Male bewiesen hat.

„Angenommen, das klappt, aber keiner von den Hotelgästen ist zwielichtig. Was machst du dann?", wirft Mr. Hyde die Frage auf.

„Dann suchen wir weiter", gibt sie unbeeindruckt zur Antwort.

„Findest du nicht, dass du zu waghalsig bist. Das ist kein Spiel", rügt Sputnik Diana.

„Findest du nicht, dass es noch waghalsiger wäre, die Presse zu informieren und eine Spezialeinheit einzuschalten?", ätzt sie.

„Ohne DNA und toxikologische Auswertungen können wir sowieso niemandem einen Mord nachweisen", erinnert Mr. Hyde vorsichtshalber daran.

„Außer der Täter gesteht", will sie Sputnik beschwichtigen.

Auch wenn sie bei den Verhören psychologische Tricks anwenden möchte, heißt das noch lange nicht, dass der Mörder den Köder schluckt. Wenn sie es mit einer krankhaften Persönlichkeit zu tun hat, könnte das sehr schwierig werden, aber sie glaubt ohnehin nicht, dass der Bösewicht unter den Hotelgästen ist.

„Wer ein Gaumenzäpfchen abschneidet, ist nicht so dämlich und bleibt am Tatort. Ich möchte im Grunde nur herausfinden, ob jemand etwas gesehen hat. Mehr können wir fürs Erste nicht tun. Für alles Weitere brauchen wir die Laborergebnisse. Vielleicht haben wir Glück und unser Täter ist amtsbekannt. Wer weiß", hebt sie ihre Schultern.

„Diana, mach du deine Arbeit. Ich schaue mir die Leiche noch mal an, vielleicht habe ich etwas übersehen", schlägt Mr. Hyde vor.

Sputnik nickt zustimmend und bietet ihr an, ihr bei den Befragungen unter die Arme zu greifen.

„Danke, Jungs, aber das schaffe ich schon. Am liebsten würde ich den Mistkerl auf frischer Tat ertappen. Jeder macht Fehler und ich locke ihn in eine Falle", kann sie ihre Freude auf die bevorstehenden Befragungen nicht mehr in Grenzen halten.

„Gib mir Bescheid, wenn du noch etwas findest, das uns weiterhelfen kann", bittet Sputnik Mr. Hyde und zieht Diana mit sich aus der Pathologie.

Mittwoch, 18. Dezember 2019, 15:42 Uhr

Hastig sperrt Diana ihre Wohnung auf und steuert auf das Schlafzimmer zu. Normalerweise zieht sie ihre Schuhe aus, aber das ist eine Ausnahmesituation. Sie reißt die Tür ihres Schranks auf und entfernt die bunten Ordner, die ihren Safe verdecken. Rasch tippt sie den Code ein und das Geheimversteck öffnet sich. Diana greift nach den Akten, die sie beim Umzug in das andere Büro hat mitgehen lassen. Sie sucht einen bestimmten Akt heraus, den sie sich genauer ansehen möchte. Rasch schlägt sie die erste Seite auf und wie von Geisterhand rutscht ihr das Foto entgegen.

Gebannt starrt sie darauf. Sie kann es nicht glauben. Derselbe Anblick hat sich ihr heute im Wellnesshotel Seestuben geboten. Eine Frau, halb nackt, in ihrer Blutlache liegend auf dem Bett. Ein Unterschied fällt ihr sofort auf. Die Frau hat keine Seidenschals um ihre Handgelenke gebunden.

Kann sie davon ausgehen, dass es sich um ein und denselben Verbrecher handelt? Ist das überhaupt möglich? Oder ist der Fund im Hotel das Werk eines Nachahmungstäters. Wer weiß noch von diesen Akten? Viel zu viele Eingebungen überfluten ihr Gehirn. Sie kann kaum klar denken. Diana atmet tief ein und aus. „Eines nach dem anderen“, sagt sie zu sich. Sie überfliegt die pathologischen

Ausführungen und nimmt die Zeilen, die damals ihr Vorgänger Pichler verfasst hat, in Augenschein.

Laut dem rechtsmedizinischen Befund handelt es sich hierbei um einen Selbstmord. Die Aussagen der Hotelgäste und der Rezeptionistin haben keine neuen Erkenntnisse gebracht. Die Frau war weder amtsbekannt noch ist sie in dieser Nacht negativ aufgefallen. Ihre Eltern haben von dem Verschwinden ihrer Tochter nichts mitbekommen, da sie schon seit Jahren ein zerrüttetes Verhältnis zueinander hatten. Der Grund liegt darin, dass sie einer Tätigkeit nachgegangen ist, die die Eltern keinesfalls duldeten. Maria Moser war im Escortbereich tätig. Die Agenturchefin Theodora Hasse bestätigt auch, dass Frau Moser unter dem Einfluss ihrer Eltern gelitten hat. Das war der Grund, warum sie sich das Leben genommen hat.

„Das ist alles?“, fragt sich Diana. „Tztztz, Herr Pichler, Herr Pichler, da haben Sie aber geschlampt.“

Sie mahnt sich zur Vorsicht. Nicht umsonst hat der Kommissar die Akten versteckt. Wenn sie jetzt Fragen stellt, würde sie schlafende Hunde wecken und gleichzeitig in ein Wespennest treten. Sie kann sich nur auf die Suche nach dem Mörder von Tanja Künster begeben, aber gleichzeitig diesen alten Fall im Hinterkopf behalten. Sie muss ruhig bleiben und abwarten. Sobald ihr alle Ergebnisse vorliegen, kann sie die Todesfälle genauer betrachten und vergleichen. Jetzt muss sie mehr denn je die Augen und Ohren offen halten. Da draußen läuft ein Mörder frei herum. Ob die anderen Todesfälle etwas mit diesem Fall zu tun haben, ist fraglich. Nachdem es sich bei den anderen Opfern um Männer handelt, scheint es eher unwahrscheinlich. Aber ausschließen kann sie im Moment nichts, da bei ihnen das Vorhandensein des Gaumensegels nicht speziell überprüft wurde. Sie muss Licht ins Dunkel bringen, und zwar schneller, als die Polizei erlaubt.

Donnerstag, 19. Dezember 2019, 08:00 Uhr

Die bevorstehenden Weihnachtsfeiertage fangen ja wirklich gut an. Nachdem sie gestern zu dem Tatort gerufen wurde, ist alles anders. Ihr Chef hat sich heute schon zweimal per SMS gemeldet, um mehr über den Ermittlungsstand zu erfahren. „Schon wieder eine Leiche“, hat Hubsi gestern in der Nacht ins Telefon gejammert. Am liebsten hätte er sofort die Spezialeinheit Cobra gerufen. Nach gutem Zureden konnte sie ihm versichern, dass sie unter Hochdruck arbeiten, um herauszufinden, wie die Frau ums Leben gekommen ist. Eine kleine Notlüge musste einfach sein. Das ist derzeit für alle Beteiligten das Beste. Sie kann jedenfalls keine Person in ihrem engeren Umfeld brauchen, die ihre Nerven verliert. Es reicht, wenn sie selbst unter Strom steht und die Verdächtigen in die Mangel nimmt.

Für heute hat sie alle Gäste, derer sie kurzfristig habhaft werden konnte, ins Revier beordert. Ihr Kollege Siebert ist nach wie vor im Krankenstand und das wird auch weiterhin so bleiben, hat er ihr mitgeteilt. Im neuen Jahr könne sie erst wieder mit seiner Rückkehr rechnen. Die Wiedersehensfreude hält sich in Grenzen. Verhöre führt sie ohnehin am liebsten alleine durch.

Die Türe wird von außen von einem Streifenpolizisten geöffnet und ein junger Mann tritt ein.

„Georg Haller“, stellt er sich vor.

„Kommissarin Diana Neumann“, antwortet sie streng und bittet ihn, sich ihr gegenüber zu setzen.

Sie schaut auf die Gästeliste und markiert seinen Namen mit einem pinken Leuchtstift.

„Interessant“, hebt Diana den Kopf. „Sie wohnen in Villach und buchen sich in ein Hotel in Ihrer Nähe ein. Darf ich den Grund dafür erfahren?“

„Gern. Ich habe nichts zu verbergen“, beginnt er.

Diese Aussage hat Diana am liebsten. Menschen, die das sagen, haben immer etwas zu verheimlichen.

„Ich fühle mich dort sehr wohl.“

„Was gefällt Ihnen besonders?“

„Das Wellnessangebot. Nach der Sauna lasse ich mich gerne mit Massagen verwöhnen.“

„Von welchen Massagen sprechen wir?“, hegt Diana einen Verdacht, dass dieser Herr sich nur wegen sexuellen Handlungen im Hotel einquartiert hat. Vielleicht hat er ja die Nacht mit Tanja verbracht.

„Rückenmassagen, die im Hotel angeboten werden“, antwortet er trocken.

„Wie Sie wissen, haben wir gestern eine Leiche in der Nähe Ihres Hotelzimmers gefunden. Kennen Sie die junge Frau?“, tippt sie mit dem Zeigefinger auf das Ausweisfoto von Tanja Künster.

Er schüttelt den Kopf, etwas zu heftig für Dianas Geschmack.

„Nein, die habe ich noch nie zuvor gesehen.“

„Sie wollen mir doch jetzt nicht weismachen, dass Ihnen diese schöne Frau entgangen ist?“

„Doch, das ist sie. Bedauerlicherweise.“

„Wann sind Sie angereist?“, will Diana überprüfen, ob er auch wirklich ehrlich ist.

„Steht das nicht auf Ihrem Zettel?“, wird er aufmüpfig.

„Bitte antworten Sie auf meine Frage.“

Kurz stockt sein Atem.

„Ich habe Dienstag am Nachmittag eingecheckt.“

„Waren Sie alleine oder in Begleitung?“, muss sie dem Typ, der ja nichts zu verhehlen hat, alles aus der Nase ziehen.

„Ich bin gerne alleine. Da kann ich am besten relaxen.“

„Vielleicht mit dieser schönen Frau?“, präsentiert sie ihm nun ein Foto, auf dem Tanja auf dem Bett mit dem vielen Blut zu erkennen ist.

„Ich habe doch schon gesagt, ich kenne sie nicht“, wiederholt er seine Worte von vorhin und sieht über den Rand des Bildes in Dianas Augen, als ob ihm der Anblick der Toten Unbehagen bereitet.

„Sie wirken aufgebracht. Möchten Sie etwas trinken?“, zeigt sie auf das Glas, das neben ihm steht.

„Ich bin nicht aufgebracht“, greift er trotzdem danach und nimmt einen Schluck.

„Ist Ihnen während Ihrem Aufenthalt irgendetwas aufgefallen, das uns weiterhelfen könnte. Vielleicht etwas Verdächtiges oder gar Ungewöhnliches?“, beäugt sie ihn nun eindringlicher als zuvor und stellt ihm eine kleine Falle, auch wenn er zu Beginn des Gesprächs verneint hat, die Tote zu kennen.

Diana entgeht nichts, weder seine Mimik noch seine Gestik. Wie er spricht und wie ab und an seine Lippen verdächtig zittern. Doch Georg schüttelt wieder nur seinen Kopf.

„Ich habe damit wirklich nichts zu tun.“

„Wer hat denn behauptet, dass Sie damit etwas zu tun haben?“

„Deswegen bin ich doch hier, oder nicht?“

„Die junge Frau hat Selbstmord begangen. Ich wollte nur wissen, ob Sie Tanja kennen oder irgendetwas gehört oder gesehen haben“, tischt sie ihm die filmreife Lüge auf.

„Selbstmord? Wie tragisch“, sieht er erneut auf das Foto, das vor ihm liegt.

„Danke, wir sind fertig. Halten Sie sich zur Verfügung, falls ich noch Informationen benötige“, erwidert Diana, als sie die Fotos wieder an sich nimmt.

Erleichterung steht ihm ins Gesicht geschrieben. Einerseits hat die Kommissarin für sein nervöses Verhalten Verständnis, man wird nicht jeden Tag verhört, aber andererseits ist es auch unklug, verdächtiger zu wirken, als man ohnehin schon ist.

Donnerstag, 19. Dezember 2019, 08:40 Uhr

Ein paar Minuten später sitzt eine Frau Mitte vierzig Diana gegenüber. Simone Zentner, gebürtige Villacherin, wohnhaft in Wien, kommt jedes Jahr zur Erholung nach Kärnten. Die Verdächtige ist nicht zu bremsen. Bevor Diana die erste Frage stellen kann, plappert sie drauflos und erzählt von ihrem Leben in ihrer Wahlheimat und warum sie jedes Jahr mindestens einmal nach Kärnten fährt. Wegen dem schönen Wetter, der tollen Wellnessanlage und dem FKK-Bereich beim Hotel Seestuben. Das Essen sei vorzüglich, schwärmt sie und lässt die Kommissarin nicht zu Wort kommen.

„Von dem schrecklichen Unglück im Hotel habe ich nichts mitbekommen. Tanja kenne ich auch nicht."

Diana hebt eine Augenbraue.

„Ich habe Ihnen noch keinen Namen genannt und auch kein Foto gezeigt."

„Ich habe gestern Morgen am Gang gelauscht", gluckst sie.

„Wenn ich Sie wäre, würde ich das dämliche Kichern bleiben lassen. Das erschwert nur Ihre Situation."

„Welche Situation? Ich bin unschuldig. Ich habe damit nichts zu tun. Ich habe weder etwas gehört noch gesehen. Ich bin eine unbescholtene Bürgerin", scheint ihr Redeschwall kein Ende nehmen zu wollen.

Die Befragten werden es nie verstehen. Statt ruhig zu bleiben und nur auf ihre Fragen zu antworten, werden sie fahrig.

„Halten Sie bitte endlich Ihren Mund und antworten Sie nur, wenn Sie gefragt werden“, klingt Diana genervt.

Plötzlich wird Simone ganz still und starrt die Kommissarin an.

„Was haben Sie in der Nacht von Dienstag auf Mittwoch getan?“

„Ich war in der Moonlightbar auf dem Maskenball.“

Von einer Party hat die Rezeptionistin gar nichts gesagt. Eigenartig.

„Wann sind Sie ins Bett?“

„So gegen sechs Uhr morgens.“

„Alleine?“

Kurz zögert Simone.

„Ja“, flüstert sie plötzlich, was Diana aufhorchen lässt.

„Sie hatten also keine Begleitung an diesem Abend, mit der sie sich noch in Ihrem Hotelzimmer vergnügt haben?“

„Na ja, ähm, doch“, verschränkt sie ihre Finger ineinander.

„Und?“, lehnt sich Diana in ihre Richtung.

Die Antwort dauert ihr zu lange. Das kann doch nicht so schwer sein.

„Es war ein Mann“, zaubern sich rote Stellen auf ihre Wangen. Anscheinend ist es ihr peinlich, zu sagen, mit wem sie in dieser Nacht zusammen war.

Diana entscheidet sich, nicht weiter darauf herumzureiten. Nachdem es eine Kostümparty war, vermutet sie, dass Simone sich einen Unbekannten geangelt hat. In dem Moment sicherlich eine sehr reizvolle Situation, mit einem Fremden Sex zu haben. Hoffentlich hat er die Maske anbehalten. Wer weiß, wie er darunter ausgesehen hat, malt sich Diana die kuriosesten Bilder aus. Mehr möchte die Kommissarin gar nicht wissen. Ihr Bauchgefühl sagt ihr, dass

Simone nur heiße Luft produziert und nicht fähig ist, einen Mord zu begehen.

Die Ermittlerin begleitet sie hinaus. Sie braucht jetzt dringend eine kurze Pause und geht nach draußen ins Freie. Drei tiefe Atemzüge müssen reichen, um die nächsten Personen, die bereits vor dem Raum warten, zu überstehen.

Diana blickt in den Himmel. Laut Wetterbericht kündigt sich Schnee an, aber es ist weit und breit keine Wolke zu sehen. Das wäre einmal eine schöne Bescherung, wenn die Villacher vor dem Heiligen Abend noch mit einer weißen Pracht verwöhnt werden würden. Das wäre tatsächlich ein Weihnachtswunder.

Donnerstag, 19. Dezember 2019, 09:30 Uhr

Diana stopft sich noch einen Kaugummi in den Mund, bevor sie zurück zum Verhörraum spaziert.

„Karl Ottomann, Sie sind der Nächste“, fordert sie den Wartenden laut und deutlich auf, sich zu erheben und ihr zu folgen.

Die Türe fällt hinter ihr ins Schloss. Er erschreckt sich.

„Sie san a Wuide.“

„Setzen Sie sich“, behält sie ihre strenge Tonlage bei.

Sie war bis jetzt viel zu handzahm, findet Diana. Vielleicht schadet es nicht, eine härtere Gangart einzulegen, aber das beeindruckt den waschechten Bayern nur wenig. In aller Ruhe nimmt er Platz und legt seine Arme um seinen Bauch. Es sieht so aus, als ob er ihn halten wolle.

„Woher kommen Sie?“

„Aus dem scheanen Bamberg.“

„Wenn es bei Ihnen so schön ist, warum sind Sie dann hier?“

„Es gibt nix Bessas wia wos Guads.“

„Wie bitte?“

„Do is’s scheena und ois is freizügiga“, erklärt Karl.

„Na ja, wenn Sie dieses Foto als scheena und freizügiga erachten, sind Sie verdächtig“, ahmt sie ihn nach und zeigt ihm das Foto von Tanja.

Der beleibte Herr beugt sich leicht nach vorne, um das Bild genauer zu bestaunen.

„Wea is des?“

„Das ist die Leiche, die wir im Hotel gefunden haben“, erklärt sie, erwähnt aber mit keinem Wort, wie die junge Frau zu Tode gekommen ist.

„Na, geh weida.“

„Gleich im Zimmer neben Ihrem wurde sie gefunden.“

„Da Deifi schloft nit.“

„Daher zählen Sie nun auch zum Kreis der Verdächtigen.“

„I glab, dir brennt da Huat“, sieht er sie entgeistert an, doch Diana ignoriert den bayrischen Sprücheklopfer. „So a Schmarrn“, setzt er sofort nach.

„Warum? Sehen Sie das nicht so?“

„I hob a Oiibi.“

„Was haben Sie?“

„Ein Alibi“, wiederholt er in Hochdeutsch.

„Wer kann das bezeugen?“

„A Frau.“

„War sie bei Ihnen im Zimmer?“

„Jo, wir worn den ganzn Dog und de ganze Nochd beinand.“

„Und, wie heißt die Glückliche?“

„Mia hom oan Ehrenkodex. Koane Naman.“

Diana dreht die Augen über und seufzt.

„Ich habe auch einen Kodex. Wenn ich mich auf der Jagd nach einem Täter befinde, ziehe ich allen Sprücheklopfern das Fell über die Ohren.“

„Schon guat“, versucht er, Diana zu beschwichtigen. „Sie hoaßt Simone.“

„Sie meinen Simone Zentner? Die ich soeben verhört habe?“

„Do legst di nieda!“, kommt ihm über die Lippen und er wundert sich, dass die Kommissarin so schnell kombiniert hat.

„Wie ist Ihr Verhältnis zu Simone?“

„Sie ist mei Nudelfried.“

„Nudelfried?“

„A Nymphomanin“, nuschelt er und räuspert sich.

Diana hat genug. Genug an Informationen und genug von Simone und Karl, die sich die ganze Nacht ihrer Lust hingegeben haben. Sie verabschiedet den Bayern mit einem festen Händedruck und begleitet ihn zur Tür.

„Sie halten sich bitte weiterhin zur Verfügung“, ermahnt sie ihn eindringlich.

„Freile!“

Donnerstag, 19. Dezember 2019, 10:00 Uhr

Ein stattlicher Herr um die vierzig erscheint im Türrahmen.

„Bitte, kommen Sie herein“, ermuntert sie den Mann, einzutreten.

„Philippe Dumont, meine Nammö.“

„Woher kommen Sie?

„Suresnes.“

„In Frankreich?“

„Oui, in die Weste von Paris.“

„Was bringt Sie nach Kärnten?“

„Die Flugzeug.“

„Nein, ich meine, warum machen Sie Urlaub in Kärnten?“

„Für Spiel, Spaß und Spannung“, antwortet er mit einem spitzbübischen Ausdruck in seinen Augen.

„Überraschungseier gibt es doch sicher auch in Frankreich.“

„Oh, non, isch bin ier für die tolle Maskenball.“

„Sie nehmen die weite Reise nur für eine Kostümparty auf sich?“

Er nickt zufrieden.

„Und wegen les femmes autrichiennes.“

„Wegen den österreichischen Frauen?“, tauen Dianas Französischkenntnisse, die sie in der HBLA gelernt hat, schön langsam auf.

„Oui, l'Autriche hat wunderbare Frauen. Stark, romantisch und très érotique."

„Wirklich? Sehr erotisch?", ist sie ein wenig verwundert, dass auch dieser Herr anscheinend nicht nur für den Maskenball angereist ist. Da muss noch mehr dahinterstecken.

„Erzählen Sie mir doch bitte, was Sie den ganzen Tag so treiben."

„Essen, die Ruhe genießen und ich schaue gerne."

„Was schauen Sie gerne?"

„Die Vögeln."

„Sie waren also auch mit irgendwem zugange?", vermutet Diana, dass er nicht den Film von Hitchcock meint.

„Non, seulement mit mir selbst."

„Aha", ist das Einzige, was Diana jetzt über die Lippen bringt. Die Leute von heute sind einfach nur noch merkwürdig. Aber bitte, chacun à son goût.

„Wie lange bleiben Sie?"

„Bis Sonntag."

„Gut, genießen Sie Ihren Aufenthalt und bon voyage", lässt sie ihn gehen.

Donnerstag, 19. Dezember 2019, 10:40 Uhr

„Luigi Brittano“, hält ihr ein Herr mittleren Alters beim Eintreten in den Verhörraum die Hand hin und verbeugt sich leicht. Sein gelocktes schwarzes Haar reicht ihm bis zu den Schultern. Seine dunklen Augen und seine leicht gebräunte Haut lassen seine blitzweißen Zähne noch heller erscheinen.

„Woher kommen Sie?“

„Udine.“

„Was hat Sie nach Kärnten verschlagen?“

„Was glauben Sie? Die schönen Frauen naturalemente“, antwortet er und lehnt sich lässig in seinem Stuhl zurück.

„Interessant. Das ist alles?“

„Ich liebe die Tanzen.“

„Dafür ist die Moonlightbar ja wie geschaffen.“

„Oh, no, nichte die Tanzen. Die andere Tanzen.“

„Das andere Tanzen?“, wiederholt sie und ist verwirrt, da sie nicht weiß, auf was er hinausmöchte.

„Sie wissen schon.“

„Nein, ich weiß nicht, was Sie meinen. Beschreiben Sie es bitte.“

„Ich weiße nicht genau, wie heißt das im Deutschen“, überlegt er angestrengt.

„Dann zeigen Sie es mir“, fordert sie ihn auf, um endlich weiterzukommen.

Luigis Gesicht erhellt sich. Er steht auf und beginnt, seine Hüften vor und zurück zu schieben. Sein Blick ist Diana zugewandt und der Ausdruck wirkt lüstern. Nun stimmen auch noch seine Arme in den Takt mit ein. Vielleicht meint er Langlaufen, überlegt die Chefermittlerin. Seine Bewegungen werden immer schneller. Mit großen Augen sieht ihn die Kommissarin an, als ihr dämmert, was die Charade darstellen soll.

„Danke, ich habe genug gesehen“, winkt sie ab, um seine Bewegungen zum Stillstand zu bringen. „Sie meinen Liebemachen?“, möchte sie wissen, ob sie seine Darbietung auch richtig gedeutet hat.

„Jaaaa, ich habe gemacht Amore die ganze Tag und die ganze Nacht. Das war fantastico“, schwärmt er und schließt die Augen.

„Im Hotel?“, fragt Diana nach, obwohl sie die Antwort bereits erahnt.

Zufrieden nickt er.

„Wenn ich fragen darf, mit welcher Begleitung sind Sie angereist?“, lehnt sie sich nach vorne und blinzelt den Möchtegerncasanova an. Wenn er schon nicht in gewissen Etablissements verkehrt, hat er vielleicht eine Freundin im Schlepptau.

„Nessuno.“

„Niemanden? Mit wem haben Sie dann Amore gemacht?“

„Con molte persone.“

„Mit mehreren? Gleichzeitig? War das eine Orgie?“

„No, no, eine nach die andere. Splendido.“

„Ihnen scheint aber auch die Sonne aus dem Arsch“, entfährt es Diana und plötzlich kommt ihr in den Sinn, was er mit Tanzen gemeint hat.

„Oh, no, no, meine Arsch ist santo, aber il sole scheint mir aus die Herzen“, greift er mit der flachen Hand auf seine Brust.

„Meinten Sie Swingen?"

Als er das Wort hört, zaubert er sein charmantestes Lächeln auf seine Lippen.

„Esattamente."

Diana verkneift sich ein Grinsen. Rasch hält sie ihm das Bild der Toten hin, um ihm die Freude über seine Vorlieben aus dem Gesicht zu vertreiben.

„Kennen Sie diese bella donna?"

Gebannt starrt er auf das Foto und nimmt es in die Hand. Er neigt seinen Kopf zur Seite und kneift die Augen zusammen. Die Begutachtung dauert länger, als Diana erwartet hat.

„Und?", wird sie ungeduldig.

„Un momento. Iste nicht einfach. Wir hatten Masken auf."

Erstaunt sieht Diana ihn an.

„Sie waren auch verkleidet?"

Luigi spitzt seine Lippen und schickt Diana einen Kuss.

„Eccellente", wird sein Blick lüstern.

„In der Moonlightbar?"

„Sì!"

„War das die Swingerparty?"

„Oh, nooooooo, Signora", dabei spricht er das letzte Wort so altbacken aus, dass sich Diana um Jahre älter fühlt. „Kennen Sie nicht Villacos Partnerstädte swingen mit?"

„Was bitte tun die Partnerstädte?"

„Swingen. Da versäumen Sie was. Sie sind noch so jung. Oh, cara mia. Sie sollten auch tanzen", möchte er ihr das Spektakel schmackhaft machen.

Diana kämpft gegen eine Gesichtsentgleisung an.

„Holen Sie sich doch Gusto in … äh … Film", schlägt er vor.

„Was für ein Film?"

„Die Nachbarn haben eine Video gemacht."

„Welche Nachbarn?“

„Slovenia. Sitzen vor die Tür“, deutet er ihr mit dem Finger.

„Ist das erlaubt?“

„No. Signora Sieglinde non d’accordo“, erklärt er und Diana glaubt, sich verhört zu haben. Die Rezeptionistin?

„Welche Rolle spielt Frau Sieglinde?“

„Sie spielte mit und sie passte auf“, grinst er.

Diana ist erstaunt, dass sich Sieglinde gestern so weinerlich gegeben hat. War das alles eine Farce? Das muss sie heute Abend unbedingt herausfinden.

„Wie lange bleiben Sie in Kärnten?“

„Bis domenico.“

Diana bedankt sich für das aufschlussreiche Gespräch und eskortiert ihn bei der Türe hinaus. Auf Befehl von Diana werden die beiden Männer aus Slowenien sogleich von den Streifenpolizisten in den Verhörraum geführt.

„Haben Sie heute gar keine Kamera dabei?“, überrumpelt sie die beiden Männer.

Marko und Janez aus Kranj und Tolmin schauen sie verwundert an.

„Mir ist zu Ohren gekommen, dass Sie in der Nacht vom Dienstag auf Mittwoch bei dieser Partnerstädteparty gefilmt haben.“

Beide nicken und können mit dem Grinsen einfach nicht mehr aufhören. Anscheinend sind sie schon wieder in ihre frivole Welt abgetaucht.

„Wir haben auch davor in der Moonlightbar heimlich gefilmt.“

Jetzt muss auch Diana grinsen. Endlich gute Neuigkeiten. Damit kommt sie in diesem Fall sicher schneller voran.

„Oh, Sie wollen sehen, was wir so treiben?“, mutmaßt Janez und zwinkert der Kommissarin zu.

„Nein, ich möchte wissen, ob die Tote“, Diana legt das Bild von

Tanja vor die beiden hin, „in dieser Nacht auf der Party oder bei Ihrer kleinen After-Show-Orgie zugegen war."

Die Slowenen starren entsetzt auf das Foto.

„Wir haben davon gehört, dass es schlimm aussieht, aber dass es so grauenhaft ist, haben wir uns nicht gedacht", ekeln sich die beiden vor dem Blut, dass Marko eine Hand vor den Mund halten muss. Janez würgt kurz und räuspert sich. „Aber die Frau haben wir nicht gesehen."

„Ich muss Ihr Video trotzdem beschlagnahmen", hält Diana ihnen die Hand hin.

Verstört blickt Janez zu Marko und Marko zu Janez.

„Bekommen wir das Video wieder?"

„Das kann ich nicht sagen. Kommt drauf an, was drauf ist. Jetzt jedenfalls ist es Eigentum der Polizei."

Schmollend öffnet Janez die Tasche, die ihm über seine Hüften hängt, greift hinein und händigt ihr eine blaue SD-Karte aus.

„Danke. Sie können jetzt gehen, aber halten Sie sich zu meiner Verfügung", mahnt sie. „Ach ja, warum können Sie eigentlich so gut Deutsch?"

„Unsere Mütter sind beide aus Österreich", sagt Marko. „Das verbindet uns."

Das ist wohl nicht das Einzige, das die beiden verbindet, denkt sich Diana, als die zwei den Raum verlassen.

Die Kommissarin hat jetzt genug von den vielen Fragen, die sie keinen großen Schritt weitergebracht haben, und packt ihre Sachen zusammen. Ihr Magen knurrt schon seit einer Weile. Höchste Zeit für den Italiener. Und damit meint sie nicht Luigi, sondern Eduardo.

Donnerstag, 19. Dezember 2019, 15:00 Uhr

„Hallo, Frau Neumann. Wie geht es Ihnen heute?"

Die einzige Antwort, die Mag. Nussbaumer von Diana bekommt, ist ein Stöhnen.

„Setzt Ihnen unser letztes Gespräch noch zu?"

Diana schüttelt den Kopf.

„Was ist Ihnen dann über die Leber gelaufen?"

„Eine tote Frau. Der Anblick war grauenhaft und die Obduktion auch."

„Wieder ein Selbstmord?"

„Nein. Diesmal war es Mord. Daran besteht kein Zweifel", rutscht es ihr heraus. Das hat sie nicht beabsichtigt. Aber ihre Aussage zu revidieren, kommt ihr auch nicht in den Sinn. „Wenn jemand die Pulsadern einer Frau aufschneidet, um es nach Selbstmord aussehen zu lassen, macht mich das sprachlos."

„Sie denken an die Zeit in London zurück?"

Nickend stimmt Diana ihr zu.

„Haben Sie Angst?"

„Nein, warum? Vor was soll ich Angst haben?", wirkt sie zerstreut.

„Angst davor, dass Sie in Villach das Gleiche durchleben müssen wie in London?"

„Nein, London ist mit Villach nicht zu vergleichen“, erinnert sie sich an Sputniks Worte und spielt diesmal ihre Besorgnis über die Fälle hinunter, um die alten Erlebnisse nicht wieder aufflammen zu lassen.

„Hatten Sie eine Panikattacke?“

„Nein, warum?“

„Das wäre nur normal in so einer Situation.“

„Ich mache mir Gedanken. Aber ich hatte definitiv keine Panikattacke.“

„Wo wurde die Frau gefunden?“

„In einem Zimmer im Wellnesshotel Seestuben. Zuerst habe ich nur viel Blut gesehen. Überall verteilt. Auf ihren Händen. Auf dem Leintuch … wie sie da so lag, in schwarzer Spitzenunterwäsche und mit den Seidenschals um die Handgelenke.“

„Was ist Ihnen noch aufgefallen?“

„Es waren keine Sektgläser neben dem Bett. Kein Champagner, keine Kleidung, die achtlos zu Boden fallen gelassen wurde. Kein Hinweis darauf, dass sie in dem Bett Sex hatte. Als ob sie jemand einfach zum Schlafen dorthin gelegt hätte und dann ist sie gestorben.“

„Sonst noch etwas?“

„Ja, sie war nicht maskiert.“

„In Villach ist doch nur einmal im Jahr Fasching. Warum sollte sie eine Maske aufhaben?“

„Es gab in der Moonlightbar eine Kostümparty und viele der Hotelgäste waren dort, aber sie war anscheinend nicht zugegen. Es hat sie zumindest niemand gesehen.“

„Vielleicht wollte sie nur entspannen.“

„Nein, das sah überhaupt nicht danach aus. Es wirkte eher so, als ob sie auf jemanden gewartet hätte“, erinnert sie sich an den Anblick der Toten.

„Glauben Sie, dass sie sich für jemanden so zurechtgemacht hat?“

„Sie meinen, dass die junge Lady dafür gebucht wurde?“

„Wenn Sie es so nennen wollen.“

„Das war auch mein Gedanke. Aber die Befragungen der Gäste haben nichts ergeben. Jedenfalls nichts Brauchbares oder einen Hinweis, der mich auf die richtige Spur führen würde. Keiner hat etwas gesehen. Keiner kennt die junge Frau“, resümiert Diana die Einvernahmen und lehnt sich mit einem verzweifelten Geräusch nach hinten. „Ich tappe im Dunkeln. Zu meinem Verdruss haben auch noch die Kameras im Eingangsbereich und in den Gängen versagt. Ein Defekt laut der Aussage des Haustechnikers des Hotels“, greift sie sich auf die Stirn und schüttelt dabei den Kopf. „Ich weiß nicht, wo ich anfangen soll.“

„Vielleicht sehen Sie den Wald vor lauter Bäumen nicht, wie man so schön sagt.“

„Kommen Sie mir bloß nicht mit Bäumen.“

„Wie kommen Sie jetzt darauf?“

„Ach, es ist nur … das war nur so dahergeredet. Es hat gar nichts zu bedeuten. Vergessen Sie es einfach wieder.“

„Das glaube ich nicht. Alles hat irgendetwas zu bedeuten.“

„Ich hasse Weihnachten“, platzt es aus Diana heraus. Sofort bereut sie das Gesagte.

„Wie kommt das?“

„Wenn ich jetzt Kaugummi sagen würde, wäre ich ein Feigling“, wird ihr bewusst.

„Sie können Ihr Codewort gerne verwenden, aber wir können uns frühestens in drei Wochen wieder treffen. Dann haben Sie Weihnachten hoffentlich auch überstanden“, antwortet sie gleichgültig, um Diana aus der Reserve zu locken.

Die Kommissarin schließt die Augen und atmet tief durch, doch sie spricht nicht weiter. Keine Silbe kommt über ihre Lippen. Frau Nussbaumer hat sie mit ihrem Blick fest im Griff.

„Warum hassen Sie Weihnachten?", stellt sie die Frage erneut, um sie zu unterstützen, über ihren Schatten zu springen.

„Das ist eine lange Geschichte."

„Kein Problem, ich habe nach Ihnen heute keinen Termin mehr."

„Es fällt mir wirklich nicht leicht, darüber zu sprechen."

Ein verständnisvoller Blick von Frau Nussbaumer lächelt ihr entgegen.

„Es war der 24. Dezember 1995. Wie die Jahre davor haben mein Vater und ich uns um den Christbaum gekümmert, während meine Mutter das Festessen zubereitet hat. Wir waren gerade beim Aufputzen des Baumes, als mein Vater einen Anruf bekommen hat", erzählt sie in einem durch. „Er war auch bei der Polizei und wurde zu einem Einsatz gerufen. Um was es ging, weiß ich nicht. Er hat versprochen, dass er nicht lange weg sein wird und wir später den Baum zusammen weiterschmücken. Ich habe dann in der Küche geholfen. Am Nachmittag kam ein Anruf und meine Mutter ist zusammengebrochen. Zu diesem Zeitpunkt wusste ich nicht, was passiert war. Ich habe nur schnell die Rettung verständigt", tut sie sich schwer, jedes einzelne Wort auszusprechen und vollständige Sätze zu formulieren. „Meine Mutter wurde ins Krankenhaus gebracht und ich habe zu Hause gewartet … und gewartet. Wissen Sie, wie sich das anfühlt, zu warten? Zu glauben, dass wir noch den Baum fertig schmücken, um dann gemeinsam Weihnachten zu feiern?"

„Sie haben vergebens gewartet."

„Ja, nach einer gefühlten Ewigkeit ist dann meine Oma gekommen und hat mich sofort weinend in die Arme geschlossen", macht sie eine kurze Pause. „Angeblich hatte mein Vater einen Unfall. Er wurde von einem Auto erfasst und gegen einen Betonpfeiler geschleudert. Er war sofort tot … und im Herzen meiner Mutter ist ein Teil von ihr mit ihm gestorben. Wie in meinem."

„Das tut mir leid", flüstert Frau Nussbaumer.

Diana öffnet die Augen und ein Schwall an Tränen fließt über ihre Wangen.

„Damals ist meine Welt zusammengebrochen. Ein Leben ohne meinen Papa konnte ich mir nicht vorstellen. Es verfolgt mich bis heute", schluchzt sie so laut, dass Frau Nussbaumer ihr nur schwer folgen kann.

Die Psychologin reicht ihr ein Taschentuch.

„Ich möchte nicht alle Jahre wieder diese schrecklichen Geschehnisse durchleben müssen. Daher feiere ich Weihnachten auch nicht."

„Was ist mit Ihrer Mutter? Feiert sie alleine?"

„Für sie ist das der heiligste Tag im Jahr. Vor allem, seit Papa tot ist. Sie schmückt den Baum, geht in die Kirche … alles, was zum Heiligen Abend gehört."

„Ich nehme an, das ist ihre Art der Trauerbewältigung. Das ist ihr Strohhalm, an den sie sich klammert. Die letzte Erinnerung an ihren Mann und Ihren Vater", stellt die Psychologin fest. „Haben Sie gar kein Bedürfnis, den Tag mit ihr zu verbringen?"

„Nein, das ist das Letzte, was ich will", geht Diana sofort in Abwehrhaltung.

„Vielleicht würde es Ihnen guttun, mit Ihrer Mutter über das Geschehene und über Ihre Gefühle zu sprechen."

Diana sagt nichts mehr. Sie kann sich einfach nicht dazu durchringen, mit ihrer Mutter über den Verlust zu reden.

„Ich habe ihr auch den wahren Grund für die Scheidung verheimlicht. Warum sollte ich es jetzt tun?", verschränkt sie ihre Arme vor der Brust.

„Weil sie Ihre Mutter ist", gibt Frau Nussbaumer zur Antwort.

„Wenn Sie ihr schon nicht von London erzählen können, dann sollten Sie wenigstens das Ableben Ihres Vaters aufarbeiten. Das würde Ihnen beiden zugutekommen, glaube ich."

Mit starrem Blick sieht sie die Psychologin an.

„Vergessen Sie nicht, Sie sind alles, was Ihrer Mutter geblieben ist. Ich könnte mir vorstellen, dass sie Ihnen gerne beistehen würde."

„Natürlich, aber ich will nicht, dass sie sich Sorgen macht."

„Glauben Sie nicht, dass es sie noch mehr besorgen würde, wenn sie herausfindet, dass Sie sich ihr nicht anvertraut haben? Was würde Sie mehr verletzen, wenn Sie an ihrer Stelle wären? Zu wissen, was Sie durchgemacht haben, oder zu wissen, dass Ihre Tochter Ihnen die Wahrheit verschweigt?"

„Kaugummi", beendet Diana das Gespräch und bittet die Psychologin, zu gehen.

Sie weiß, dass in ihrem Inneren viel im Argen liegt, aber sie kann sich nicht damit beschäftigen. Nicht jetzt. Zuerst muss sie diese Fälle lösen.

Donnerstag, 19. Dezember 2019, 18:29 Uhr

„Sie haben mich angelogen, Frau Müller", möchte Diana ihr am liebsten sofort die Leviten lesen.

„Was meinen Sie? Ich habe Ihnen alles gesagt, was ich weiß", antwortet sie irritiert.

„Tatsächlich? Wissen Sie, wenn ich will, mache ich jetzt einen Anruf, bekomme sofort einen Durchsuchungsbeschluss und nehme die Bude auseinander", baut sie Druck auf.

„Um Gottes willen", steht Sieglinde der Schreck ins Gesicht geschrieben.

„Sie haben gestern Abend eine geheime Swingerparty veranstaltet."

Überrascht sieht sie zur Kommissarin.

„Hat der Italiener geplaudert", murrt die Rezeptionistin und zündet sich eine Zigarette an, um ihr aufgebrachtes Gemüt zu beruhigen.

„Ja, Luigi war sehr redselig. Ich weiß so ziemlich jedes Detail. Der Film wurde mir auch schon übergeben."

„Welcher Film?"

„Die zwei Männer aus Slo…"

„Das darf doch nicht wahr sein. Die Slowenen haben schon wieder alles aufgenommen. Das habe ich ihnen ausdrücklich verboten. Sonst fliegen wir irgendwann auf.“

„Auffliegen? Wovon sprechen wir hier?“

Sieglinde starrt auf den See hinaus.

„Vor einigen Jahren hatte ich die Idee, aus der Seestuben ein Swingerhotel zu machen. Doch der Chef war dagegen.“

„Aber Sie haben sich nicht davon abbringen lassen“, schlussfolgert Diana.

„Ja, ich habe Gleichgesinnte aus den Partnerstädten von Villach gefunden. Einmal im Jahr feiern wir diese Partnerschaft auf unsere Art. Wir bringen uns auf der Kostümparty in der Moonlightbar in Stimmung. Danach machen wir auf unserer privaten Party weiter. Dann fällt das nicht so auf“, wirkt sie stolz auf ihren Plan, den sie erfolgreich in die Tat umgesetzt hat.

„Gibt es tatsächlich so viele Menschen, die daran Interesse haben?“

„Ja, und es werden immer mehr. Singles, die ihren Spaß haben wollen, Paare, die wieder Schwung in ihre Beziehung bringen möchten, Menschen, die einfach ihre Fantasien ausleben …“

„Ich nehme an, Sie beaufsichtigen nicht nur, sondern Sie swingen selber mit, wenn Sie so davon schwärmen“, möchte sie gerne wissen. Innerlich kichert Diana, da sie soeben statt eines Drogenrings einen Swingerring ausgehoben hat.

„Natürlich“, wirkt Sieglinde fast beleidigt, dass die Kriminalistin ihr so eine Frage stellt. „Ein solches Risiko würde ich nicht eingehen, wenn ich nicht davon überzeugt wäre.“

„Wo steigt Ihre Swingerparty?“

„In den Hotelzimmern im dritten Stock. Wir haben die ganze Etage im Normalfall nur für uns. Aber dieses Jahr mussten wir aufgrund eines Wasserschadens auf die zweite Etage ausweichen.“

„Und da ist Ihnen gestern nichts Merkwürdiges aufgefallen? Ein Fremder, der zu Ihnen gestoßen ist oder den Sie am Gang getroffen haben?"

„Nein. Das ist ja das Gruselige."

„Mit wem waren Sie gestern zugange?"

Sieglinde führt die Zigarette erneut zu ihrem Mund und zieht fest daran. Während sie den Rauch über ihre Lippen herausgleiten lässt, murmelt sie: „Luigi, Marko und Janez."

„Tüchtig, tüchtig, Frau Sieglinde", kommentiert sie die Offenbarung, doch die Rezeptionistin reagiert nicht darauf.

„Haben Sie die Liebeskünste des Franzosen auch genossen?", fragt Diana ungeniert weiter.

„Nein, der ist nur unser Spanner. Der macht es sich meistens selbst, am liebsten vor allen anderen", werden ihre Gesichtszüge schon etwas weicher.

„Wie lange haben Sie gestern Ihrer Lust gefrönt?"

„Bis vier Uhr morgens. Dann musste ich wieder zu meinem Dienst am Empfang. Ich will meinen Job ja nicht verlieren."

„Das bedeutet, Ihr Chef weiß tatsächlich nicht darüber Bescheid?"

Sie schüttelt den Kopf.

„Spätestens jetzt wird er das sicher mitbekommen. Ich muss ihn ja auch noch befragen."

Betroffen sieht Frau Müller sie an.

„Können Sie ihm bitte nichts von unserer Swingerparty sagen. Tun Sie einfach so, als ob es ganz normale Gäste aus unseren Partnerstädten wären."

„Ich kann Ihnen nichts versprechen. Wenn es mit dem Fall zu tun hat, wird das schwierig werden."

Sieglinde schluckt schwer.

„Wenn er das alles erfährt, wird er mich fristlos entlassen."

„Es tut mir leid, aber es war Ihre Entscheidung, sich gegen Ihren Chef zu stellen. Nun müssen Sie auch mit Konsequenzen rechnen“, wirkt Diana distanzierter und fragt sich, warum die Menschen so dämlich sind. Wollen sie es nicht verstehen, dass alles seine Ursache und Wirkung hat, oder können sie es tatsächlich nicht?

„Müssen Sie mir das auch noch unter die Nase reiben?“, ächzt die Rezeptionistin und drückt ihren Glimmstängel in einem Aschenbecher aus.

„Ich sage Ihnen nur, wie es ist. Mehr nicht. Für die Probleme mit Ihrem Chef bin ich nicht zuständig. Außer es gibt dabei einen Toten, dann bin ich wieder zur Stelle.“

Wer weiß, wie die Unterredung mit dem Hotelbesitzer verläuft.

„Sehr witzig“, ist Sieglinde nicht zu Scherzen aufgelegt und geht ihres Weges. So wie Diana, die in Richtung Moonlightbar marschiert.

Als sie die Türe zur Bar öffnet, steigt ihr der typische modrige Geruch in die Nase. Das Ersatzteillager, wie es von ihren Freundinnen genannt wird, hat sich nicht verändert. Da hat sich gar nichts verändert, schmunzelt die Kommissarin, als sie auf die Discokugel starrt, die sich in der Mitte der Tanzfläche um ihre eigene Achse dreht.

Plötzlich tauchen die Bilder von ihrem Polterabend vor ihrem geistigen Auge auf. Sie sieht, wie sie in der hintersten Ecke der Bar mit ihren Freundinnen feiert und wie ihr in der tanzenden Menge ein Pärchen ins Auge sticht. Eine Frau in kurzen Shorts und ein Mann in hellen Jeans und weißen Socken hatten etwas anderes im Sinn, als zu tanzen. Ein Bild für Götter, als sie ihm seine Hose geöffnet und über seine Hüften gezogen hat. Von da an konnte Diana ihre Augen nicht mehr abwenden, da sein Schwengel mit Schwung nur so heraushüpfte, um zwischen ihren Lippen zu verschwinden. Aber nur kurz. Er hat sofort reagiert, seine Jeans wieder hochgezogen, die

Frau über die Schulter geworfen und ist mit ihr abgehauen. Nicht einmal das Anfeuern der Poltergruppe konnte die beiden zum Bleiben animieren.

Einen Blick für das Wesentliche hatte Diana halt schon immer, aber nun muss sie ihre Aufmerksamkeit auf das bevorstehende Verhör lenken. Sie dreht sich nach rechts und bemerkt den Kellner, der sie beobachtet hat.

„Guten Abend. Sie müssen Gustav Klingbacher sein. Mein Name ist Diana Neumann", reicht sie ihm die Hand.

„Sieglinde hat Sie bereits angekündigt", erwidert er.

„Haben Sie diese Frau gesehen?", faselt Diana nicht lange herum und schiebt ihm das Bild von Tanja über die Theke.

Eingehend schaut er sich das Foto an, einen Moment später schüttelt er seinen Kopf.

„Ist Ihnen in dieser Nacht irgendetwas Ungewöhnliches aufgefallen? Gab es Handgreiflichkeiten oder andere Ausschreitungen?"

„Bei uns gibt es so was nicht. Die sind doch alle froh, dass sie hier einen schönen Abend verbringen können, ohne gleich als Fossil abgestempelt zu werden."

„Können Sie mir sagen, ob bei der Kostümparty alle verkleidet waren?"

„Es bestand Maskenpflicht. Wer keine Maske trug, wurde auch nicht hereingelassen."

„War das eine geschlossene Gesellschaft oder für jeden zugänglich?"

„Jeder ist herzlich eingeladen, an unseren tollen Partys teilzunehmen, wenn er sich an das Motto hält", schenkt er ihr ein stolzes Lächeln.

„Gut zu wissen", schmunzelt Diana, da sie überlegt, doch einmal undercover in der Moonlightbar ihren Abend zu verbringen, aber sie wartet ab, wie die weiteren Ermittlungen verlaufen.

„Wie lange hat der Maskenball gedauert?“

„Ich habe so gegen sechs Uhr zugesperrt.“

„Waren Sie alleine?“

„Nein, unser DJ Anchovis war noch da.“

„Was haben Sie dann getan?“

„Dann bin ich nach Hause ins Bett.“

„Okay, wenn Ihnen noch was einfällt, melden Sie sich bitte“, reicht sie ihm ihre Visitenkarte und beendet das kurze Gespräch.

Freitag, 20. Dezember 2019, 19:18 Uhr

Es läutet an der Türe. Heute Abend erwartet sie keinen Besuch mehr und es ist eher untypisch, dass ihre Mutter sich um diese Uhrzeit noch blicken lässt. „Wer kann das bloß sein?“, wundert sie sich, als sie ins Vorzimmer schleicht und durch den Türspion lugt. In diesem Moment hätte sie am liebsten aufgehört zu atmen.

„Was machst du denn hier?“, reißt sie ihre Wohnungstür auf und sieht ihm direkt in die Augen, doch bevor er etwas sagen kann, fragt sie auch schon weiter. „Um diese Uhrzeit? Hast du nichts Besseres zu tun?“

„Typisch Kommissarin, du kannst nicht anders“, brummt er, da er sie überraschen wollte und mit ihrem Verhör nicht gerechnet hat.

Die Verwunderung in ihrer Stimme ist ihm nicht entgangen. Er beäugt sie von ihrem Kopf, wo sie sich ihre Haare nach oben gebunden hat, über ihren Jogginganzug in Neonpink bis hin zu ihren Füßen, die in Tigerpatschen stecken.

„Darf ich reinkommen?“, fragt er, da sich Dianas abwehrende Haltung nicht geändert hat. „Es lässt mir keine Ruhe.“

„Was?“

„Die vielen Todesfälle. Ich glaube, du hattest recht. Irgendetwas stinkt gewaltig“, gesteht Sputnik und lehnt sich gegen den Türrahmen.

„Wie kommst du auf einmal darauf?“

„Unstimmigkeiten.“

„Die da wären?“, denkt sie nicht daran, sich auch nur einen Zentimeter zu bewegen.

„Willst du das wirklich hier im Stiegenhaus besprechen?“

„Nein, natürlich nicht“, denkt sie nur einen kurzen Moment daran, ihn abzuwimmeln, um das Gespräch auf morgen zu verschieben. Aber ihre Neugierde nimmt überhand, sodass sie ihm den Weg frei in ihr bescheidenes Heim macht.

„Danke“, sagt er und zieht sich gleich darauf die Schuhe aus.

„Oh, ein Mann von Welt“, ist sie erstaunt. Er hat wohl eine gute Kinderstube genossen. Ein Hoch auf seine Mutter.

Diana geht voran ins Wohnzimmer, wo sie es sich vorhin gemütlich gemacht hat.

„Setz dich. Möchtest du was trinken?“

„Oh ja, hast du ein Villacher?“

„Was ist das für eine Frage?“, schmunzelt sie und wirkt schon etwas lockerer als zuvor.

Nach ihrer Scheidung hat sie keinen einzigen Mann in ihre Wohnung gelassen, außer die Möbelpacker. Damals hat sie sich geschworen, dass auch kein weiterer Mann und schon gar nicht ein Arbeitskollege über die Türschwelle schreiten darf. Aber anscheinend ist heute der Abend, an dem sie ihren Schwur bricht.

„Erzähl, was ist dir aufgefallen?“, reicht sie ihm die Flasche und setzt sich ihm gegenüber hin.

Sputnik greift zuerst nach dem Bier, dann in seine Hosentasche und holt einen zusammengefalteten Zettel hervor. Er öffnet ihn und streift das Papier gerade. Es sieht so aus, als ob er dieses zerknitterte Blatt Papier im Müll gefunden hätte.

„Ich habe mir meine Gedanken dazu gemacht und diese mit den Fakten ergänzt", erklärt er und nimmt einen Schluck von seinem Getränk.

„Hast du die Blutauswertungen?", kann sie sich nicht zurückhalten.

Sputnik schüttelt den Kopf. Diana ist gespannt, was er ohne diese Auswertungen zu berichten hat.

„Also, bei unserem ersten Fall, Jan Hinteregger. Seine Freundin sagte aus, dass er, wenn sie Nachtschicht hat, mindestens einmal Gassi mit ihrem Hund gehen muss. Wie auch in dieser Nacht vom 22. auf den 23. November. Aber er wird mit der Hundeleine erhängt in der Richtstraße gefunden. Vom Hund fehlt jede Spur. Bei der Befragung der Freundin fällt dir auf, dass der Hund verletzt in seinem Körbchen liegt. Zum letzten Mal wurde Jan lebend in der Nähe von Waschers Bar gesehen. Die Art, wie er da gehangen ist, war eigenartig für einen angeblichen Selbstmord. Das würde anders ausschauen. Weitere Spuren, außer die von der Katze und dem Hund, habe ich interessanterweise keine gefunden, keine Haare oder Fingerabdrücke. Auf den allerersten Blick sieht es nach einem Suizid aus, aber vor allem der Penisring hat mich stutzig gemacht."

Diana schnauft laut aus. Sie ist sichtlich erleichtert, dass endlich jemand gleich denkt wie sie.

„Der Gurkenwürger spielt sicher eine tragende Rolle", erwidert sie.

„Gurkenwürger?"

„Klingt doch sehr erotisch, oder nicht?"

„Na ja, klingt mehr nach einem Folterinstrument, so eine Art Streckbank für Schwänze."

„Genau deswegen hat er etwas zu bedeuten. Vielleicht hatte er einen Hang zu den harten Sachen und verkehrte in der SM-Szene."

„Ja, oder vielleicht hatte er in dieser Nacht tatsächlich nur Sex mit einer anderen Frau“, rekapituliert er.

Vor lauter Freude springt Diana auf und greift nach seiner Hand.

„Komm mit, ich muss dir etwas zeigen“, schleift sie ihn in ihr Schlafzimmer.

„So schnell gehen wir also zum gemütlichen Teil über“, grinst er über beide Ohren.

„Da musst du dich schon mehr anstrengen, als mir zu sagen, dass ein Mann Sex mit einer anderen Frau hatte“, lässt sie ihn los und steigt auf ihr Bett, um das Bild an der Wand abzunehmen.

Sputnik staunt nicht schlecht, als er die aufgemalten Fälle mit den ganzen Post-its und Fotos zu Gesicht bekommt.

„Normalerweise lasse ich nicht so schnell einen Mann auf meine Spielwiese, aber bei dir mache ich heute eine Ausnahme“, scherzt sie und bittet ihn, Platz zu nehmen.

Diana steht einstweilen auf ihrer Matratze, während es sich Sputnik am Ende des Bettes bequem macht und sich die beiden Kater zu ihnen gesellen.

„Oh, hallo, ihr zwei“, begrüßt Sputnik die beiden erfreut und beginnt, sie zu kraulen. Er hat alle Hände voll zu tun und schenkt Diana keine Beachtung mehr.

„He, Spusi, hier spielt die Musi“, zieht sie die Aufmerksamkeit wieder auf sich. Aber nur die von ihrem Kollegen. Die Kater sind von ihrer Ansage ziemlich unbeeindruckt und breiten sich auf der Decke aus.

„Das ist der erste Tote“, zeigt sie mit einem Stift auf den Namen Jan.

„Da hast du dich aber ganz schön ausgetobt.“

„Glaub nur nicht, dass ich es hier immer so wild treibe“, zwinkert sie ihm zu, bevor sie zum ernsten Teil übergeht. „Mir sind einige Details aufgefallen, die gegen einen Selbstmord sprechen“, klopft sie mit dem Stift gegen ihre Lippen, während Sputnik einen Punkt nach dem anderen durchgeht. „Oh, da gibt es noch etwas“, jauchzt Diana. „Jans Freundin hat erwähnt, dass er wegen einem Stellenangebot der Kärntner Sparkasse nach Villach gezogen ist. Die Bank hat bestätigt, dass er hier gearbeitet hat“, fügt Diana noch hinzu.

„Kannte er zu diesem Zeitpunkt schon seine Freundin? Vielleicht war ja sie der Grund.“

„Nein. Sie haben sich erst kennengelernt, als er schon in Kärnten war. Angeblich hat die Liebe wie ein Blitz eingeschlagen. Bei ihr zumindest“, scheint ihr diese Aussage doch zu dick aufgetragen.

„Du glaubst also nicht an Liebe auf den ersten Blick?“

„Doch, das kann schon passieren, aber oft hilft es, noch mal genau hinzusehen.“

„Du bist so unromantisch.“

„Bin ich nicht. Ich lasse nur nicht jeden dahergelaufenen Kerl, schon gar keinen schmierigen Investmentbanker, in meiner Wohnung schlafen.“

„Das hat sie tatsächlich getan?“

„Ja, sehr blauäugig, finde ich. Sie wusste über ihn kaum etwas. Ich glaube, das hat sie schnell bereut. Das war kein einfacher Typ. Die nächtlichen Saufgelage mit seinen Kollegen, der Drogenkonsum und wie er mit ihrem Hund umgegangen ist.“

„Wie geht es denn Chipsy? Hast du dich nach ihr erkundigt?“

„Du bist der Erste, der nach ihr fragt“, ist sie erstaunt über sein Interesse und dass er sich den Namen der Hündin gemerkt hat.

„Du weißt doch, ich hab ein Herz für Tiere“, erklärt er ihr und streicht über Sherlocks Rücken, der sich mit einem lauten Schnurren erkenntlich zeigt.

„Chipsy geht es so weit wieder gut, aber die Angst vor Männern hat sie noch nicht überwunden. Falls das jemals passieren wird.“

„Das tut mir leid. Dieser Jan war auch wirklich ein Arschloch. Vielleicht geschieht es ihm recht, dass es ihn …“, spricht er den Satz nicht zu Ende. Er weiß, so ein Urteil steht ihm nicht zu. „Hast du seine Freunde auch befragt?“, fährt er fort.

„Natürlich. Die Personen, die mir Miriam genannt hat, habe ich kontaktiert. Aber die konnten mir auch nichts Neues mitteilen.“

„Sind sie unschuldig?“

„Ja, alle drei hatten ein Alibi, die haben damit nichts zu tun.“

„Also bleiben wir bei der These, dass er nebenbei noch etwas am Laufen hatte.“

„Das würde auch erklären, warum der Hund ein lästiges Übel war, wenn er die Nächte mit einer anderen verbringen wollte“, mutmaßt Diana.

„Aber die Prüfung seines Notebooks und seines Handys hat keine Hinweise in diese Richtung erbracht“, wirft Sputnik ein.

„Vermutlich war er wachsam. Mails oder SMS, die ihm zum Verhängnis werden könnten, hat er vorsorglich gelöscht.“

„Was soll ein Investmentbanker sonst tun, als sich aus der Affäre ziehen?“

„Aber seine Liebschaft hat das wohl verabsäumt und ihr Partner ist ihnen auf die Schliche gekommen.“

„Dann ist das mit dem Selbstmord auch passé. Der Freund oder Ehemann hat ihn verfolgt und aufgehängt. Jan musste für seine Sünden büßen“, hält er beide Handflächen wie bei einem Gebet aneinander und sieht zur Zimmerdecke.

„Eine wunderbare Titelstory für die Kronen Zeitung. Aber was ist mit Chipsy? Das erklärt nicht, wie sie zu ihren Verletzungen gekommen ist.“

„Vielleicht wollte der Täter ihr die Leine abnehmen, aber sie hat nicht stillgehalten. Das ist doch eine sehr aufreibende Situation.“

„Ja, da kann man schon grob werden", zieht Diana eine Augenbraue nach oben.

Sputnik beginnt zu nicken.

„Und was hat Jan in der Zwischenzeit gemacht? Dem Täter zugeschaut und ihn angefeuert?", scherzt Diana.

„Aber nein, ich glaube, dass der davon gar nichts mehr mitbekommen hat. Der muss betrunken oder voll mit Drogen gewesen sein. Sonst hätte der Mann ihn auch nicht so leicht überwältigen können. Der hätte sich doch wehren müssen."

„Puh, das ist alles sehr verzwickt. Zu kompliziert meines Erachtens."

„Dann können wir nur noch auf den Blutbefund warten und hoffen, dass er aufschlussreicher ist. Giftige Substanzen zum Beispiel", entscheidet Sputnik, diesen Fall ruhen zu lassen und sich dem nächsten zu widmen.

„Martin Schmalzl ist für mich auch kein klassisches Opfer seiner Selbst. Laut den Recherchen und den Beweisen war er ein ungemütlicher Zeitgenosse. Er stand für Recht und Ordnung, der Herr Anwalt. Privat hat er allerdings gerne über die Stränge geschlagen. Im wahrsten Sinne des Wortes."

„Du meinst, dass er seine Frau geschlagen hat?"

„Oh, nein. Die hat er sicher schon länger nicht mehr angerührt."

„Wie kommst du darauf?"

„Na, wegen der Klausine. Seine Frau war über die Affäre nicht sonderlich erfreut. Ich vermute eher, dass sie ihm das angetan hat."

„Eine gehörnte Ehefrau bringt ihren Mann um. Das ist ja mal ganz was Neues."

„Sie hat bei Martin aufs falsche Pferd gesetzt. Er war nicht der brave und treue Ehemann, der seine Frau auf Händen trägt. Allzu viele Tränen würde sie ihm daher nicht nachweinen. Ihre Schulden haben das Fass zum Überlaufen gebracht und sie dazu getrieben, so eine Tat zu begehen. Und wer weiß, vielleicht hat sie einen Auftragsmörder engagiert. Zuzutrauen ist es ihr."

„Ich weiß nicht. Da scheint mir die Freundin trotzdem verdächtiger", meint Sputnik.

„Du glaubst, dass Melanie ihn auf dem Gewissen hat?"

„Ja, wäre doch möglich."

„Du meinst, er hat sie verfolgt und bedroht und dann wendet sich das Blatt. Sie wird aus heiterem Himmel mutig, reißt ihm die Glock aus der Hand, drückt ab und lässt es so aussehen, als ob es ein Selbstmord war?"

Sputnik kommen Zweifel an seinem Ansatz.

„Der erste Teil mit der Verfolgung und der Waffe stimmt, das hat sie mir jedenfalls gesagt", bestätigt Diana.

„Aber das geht sich im Affekt nicht aus, da bin ich ganz bei dir. Das muss sie geplant haben", lenkt ihr Kollege ein.

„Ein Motiv hätte sie, aber sie hat auch ein Alibi. Nachdem sie ihn abgehängt hat, ist sie in der Postgasse in ein Taxi gesprungen."

„Ich sehe in deinen Augen, dass du dem Ganzen nicht traust."

„Tue ich auch nicht. Ich bin sehr skeptisch. Da kann ja noch einiges passiert sein, bevor sie zum Taxi gerannt ist. Aber ich kann sie nicht festnehmen. Ich bräuchte einen handfesten Beweis, dass sie es war. Dabei macht mir das Gutachten von Dr. Jekyll einen ordentlichen Strich durch die Rechnung. Bei Suizid habe ich natürlich nichts gegen sie in der Hand."

Plötzlich springt Diana wie von der Tarantel gestochen vom Bett, öffnet ihren Schrank und tippt die Nummer zu ihrem Safe ein. Es macht Klick und die Tür geht auf. Sie holt ein Plastiksäckchen heraus. Es ist das Projektil, das Martin das Leben gekostet hat. Stolz hält sie es Sputnik hin.

„Bist du wahnsinnig? Du hast Beweismaterial bei dir zu Hause versteckt?"

„Ja, und?“

„Warum machst du das?“

„Dr. Jekyll hat mir Jans Abschiedsbrief unterschlagen. Dafür bekommt er die Kugel nicht zu Gesicht. Quid pro quo.“

„Aber das muss doch dokumentiert und untersucht werden“, ist er über die sonst so akribisch arbeitende Diana erstaunt.

„Du überprüfst das, aber kein Wort zu irgendwem“, reicht sie ihm das Säckchen. „Dr. Jekyll darf das nie erfahren.“

Sputnik steckt es kommentarlos ein und tut, als ob nichts war. Er schaut erneut auf seinen handgeschriebenen Zettel, den er für die Unterredung mit Diana mitgebracht hat.

„Steht da noch was drauf, das uns weiterbringen könnte?“

„Du hast bereits alles notiert, was mir auch spanisch vorgekommen ist.“

„Dann sind wir beide das Dream-Team des Jahres.“

„So sieht es aus“, pflichtet er ihr bei und wechselt zum nächsten Fall. „Anton Obergailer, Mitglied der Bauerngman“, liest er von der Wand ab und wirkt schlagartig bedrückt. „Wie kann man so einen Typ zu Fall bringen? Wer hat die Kraft, das zu tun?“, fragt er und sieht sie dabei eindringlich an.

„Das habe ich auch nicht verstanden. So ein Koloss von einem Mann.“

„Nachdem du mit dem Großbauern telefoniert hast, habe ich mich auch noch mal mit ihm unterhalten.“

„Du hast was?“

„Mit ihm über Anton gesprochen.“

„Du hast dich in meine laufenden Ermittlungen eingemischt?“

„Ich wollte nicht …“, beginnt er zu stottern, aber erkennt sofort, dass Dianas Entrüstung reine Show ist, da sie ihr Lachen kaum verbergen kann. „Du kleines Biest“, greift er nach einem Polster, der neben ihm liegt, und wirft ihn direkt in ihr Gesicht.

„Na warte“, bekommt er sogleich zu hören. Sie angelt mit ihrer rechten Hand nach ihrem großen Polster. „Attacke!“, stürzt sie auf Sputnik zu und schlägt mit dem weichen Teil auf ihn ein.

Er hält ihr schützend seine Arme entgegen, aber vergebens. Der Polster trifft zuerst seinen Kopf, dann seinen Rücken und dann seine linke Körperhälfte. Sputnik wird es zu bunt und reißt ihr das Kissen aus den Händen. Mit aufgerissenen Augen und geröteten Wangen sieht sie ihn überrascht an. Damit hat sie nun nicht gerechnet.

Sherlock und Columbo haben bereits die Flucht ergriffen. Bei diesem Kampf wollen sie nicht zwischen die Fronten geraten.

„Na gut, du willst es also auf die harte Tour“, provoziert sie ihn und greift nach ihrem zweiten Kopfkissen.

Sputnik willigt ein und lässt den Polster auf Diana sausen.

„Aua“, jault sie auf.

„Du wolltest es so haben.“

„Anton war ein Vereinsmeier. Er liebte es, im Mittelpunkt zu stehen“, gibt sie preis und erteilt ihm sofort eine Retourkutsche.

„Er nahm Drogen“, platzt es aus ihm heraus, aber bevor er sich wehren kann, trifft ihn schon der nächste Schlag von Diana.

„Erzähl mir was Neues?“, keift sie und wiederholt ihren Angriff, dass er kaum Luft für den nächsten Satz holen kann.

„Er spielte mit den Frauen, als ob sie Schachfiguren wären.“

„Weiter“, setzt sie noch eins drauf.

„Er hat jede ins Bett bekommen und sie danach wie den letzten Dreck behandelt“, spricht er hastig die Worte aus, da Diana schon den nächsten Schlag vorbereitet.

„Und das bedeutet?“

„Er war einfach ein dummer Mann.“

„Nein, was war er?“, werden ihre Augen dunkler und bekommen einen diabolischen Ausdruck.

„Er war eine Arschgeige“, sagt er diesmal ruhig, aber bestimmt, sodass sie ihren Polster hinter sich wirft und sich aufs Bett fallen lässt.

„Das wollte ich hören“, ist sie nun zufrieden, doch sie hat die Rechnung ohne den Wirt gemacht. Umgehend trifft sie der Polster von Sputnik im Gesicht.

„Ahhhhh“, schreit sie laut auf. „Wofür war das denn?“

„Täter haben wir trotzdem keinen. Wenn wir der Annahme sind, dass es kein Selbstmord war, wer könnte es dann gewesen sein?“

„Mr. Präpotent hatte sicher viele Gegner und viele Frauen, die ihm die Pest an den Hals wünschten“, ist sich Diana sicher und verschränkt ihre Hände hinterm Kopf.

„Wolfgang hat gemeint, Anton hätte es sich einmal mit einem Barbesitzer verscherzt.“

Rasch fährt Diana hoch.

„Wirklich? Das hat mir der Hirschhuber unterschlagen.“

„Wahrscheinlich hast du nicht die richtigen Fragen gestellt“, glaubt Sputnik, zu wissen, warum der Chef der Bauerngman ihr dieses wichtige Detail verschwiegen hat.

„Oh nein, mein Lieber. Der Grund ist, dass ich eine Frau bin, und der vertraut man nicht gerne solche Peinlichkeiten an. Ich sollte ab nun meine Foltermethoden anwenden, um aus den Männern die Wahrheit rauszuquetschen.“

„Foltermethoden? Da bin ich jetzt aber gespannt“, hört sie ein leises Glucksen am Ende ihres Bettes.

„Dir wird das Lachen noch vergehen. In London wurden wir auf psychologische Befragungen trainiert, damit wir auch das kleinste Fünkchen Wahrheit herauskitzeln können. Auch wenn es sich um eine Leiche gehandelt hat, bei Scotland Yard haben wir jeden zum Reden gebracht. Aber seit meiner Rückkehr nach Villach bin ich eingerostet. Die Kärntner sind im Normalfall leichter zu durchschauen als die Briten. Bei denen weiß man ja nie, was Sache ist."

„Da muss ich dir recht geben. Der Brexit ist das beste Beispiel dafür. Einmal hü, dann hott."

„Zurück zu dem Barbesitzer", nimmt sie den Verlauf des Gesprächs wieder in die Hand. „Warum hatte Anton ein Problem mit ihm?"

„Es war eher umgekehrt. Der Barbesitzer hatte ein Problem mit Anton."

„Hat er ihn um die Zeche geprellt?"

„Geprellt hat er sich schon was, aber nicht die Zeche."

„Was dann?", will Diana wissen.

„Seinen Kleinbauern, als er die Frau des Barbesitzers geknallt hat."

„Wie bitte? Wie hat er denn das geschafft?"

„Er ist abgerutscht und mit seinem besten Stück gegen den Barhocker gekracht", kann Sputnik sein schadenfrohes Lächeln nicht mehr zurückhalten.

„Frisch aussa, was drin is, nit kriachn am Bauch", prustet Diana los.

„Das is echta Bauernbrauch! Ein Penis in Blau vertreibt jede Frau", stimmt Sputnik mit ein und versucht sich als Dichter.

„Ui, tuat des weh", feixt Diana und verzieht ihr Gesicht.

„Angeblich ist er blau-rot angeschwollen. Sogar die Rettung musste anrücken."

„In welcher Bar war das?", forscht sie weiter.

„Das weiß ich nicht, aber so viele gibt es in der Innenstadt von Villach ja nicht. Den Barbesitzer kannst du sicher ausfindig machen mit deinem Spürsinn. Lehn dich nur nicht zu weit aus dem Fenster. Du weißt, dass wir das alles hier gar nicht machen dürften."

„Du bist langweilig", schmollt sie und verschränkt ihre Arme vor ihrem Körper.

„Und du bist verrückt", sagt er. „Und verdächtig noch dazu. Vergiss nicht, dass wir auch als Täter infrage kommen. Aber vor Gericht können wir immer noch sagen, dass wir uns an nichts erinnern."

„Und damit würden wir gar nicht lügen. So wie andere feine Herren, die galant ihren Kopf aus der Schlinge ziehen. Oder kannst du dich an irgendwas erinnern?"

„Nein, keinen blassen Schimmer. Ich weiß nur, dass ich neben dir im Sarg aufgewacht bin", zwinkert er ihr zu.

„Das hättest du nicht überlebt", lacht Diana, wird im nächsten Augenblick aber ernst und nachdenklich.

„Was ist mit der Frau?"

„Mit welcher Frau?", dämmert Sputnik im ersten Moment nicht, was sie meint. „Du weißt doch, dass ich nicht verheiratet bin."

„Na, die Tote in der Seestuben, du Blitzgneißer. Dieser Fall ist so anders", setzt sie sich auf.

„Stimmt. Bemerkenswert ist vor allem, dass alle immer Freitag auf Samstag gestorben sind. Bis auf …"

„… Tanja Künster. Sie wurde von Dienstag auf Mittwoch ermordet", spricht Diana seinen Satz zu Ende und hofft, dass sie der Lösung näher kommen.

Dieses kleine Detail ist ihr natürlich nicht entgangen und dass das jetzt auch Sputnik merkwürdig findet, erfreut sie umso mehr.

„Meinst du, will uns jemand an der Nase herumführen?"

„Aber was hätte er davon?"

Diana zuckt ahnungslos mit den Schultern.

„Ich weiß nicht. Der Gedanke daran, dass ein Mörder da draußen frei herumläuft, lässt mich nicht zur Ruhe kommen."

„Du hast doch nicht etwa Angst?", forscht er nach, da der Ausdruck in ihrem Gesicht einen besorgten Eindruck hinterlässt.

„Nein, ich doch nicht", mimt sie die Furchtlose und verdrängt mit Müh und Not die aufkommenden Bilder des Serientäters in London.

„Dann ist ja gut. Sonst hätte ich heute glatt bei dir übernachten müssen."

„Das kannst du ja trotzdem. Da musst du keine fadenscheinige Ausrede erfinden. Wir trinken noch ein paar Bier und du kannst gern auf der Couch im Wohnzimmer schlafen."

Sputnik ist über ihr Angebot erstaunt und willigt ein.

„Bestellen wir uns eine Pizza?", schlägt er vor.

Diana beginnt zu schmunzeln.

„Oh ja, da bin ich dabei. Die haben wir uns redlich verdient", springt sie aus dem Bett und läuft ins Wohnzimmer, um den Pizzaservice anzurufen.

Sputnik hängt das Bild schnell wieder auf und folgt ihr.

„Welche willst du?", fragt sie, das Handy bereits zwischen Ohr und Schulter eingeklemmt.

„Eine Calzone bitte."

Während Diana die Bestellung aufgibt, nestelt sie mit der anderen Hand an ihrem großen Fernseher herum.

„Bis die Pizza da ist, können wir uns bei einem Video Appetit holen", grinst sie schelmisch.

„Was meinst du? Welches Video?"

„Lass dich überraschen!", drückt sie auf Play.

Auf dem Bildschirm erscheinen maskierte Menschen, die unter einer Discokugel zu Musik aus den Neunzigern tanzen.

„Sag nicht, dass du …", fragt Sputnik sie mit großen Augen.

„Da schaust du, was?"

Gebannt starren die beiden auf die feiernde Meute. Sie beobachten das Spektakel und Diana stoppt immer wieder ab, um die Personen genauer zu betrachten. Karl und Simone hat sie ausfindig gemacht. Die zwei tanzen eng umschlungen, aber die Aufnahme wackelt ein wenig. Diana spult nach vorne, in der Hoffnung, dass sich das Bild stabilisiert.

„Also, einen Oscar für die beste Kamera kriegen die zwei sicher nicht“, stellt Sputnik fest.

Ein lautes Stöhnen ertönt. Danach ein Lustschrei, der sich in den tiefen Wogen eines Höhepunkts verliert. Mit offenem Mund sieht Diana Luigi, der Sieglinde mit seiner Zunge bearbeitet. Ihre Vagina ist überdimensional groß dargestellt. Janez und Marko müssen den Zoom benutzt haben. Der Italiener verbeißt sich regelrecht in ihren Schamlippen. Sputnik entfährt bei dem Anblick ein lautes Bäh.

„Ich glaub, die Lust auf Pizza ist mir vergangen.“

„Ach, jetzt hab dich nicht so“, kann Diana ihren Ekel aber selbst kaum verbergen. Es ist wie ein Unfall, bei dem man nicht wegschauen kann.

Auf einmal schwenkt die Kamera zur Seite und das Ausmaß der Swingerparty ist zu erkennen. Der Camcorder wird abgelegt und kippt nach rechts. Diana und Sputnik sehen mit schräg geneigten Köpfen zu, wie die Rezeptionistin von Janez gepackt wird und sich auf seinem Schoß wiederfindet. Luigi stopft ihren Mund mit seinem Sahnespender, während Marko sich an Luigis Hintern zu schaffen macht.

„Ach, du grüne Neune“, reagiert der Spurensicherer verstört auf diese Bilder.

In der Nähe des Fensters bemerkt Diana den Franzosen, wie er seinem Kleinen die Glatze poliert. Der Bayer und die Villacherin vergnügen sich im hintersten Eck, neben Georg, der sich irgendeine Frau geangelt hat. Jedenfalls ist es nicht Tanja.

„Und damit sind alle Swinger aus dem Schneider“, zeigt sie auf die im Video eingeblendete Uhrzeit. „Wie siehst du das?“, wendet sie sich wieder Sputnik zu, aber er sitzt nicht mehr auf der Couch. Geräusche aus dem Vorzimmer sind zu vernehmen.

„Hey, und was ist mit der Pizza?“, ruft sie ihm hinterher, aber die Tür ist bereits ins Schloss gefallen.

Sonntag, 22. Dezember 2019, 08:09 Uhr

„Hi, Mama", begrüßt sie ihre Mutter, als sie die Wohnungstüre aufsperrt. Sie hat einen Reserveschlüssel. Für alle Fälle, hat ihre Mutter gesagt.

Der Duft von frisch gebrühtem Kaffee und aufgebackenen Semmeln steigt ihr in die Nase.

„Hallo, meine Hübsche", erscheint der Kopf von Johanna Neumann in der Küchentür. Sie umarmt ihre Tochter und gibt ihr einen Kuss auf die Wange.

Nachdem Dianas Vater gestorben war, verkauften sie ihr Haus und zogen in diese kleine, aber gemütliche Heimat-Wohnung. Sie war erschwinglich und bot genug Platz für beide. Abgesehen von den Kosten hätten sie ohnehin nicht in dem Haus wohnen bleiben können, zu groß wäre der Schmerz gewesen, wenn sie täglich an ihn erinnert worden wären.

Diana ist der Meinung, dass ihre Mutter den Verlust bis heute nicht überwunden hat. Sie ist daran zerbrochen, auch wenn sie immer versucht hat, ihre Pein vor ihr zu verstecken. Sie selbst ist anders damit umgegangen. Ihr Vater war der Grund, warum sie Kriminalpolizistin geworden ist. In die Fußstapfen ihres Vaters zu treten, war ihr größter Wunsch, den sie auch verwirklicht hat. Darauf ist sie sehr stolz. Er wäre es sicher auch, hofft sie.

Johanna holt ihre Tochter aus ihren Gedanken, als sie ihr einen Kaffee serviert.

„Hm, der duftet aber gut."

„Ja, das finde ich auch. Die Bohnen habe ich bei den Kaffeemachern gekauft."

Auch wenn ihr Tee in der Früh besser bekommt, kann Diana zu diesem köstlich duftenden Cappuccino nicht Nein sagen. Sie nimmt einen Schluck.

„Uh, heiß", flucht sie leise, da ihre Lippen brennen, wie üblich, wenn sie es nicht erwarten kann.

Diana greift nach einer Semmel und legt sie auf den Teller.

„Wie geht's bei dir?", versucht sie, sich von ihrer inneren Unruhe abzulenken.

„Danke, mir geht es gut. Wie immer. Warum fragst du?", spürt Johanna, dass irgendetwas nicht stimmt. Ihre Tochter rutscht nervös auf dem Stuhl hin und her.

Den Rat ihrer Psychologin zu befolgen, mit ihrer Mutter über ihren Vater zu sprechen, ist schwerer als gedacht. Ganz zu schweigen von dem verlorenen Baby. Das Thema will sie erst gar nicht anschneiden. Diana hat nie den Mut aufgebracht, sich ihr anzuvertrauen, und sie ist auch jetzt nicht bereit dafür. Sie ist schon froh, wenn sie es schafft, mit ihrer Mutter über den Tod ihres Vaters zu sprechen.

„Ich würde gerne über den Todestag von Papa reden", überwindet sie sich, die Worte auszusprechen, die sie sich zurechtgelegt hat.

Unweigerlich zuckt ihre Mutter zusammen. Diana befürchtet, dass ihre Bemerkung zu sehr nach einem Verhör geklungen hat, aber daran liegt es nicht. Betroffen hält Johanna inne und ein Schweigen legt sich zwischen die beiden. Diana starrt in die Luft und ihre Mutter beginnt, über ihren Unterarm zu streichen.

„Du hast noch nie darüber gesprochen. Warum jetzt?"

Als sie in die Augen ihrer Mutter sieht, erkennt sie eine tiefe Wehmut. Diana legt ihre Hand auf die Hand ihrer Mutter.

„Ich weiß, ich war dir nicht immer eine gute Tochter, da ich mich in der schwersten Zeit unseres Lebens zurückgezogen und dich alleinegelassen habe. Aber ich muss jetzt mit dir darüber reden, um die Schatten der Vergangenheit loszuwerden", erklärt sie ihr.

„Das stimmt doch nicht. Du warst immer eine gute Tochter, die beste", korrigiert sie Diana und wirkt in dem Moment sehr stolz auf sie.

„Danke", ist sie von ihren Worten ergriffen. „Trotzdem tut es mir leid."

„Jeder geht mit dem Schmerz anders um und muss einen Weg für sich finden. Es hat mir das Herz gebrochen, als das Lächeln aus deinem Gesicht verschwunden ist und du nicht einmal mehr Weihnachten feiern wolltest, das immer dein liebstes Fest war."

„Das war es ohne Papa nicht mehr."

„Ich weiß. Deshalb hab ich dich auch nie gedrängt, mit mir zu feiern. Ich hätte mir nur so sehr gewünscht, deine strahlenden Augen wieder vor dem Weihnachtsbaum zu sehen. Nicht meinetwegen, sondern für dich."

Diana hat keine Ahnung, was sie sagen soll.

„Du bist und bleibst meine Tochter. Und du bist für mich die schönste Erinnerung an deinen Vater", macht sie ihr klar, während sich ihre Augen mit Tränen füllen. Diana hingegen bleibt ungerührt. Sie hat um ihren Vater nie geweint. Er hat ihr immer gesagt, egal was passiert, sie muss ein tapferes Mädchen sein.

„Ach, Mama. Nicht weinen", lässt Diana ihre Schultern hängen.

„Entschuldige bitte. Nach all den Jahren sollte man meinen, dass es leichter wird ... Du warst immer die Starke von uns beiden und bist es auch jetzt noch."

So stark, wie ihre Mutter glaubt, ist sie nicht. Das muss sie sich endlich eingestehen und darüber sprechen. Jetzt gibt es kein Zurück mehr.

„Meine Psychologin hat mir geraten, mich zu öffnen und mein Herz auszuschütten", flüstert sie und schneidet ihre Semmel durch.

„Wie bitte? Wer hat dir dazu geraten?"

Diana setzt sich gerade hin und holt tief Luft.

„Meine Psychologin."

„Deine Psychologin?", wird sie nun neugierig. „Machst du eine Therapie? Das hast du mir gar nicht erzählt … aber nicht wegen mir?"

„Wie kommst du denn da drauf?"

„Weil du endlich darüber reden möchtest. Ich habe das Gefühl, dass ich damals nach dem Unfall etwas falsch gemacht habe. Ich war so mit mir beschäftigt, dass ich mit dir zu wenig über das Unglück gesprochen und die Tragödie nicht aufgearbeitet habe."

„Oh nein, Mama. So ist es nicht. Du hast alles richtig gemacht."

„Aber warum brauchst du dann eine Psychologin?"

Was soll sie ihrer Mutter sagen? Das Einzige, was sie bis jetzt wirklich aus der Bahn geworfen hat, waren der Tod ihres Vaters und ihre Fehlgeburt. Mit all den anderen schrecklichen Dingen, die ihr Leben und der Job bereithalten, wird sie fertig. Mit links.

„Es ist wegen deinem Exmann", glaubt sie, zu wissen, und greift nach ihrem Kaffee. „Das ist verständlich. Nach dem, was er sich mit seinen Alkoholeskapaden geleistet hat", schüttelt sie den Kopf.

Doch Diana geht nicht auf ihre Aussage ein, um nicht noch mehr Staub über die Geschehnisse in London aufzuwirbeln. Es war schon schwer genug, ihre Mutter deswegen in Unkenntnis zu lassen und ihr einen Bären aufzubinden, was der Grund für die Scheidung war.

„Aber die Sache mit Papa setzt dir zu", hakt ihre Mutter nach. „Hast du deswegen ein Beziehungsproblem?", kommt ihr der Gedanke, dass ihre Tochter durch diesen Einschnitt in ihrem Leben einen psychischen Knacks davongetragen hat. Diana hat sich zu der damaligen Zeit mit ihren 14 Jahren sehr vernünftig verhalten. Zu vernünftig, muss sie sich eingestehen.

„Mama, nein. Ich habe kein Beziehungsproblem. Aber ich muss etwas ändern, um das Geschehene loszulassen. Vielleicht hilft es ja, wenn ich Weihnachten nicht länger aus meinem Leben verbanne, sondern das Fest wieder feiere, zusammen mit dir."

Diana kann nicht glauben, was sie da gerade vorgeschlagen hat. Genau das wollte sie unbedingt vermeiden. Darüber zu reden, ist etwas anderes, aber direkt mit dem Schmerz konfrontiert zu werden und ein Fest zu zelebrieren, das sie nie wieder in ihrem Leben feiern wollte, kann unangenehme Folgen nach sich ziehen.

Kaum hat sie die Worte ausgesprochen, überkommt sie das schlechte Gewissen, dass sie ihrer Mutter zuliebe nie über ihren Schatten gesprungen ist und sie an diesem schmerzvollen Tag immer sich selbst überlassen hat. Sie kann nicht anders, als sich zu rechtfertigen, ohne dass ihr ihre Mutter Vorwürfe gemacht hätte.

„Es ist mir bis jetzt sehr schwer gefallen, mich wieder darauf einzulassen. Da sind zu viele Erinnerungen. Ich habe Angst, abermals jemanden zu verlieren", spricht sie ihre Befürchtung laut aus.

„Dann lass uns gemeinsam versuchen, dass du ab heuer wieder schöne Erinnerungen an Weihnachten hast, ja? Am Heiligen Abend schmücken wir den Weihnachtsbaum, wenn du möchtest. Ich würde mich sehr darüber freuen", fixiert sie Dianas Augen und erwartet ihre Zustimmung. „Und anschließend besuchen wir den Gottesdienst in der Nikolaikirche. Zu Ehren von Papa."

Diana spürt, wie sehr sich ihre Mutter danach sehnt. Wie könnte sie ihr diesen Wunsch abschlagen? Sie hat nach dem Tod ihres Vaters den Glauben an die Kirche verloren und sich geschworen, nie wieder diese Einrichtung zu betreten. Nun steckt sie wahrlich in der Zwickmühle.

„Was hältst du davon?", fragt Johanna erwartungsvoll nach, da Diana ihr noch keine Antwort gegeben hat.

„Na gut", nimmt sie das Angebot ihrer Mutter an. „Wir treffen uns am Vormittag bei dir", schlägt Diana vor und zögert, bevor sie weiterspricht. „Dann gehen wir den Baum kaufen, um ihn anschließend hier zu schmücken", kommen ihr die Tränen, zum ersten Mal nach so langer Zeit. „Wie damals mit Papa", presst sie noch über die Lippen, bevor die letzten Buchstaben in einem kurzen Schluchzen untergehen.

„Ach, meine Hübsche", beginnt Johanna, sie zu trösten, doch Diana fängt sich gleich wieder.

„Schon okay, Mama, mir geht es gut", schiebt sie die Hand ihrer Mutter zusammen mit ihrer Traurigkeit beiseite.

Ihr Schmerz soll weiterhin tief in ihrem Inneren verschollen bleiben. Sie darf sich nicht von ihren Gefühlen übermannen lassen, sondern muss einen klaren Kopf bewahren, um nicht noch mehr Versprechen zu geben, die sie vielleicht gar nicht halten kann.

„Mich freut es sehr, dass du dich endlich geöffnet hast. Lange habe ich darauf gewartet. Das müssen wir feiern. Dann kommen wir auch auf andere Gedanken", ist sie Feuer und Flamme, mit Diana den Weihnachtsabend zu verbringen.

Im Überschwang der Gefühle holt sie sogleich einen Prosecco und zwei Gläser.

„Ich kann mich noch gut daran erinnern, wo du gezeugt wurdest", sagt sie aus heiterem Himmel, während sie die Flasche öffnet.

Diana ist baff, wie schnell ihre Mutter das Thema gewechselt hat.

„Mama, ich glaub, das möchte ich gar nicht hören."

„Doch. Das war, abgesehen von deiner Geburt, der aufregendste Abend in meinem Leben", gibt sie zu.

Ihre Mutter lehnt sich leicht nach vorne.

„Während der Faschingssitzung in Maria Gail haben wir uns davongeschlichen und uns in der Besenkammer vergnügt."

Verlegen beißt Diana in ihre Buttersemmel. Sie fühlt sich unwohl, auch wenn sie es zu schätzen weiß, dass ihre Mutter ihr diesen intimen Augenblick anvertrauen möchte.

„Dein Vater wollte dich unbedingt Maria taufen lassen, aber ich war dagegen", verdreht sie die Augen und macht eine wegwischende Handbewegung. „Ich habe ihm gesagt, dass du keine Heilige bist", zwinkert sie ihr zu. „Sondern eine starke Frau, die weiß, was sie will. Eine Jägerin, die nicht aufgibt, bis sie das hat, was sie haben möchte."

Damit hat Diana jetzt nicht gerechnet. Aber anscheinend kennt ihre Mutter sie besser als sie selbst und traut ihr vielleicht sogar mehr zu, als sie es tut.

„Was hat Papa dazu gemeint?"

„Du hättest sein Gesicht sehen sollen", lacht sie laut los. „Für ihn warst du immer ein besonderer Schatz. Als du noch klein warst, hat er dich oft als Engel bezeichnet", ist sie gerührt. „Aber, Diana, du bist eine geborene Neumann und das wirst du immer bleiben. Der Nachname deines Papas ist dir nie gerecht geworden und schon gar nicht der deines Exmanns. Stanford hat nicht zu dir gepasst. Das klingt sowieso so wohlgeboren", kichert sie und prostet ihr mit dem Glas Prosecco zu.

Diana ist verblüfft über die Mitteilsamkeit ihrer Mutter, aber sie genießt die Offenheit und Lockerheit, die endlich wieder zwischen ihnen eingekehrt sind.

Montag, 23. Dezember 2019, 10:04 Uhr

„Diana, schön, dass du hier bist“, bittet Mr. Hyde sie, in die Pathologie einzutreten. „Ich habe heute endlich die Blutergebnisse von den ersten drei Fällen bekommen.“

„Und? Sind die Blutbefunde auffällig? Gibt es irgendetwas, das uns dazu veranlasst, die Suizide anzuzweifeln?“, sprudelt es aus ihr hervor.

„Komm mit“, fordert er sie auf, ihm in den Kühlraum zu folgen, anstatt ihre Fragen zu beantworten.

Mr. Hyde klingt ungewohnt ernst und die Freundlichkeit ist aus seinem Gesicht gewichen. Er geht auf eine der quadratischen Türen in der Wand zu und öffnet sie. Mit Schwung holt er eine Leiche hervor.

„Jan Hinteregger“, beginnt er. „1,8 Promille im Blut“, huscht er an ihr vorbei und öffnet eine weitere Box. Zum Vorschein kommt Martin Schmalzl. „Dieser Wunderknabe hatte stolze zwei Promille getankt. Und der hier“, schnalzt er mit der Zunge, als er die Türe daneben öffnet und der Bauerngman-Typ zum Vorschein kommt, „ist unser Spitzenreiter. Mit 2,4 Promille. Obendrein wurden noch Rückstände von Kokain gefunden.“

„Koks? Der hat es ja ordentlich krachen lassen, bevor er sich ins Jenseits befördert hat“, versucht sie, einen Witz zu machen, aber der

Rechtsmediziner sieht sie betroffen an.

„Alle drei Opfer waren stark alkoholisiert", sagt er mit Nachdruck.

„Und?", zuckt Diana mit ihren Schultern. „Alkohol ist noch lange kein Indiz dafür, dass aus einem Täter ein Opfer wird. Außerdem fließt in der Vorweihnachtszeit der Alkohol in Strömen."

„Das ist noch nicht alles. Du musst deine Fälle neu aufrollen."

„Ich muss was?", ist die Kommissarin nun völlig perplex. Augenblicklich spürt sie, dass ihr der Boden unter den Füßen weggezogen wird. Sie glaubt, sich verhört zu haben.

„Du kannst dich auf die Suche nach einem oder mehreren Tätern begeben", sagt er trocken.

Das Wort „Täter" hallt in ihrem Kopf wider. Wie ein Echo, das kein Ende nimmt. Sie wird noch ganz kirre, wenn das nicht sofort aufhört.

Er reicht Diana ein paar Latexhandschuhe, die sie im Nu angezogen hat. Dann schlägt er das Leintuch zurück und deutet auf Jans Brustkorb. Verwundert sieht sie Mr. Hyde an. Sie kann auf der Brust nur den typischen Ypsilonschnitt erkennen.

„Er hat ein Hämatom zwischen seinen Schulterblättern."

„Einen Bluterguss?", wird sie plötzlich hellhörig.

„Ja, daher habe ich ihn aufgeschnitten, um festzustellen, ob er sich den post mortem zugezogen hat oder nicht."

„Hat er?"

„Nein."

„Was war nun die Todesursache?", ist sie mehr als nur irritiert.

„Nach wie vor Ersticken. Er wurde durch einen Schlag oder Tritt in den Rücken außer Gefecht gesetzt und anschließend aufgehängt. Er ist erstickt, aber nicht durch die Leine, sondern schon vorher sind seine Lungenflügel durch den Aufprall gerissen. Es ist im Brustraum zu einer Luftansammlung gekommen, die den Unterdruck der Lunge aufgehoben hat. Da er eine Menge Alkohol intus hatte, muss er sofort bewusstlos gewesen sein. Eine Pneumo…"

Diana wird schwindlig und sie hört nicht mehr genau hin. Ihren Verdacht, dass es sich um einen Mord handelt, hat er somit bestätigt.

„Stopp", unterbricht sie ihn. „Wie konnten wir das Hämatom übersehen?"

„Nicht alle Blutergüsse im Brustraum sind auch auf der Haut sichtbar. Es kann nur zu leichten Verfärbungen kommen. Außerdem dauert es eine Weile, bis sie zu sehen sind."

Diana schaut ihn ratlos an.

„An was ist er nun gestorben?", klingt sie genervt.

„Lungenriss."

„Aber warum wurde er dann noch aufgehängt?", spricht sie ihre Gedanken laut aus, doch der Pathologe zuckt nur ahnungslos mit den Schultern.

„Könnte es sein, dass er erst während dem Aufhängen seiner Verletzung erlegen ist?"

„Auf die Sekunde genau kann ich es dir nicht sagen, aber es wäre denkbar. Es wäre auch möglich, dass Jan nach dem brutalen Angriff vielleicht gar nicht auf den Boden, sondern gegen die Wand geknallt ist", mutmaßt er.

„Auf den Boden ist er sicher nicht gefallen, da wir keine Abschürfungen oder Löcher in seinem Blazer entdeckt haben. Daher klingt deine Variante, dass er gegen die Wand geprallt ist, plausibel", wischt sie sich mit ihrem Handrücken über ihre Stirn. „Oder jemand hat ihn aufgefangen?", kommt ihr eine andere Variante in den Sinn.

„Du meinst, dass gleich mehrere auf ihn losgegangen sind?"

„Wäre doch möglich, oder?"

„Ja, aber dann hätten wir sicher mehr Blutergüsse, Prellungen und auch Knochenbrüche gefunden."

„Was hat es dann mit dem Abschiedsbrief auf sich?"

„Nichts", holt er ein Plastiksäckchen aus dem Schrank und reicht ihr den Zettel, auf dem sie nur *Wiedersehen* erkennen kann.

„Das ist alles? Mehr steht da nicht drauf?", starrt sie auf die blaue Schrift, die vom Speichel des Toten verschmiert wurde.

Er verneint.

„Hast du dir das unter einem speziellen Licht angeschaut? Ein Stift müsste doch Spuren auf dem Papier hinterlassen", klingt sie verzweifelt, da sie nicht versteht, was die Botschaft bedeuten soll und von wem sie stammt. Wollte jemand von sich ablenken und es so aussehen lassen, dass es ein Suizid ist?

„Ja, aber ich habe sonst nichts gefunden."

Murrend gibt Diana ihm das Beweisstück zurück.

„Allerdings kann ich dir versichern, dass er in der Nacht Sex hatte. Ohne Happy End wohlgemerkt."

„Wie kommst du zu dieser Erkenntnis?"

„Luminol wirkt sehr zuverlässig", zeigt er auf eine kleine Sprühflasche, die neben ihm steht. „Unter dem UV-Licht wurde das Blut, das er weggewischt hat, sichtbar. Aber keine Spuren von Sperma, wie wir schon bei der ersten Obduktion herausgefunden haben. Das Blut stammt von einer anderen Person."

„Sputnik hatte also recht mit dem Seemann?"

Er deutet mit seinem Kopf ein Nicken an, kommentiert Sputniks Seemannsgarn jedoch nicht.

„Martin Schmalzl, das zweite Opfer", macht er weiter und betont das Wort „Opfer" diesmal lauter.

„Der auch?"

Mr. Hyde stimmt ihr nickend zu. Das lässt Diana unruhig werden.

„Der Einschusswinkel passt nicht. Wenn er selbst geschossen hätte, wäre das Projektil an einer anderen Stelle aus seinem Hinterkopf wieder ausgetreten."

„Das gibt es doch nicht“, ächzt die Kriminalbeamtin.

„Der Täter ist meines Erachtens ein Profi. Wer das schafft, kann mit Waffen sehr gut umgehen“, erläutert Mr. Hyde und bekräftigt damit Dianas Theorie von einem Auftragsmord.

„Haben wir keine Spuren auf der Pistole gefunden?“

„Wir haben die Tatwaffe nicht untersucht.“

„Was? Warum nicht?“, wirkt sie plötzlich gestresst.

„Da Dr. Jekylls Obduktion einen Selbstmord ergeben hat.“

„Und wie hast du die Genehmigung für eine erneute Obduktion erhalten?“

„Gar nicht.“

„Wie gar nicht?“

„Es war nicht viel los und mir war fad. Da habe ich geschaut, ob ich noch irgendetwas finden kann, nachdem die Blutbefunde so lange gedauert haben. Diese Warterei war ja nicht zum Aushalten.“

„Mein lieber Herr Gesangsverein, gut, dass du jetzt am Ruder bist. Kraut und Rüben hatten wir ja schon.“

„Diana, ich möchte dir helfen und die Sicherheit der Gesellschaft nicht aufs Spiel setzen. Wenn da draußen ein Serientäter herumläuft, wird er ziemlich sicher wieder und wieder zuschlagen und uns weiterhin in die Irre führen.“

„Ich bin dir von Herzen dankbar“, sieht sie ihm direkt in die Augen.

„Apropos Herzen“, geht er nicht auf ihre Worte ein und widmet sich dem dritten Toten. „Mit dem giftigen Cocktail aus Kokain und Alkohol intus konnte er sich unmöglich das Messer selbst ins Herz stecken. Das muss wer anders für ihn getan haben.“

Diana schüttelt ihren Kopf. Sie versteht im Moment gar nichts mehr.

„Jemand hat ihn auf dem Gewissen?“

„Unterm Strich sollte es bei allen so aussehen, als hätten sie sich umgebracht. Auch bei der Frau, die wir zuletzt untersucht haben. Die einzige Frage ist, ob wir es nun mit einem Mörder oder mehreren zu tun haben“, fasst Mr. Hyde zusammen.

„Hm, vier Mörder? Das ist schon viel, findest du nicht?“

Diana möchte zwar nicht daran denken, aber ihr Bauchgefühl stimmt dem Gesagten von Mr. Hyde zu.

„Solche Morde passieren nicht zufällig und aus dem Augenblick heraus. Die müssen geplant worden sein. Und zwar ziemlich sicher von nur einem Täter.“

Diana zögert kurz und wird nachdenklich.

„Weißt du, was das Schlimmste daran ist?“

„Was?“

„Dass Dr. Kalt das alles nicht gesehen hat“, zeigt sie mit einer Hand über die drei Leichen.

„Nein, das stimmt. Hat er nicht. Er hat so einiges übersehen“, gesteht er.

„Er hat viel zu viel übersehen, wenn mich jemand fragen würde.“

„Wird dich aber niemand.“

„Was meinst du damit? Wir sollen ihn also decken?“

„Was sollen wir sonst tun?“

„Den Vorfall melden. Hier geht es nicht nur um eine Leiche, sondern mehrere und der Mörder läuft frei herum. Mit seiner Schluderei hat er die Ermittlungen behindert. Vielleicht hätten wir den Täter längst, wenn er sorgfältiger gearbeitet hätte. Oder wir hätten die letzten Morde sogar verhindern können“, wird es Diana schlagartig bewusst.

Ihr Puls rast und in ihrem Kopf beginnt sich alles zu drehen.

„Wenn das an die Öffentlichkeit gelangt, sind wir echt im Arsch. Dann können wir den Laden zusperren“, möchte Mr. Hyde das Worst-Case-Szenario verhindern.

„Du bist lustig. Wie soll ich das deiner Meinung nach meinem Chef beibringen?“, möchte sie wissen.

„Das weiß ich auch nicht, Diana. Frag mich was Leichteres.“

„Du bist echt keine Hilfe. Es hat mich jede Menge Kraft gekostet, den Bürgermeister bei Laune zu halten und ihm zu beteuern, dass es sich um Selbstmorde handelt, an die ich ja selbst nicht geglaubt habe. Dann musste ich ihm noch vorgaukeln, dass sich Tanja das Leben genommen hat, um ja keinen Aufschrei zu provozieren. Damit keine Panik ausbricht und sich der Mörder in Sicherheit wiegt, bis wir ihm auf die Schliche kommen. Und jetzt?“, geht sie von einer Leiche zur anderen. „Das passt doch alles nicht zusammen.“

So unterschiedlich die Fälle auch sind, so viele Gemeinsamkeiten weisen sie auf. Wie sie hier so liegen, mit ihren Vorgeschichten und ihrem Dahinscheiden aus dem Leben. Und dann noch Mr. Hydes abstruser Vorschlag, einen Kollegen zu decken, der über Leichen geht, im wahrsten Sinne des Wortes. Ab jetzt kommt als Täter für Diana jeder infrage.

„Warum wurde uns in allen Fällen ein Selbstmord vorgemacht?“

Als sie das letzte Wort ausspricht, wird ihr mulmig. Eine altbekannte Angst steigt in ihr hoch. Sie muss schnell weg von hier.

Mit einer Handbewegung in der Luft wünscht sie Mr. Hyde schöne Weihnachten. Sie hört noch im Hintergrund, wie die Liegen in ihre Boxen fahren. Tiefgekühlt müssen die Toten weiterhin darin verweilen. Eine Freigabe der Leichen für die Bestattung ist nach den neu gewonnenen Erkenntnissen nicht möglich. Wie sie das dem Staatsanwalt erklären soll, weiß sie auch nicht. Und erst den Angehörigen und obendrein noch Hubsi. Eine verzwickte Situation, aus der sie im Moment keinen Ausweg sieht. Gerne würde sie das kurz hinter sich lassen, wenigstens über Weihnachten, aber das geht nicht. Da draußen läuft vielleicht nicht nur ein Mörder frei herum.

„Wer es mit mir aufnimmt, muss sich schon wärmer anziehen“, flüstert sie in die kalte Nacht und macht sich auf den Weg zurück nach Villach. Für Diana ist nun klar: Die Jagdsaison ist eröffnet.

Dienstag, 24. Dezember 2019, 10:17 Uhr

„Diana, schau, der Baum ist schön", ruft ihre Mutter vergnügt und zeigt auf ein fast zwei Meter hohes Exemplar.

„Den möchtest du echt mit nach Hause nehmen? Der ist ja riesig!"

„Eben darum. Heuer ist ein ganz besonderes Weihnachten. Papa würde das sehr glücklich machen", bittet sie mit einem flehenden Augenaufschlag um Dianas Zustimmung und ihre Hilfe beim Transport.

„Wenn du meinst, von mir aus gerne."

„Dann nehmen wir auch noch einen kleineren für dich mit, damit du auch einen hast."

„Ach nein, Mama. Das muss echt nicht sein. Ein Weihnachtsbaum, den wir bei dir aufstellen, reicht völlig."

Vehement schüttelt Johanna den Kopf. Diana schnauft über. Wenn ihre Mutter eine Freude damit hat, ihr auch einen Baum zu kaufen, wird sie sich wohl oder übel breitschlagen lassen, ihn in ihr Wohnzimmer einziehen zu lassen.

Die Kommissarin sucht sich extra einen ganz kleinen Baum aus. Dafür würde ein unechtes Exemplar auch seine Aufgabe erfüllen und sie muss obendrein darauf achten, dass die Kater nicht daran hochsteigen können.

Johanna übernimmt die Rechnung und sie stapfen mit den zwei zusammengebundenen Bäumen unter ihren Armen in die Wohnung ihrer Mutter in Landskron. Dort angekommen werden die Bäume von ihr fachgerecht aufgestellt, als ob sie das jeden Tag machen würde. Sie hat an alles gedacht. Die Kugeln, die Strohsternchen, den Engel für den Wipfel und die vielen Süßigkeiten, die bereits von ihr in liebevoller Kleinarbeit eingewickelt worden sind.

Diana greift in den Karton und nimmt die erste Kugel, die ihre Finger ertasten. Als sie sieht, welche Kugel sie in Händen hält, wird sie plötzlich ganz ruhig. Auch ihre Mutter hält den Atem an. Es handelt sich um jene Glaskugel, die ihr Vater vor dem Anruf, der sein Leben gekostet hat, in der Hand hatte, aber nicht mehr auf den Baum hängen konnte. Sie starrt auf die Zeichnung der wunderschönen Landschaft auf dem Glas, in dem sich ihr Antlitz sanft widerspiegelt. Ihre innere Mauer beginnt zu bröckeln. Ein Steinchen nach dem anderen wird zu Fall gebracht. Wie ein Damm, bei dem der Wasserdruck zu groß wird und der zu brechen droht.

Ihr Kinn beginnt zu beben und ihr Mund verzieht sich zu einem jämmerlichen Ausdruck, der sagen möchte, dass sie den Verlust ihres Vaters weder verkraftet noch aufgearbeitet hat. Und sie wird es auch nicht tun, wenn sie sich wieder in ihr Schneckenhaus zurückzieht. Damit das nicht passiert, schließt ihre Mutter sie sofort in die Arme und gibt ihr den Halt und die Wärme, die sie so dringend benötigt.

Viele Tränen später wirkt Diana wieder gefasst und gibt ihrer Mutter einen Kuss auf die Wange.

„Es wird Zeit, dass wir deinen Baum fertig aufputzen, denn wir haben ja noch einen“, zeigt sie auf ihren, der in seiner grünen Pracht danebensteht und den sie heute mit nach Hause nehmen möchte.

Diana hängt die Glaskugel ihres Vaters an einer gut sichtbaren Stelle auf. Dann hilft sie ihrer Mutter mit der Lichterkette, da es ziemlich schwierig ist, diesen pompösen Baum in ein Lichtermeer zu kleiden. Zwei Stühle und viele Verrenkungen sind notwendig, um die elektrischen Kerzen an den Ästen zu befestigen. Gleich darauf greift ihre Mutter nach den Strohsternen und verteilt diese auf dem Baum. Diana ist indes mit den leckeren Süßigkeiten beschäftigt, die sie in ihrer Kindheit immer von den Zweigen stibitzt hat.

„Mal schauen, wie lange die dort hängen werden", durchbricht Dianas Stimme die Stille, die bis jetzt vorgeherrscht hat.

Johanna klatscht aufgeregt in die Hände, als sie die Lichterkette einschaltet. Beide treten einen Schritt zurück, um das Gesamtkunstwerk zu bestaunen. Lametta, die glitzernden Kugeln und Sterne strahlen sie an. Und ihre Augen strahlen zurück. Wie bei kleinen Kindern, wenn das Glöckchen die Bescherung einläutet.

Dienstag, 24. Dezember 2019, 22:54 Uhr

Die Kirchenglocken läuten. Diana schreitet mit ihrer Mutter durch das große Holztor, das in das Innere der Nikolaikirche führt. Viele Menschen sind zugegen, die an diesem Abend der Christmette beiwohnen möchten. Sie sieht, wie ihre Mutter auf das Becken zugeht, ihre Finger in das Weihwasser taucht und mit der Hand ein Kreuz vor ihrem Körper zeichnet. Obwohl Diana gar nichts davon hält, macht sie diese Geste ihrer Mutter zuliebe nach. Diana ist schon vor Jahren aus der Kirche ausgetreten. Nie und nimmer möchte sie einem Verein angehören, dessen geistige Entwicklung rückläufig ist, Stichwort Zölibat, der von Skandalen verfolgt wird und bei dem die angebliche Wahrheit in Stein gemeißelt ist. Sie wird es nie verstehen, wie gedankenloses Verhalten den Alltag von Menschen bestimmen kann, und dafür noch einen Beitrag zu zahlen, ist ein Phänomen, dem ein perverses Paradoxon innewohnt.

Der Priester in seiner weißen Kutte schreitet zum Altar und legt ein rotfarbenes Buch auf einem Pult ab. Er hält beide Hände in die Höhe und beginnt, wie ein Mönch in einem Kloster zu singen. Diana kann den Worten des Priesters nicht folgen, zu sehr lenkt sie die überhebliche Zurschaustellung dieser grotesken und vergoldeten Figuren mit dem missmutigen Ausdruck in ihren Gesichtern ab. Was die wohl lieber machen würden, anstatt hier sinnlos herumzustehen?

Plötzlich vernimmt Diana ein Knarzen links von ihr. Sie dreht sich zur Seite und erspäht aus dem Augenwinkel, wie sich die Tür des Beichtstuhls langsam öffnet. Sie wundert sich, dass jemand während der Messe die Beichte ablegt. Sie war zwar schon lange nicht mehr in der Kirche, aber dieser Brauch wäre ihr neu.

Die Türe geht weiter auf und sie sieht, wie sich jemand nach vorne neigt. Es scheint sich dabei um einen Pfarrer zu handeln. Der beleibte Körper unterliegt den Gesetzen der Schwerkraft und kippt zu Boden. Diana reagiert blitzschnell, springt auf und versucht, das Unvermeidbare zu vermeiden. Aber sie ist nicht schnell genug, um ihren Plan, ohne zu viel Aufsehen zu erregen, in die Tat umzusetzen. Hart schlägt er auf den Steinfliesen auf. Genau das wollte Diana verhindern.

Eine Frau, die den Sturz bemerkt hat, schreit in ihrer höchsten Tonlage. Von einer Sekunde auf die andere erklingt ein Chorus an kreischenden Stimmen, obwohl gar nicht jeder das Geschehen mitbekommen hat und die Leiche sehen kann. Wie die Schafe. Eines blökt und die anderen müssen es ihm gleichtun.

Diana macht einen Satz auf den Pfarrer zu, doch als sie sieht, was aus seinem Mund ragt, weiß sie nicht, was sie davon halten soll. Schnell erlangt sie ihre Fassung zurück und beugt ihren Oberkörper über seinen Kopf, damit es nicht jeder sehen kann. Mit zwei Fingern versucht sie, am Hals einen Puls zu fühlen, aber es ist zu spät. Seine Haut ist bereits eiskalt. Er muss schon vor einigen Stunden aus dem Leben geschieden sein, vermutet Diana.

„Ist er tot?“, fragt eine ältere Dame, die penetrant nach abgestandenem Parfum und Mottenkugeln riecht und mit ihrem Stock gegen den Hintern des Priesters drückt.

„Was machen Sie denn da?“, schimpft die Kommissarin.

„Jessas, Maria und Josef“, zwillt sie, als sie in sein Gesicht sieht, und hält sich vor Entsetzen eine Hand vor ihren Mund. „Gottes

Zorn wird uns alle treffen“, erkennt sie und sucht gleich darauf das Weite.

„Ja, ja, geh mit Gott, aber geh“, knurrt Diana hinterher.

„Kannst du etwas sehen? Was ist da los? Was ist passiert?“, hört die Kommissarin, wie die Leute rundherum durcheinandersprechen.

„Aus dem Weg“, kämpft sich ein Mann durch die schaulustige Menge zu Diana durch.

Er stellt sich als Doktor Öllinger vor und nähert sich dem toten Mann, um ihn zu untersuchen. Aber als er sieht, was in seinem Mund steckt, schreckt auch er zurück.

„Ach, du meine Güte“, wispert er.

Er sieht zu Diana, wieder zurück zum Toten und erneut zu Diana, die unwissend mit ihren Schultern zuckt. Wie sie sucht er noch nach einem Lebenszeichen, aber vergebens. Zur Absicherung, obwohl es offensichtlich ist, dass der Pater kein Lebenszeichen mehr von sich gibt, schaut er mit der Taschenlampe seines Handys in die Pupillen. Es regt sich nichts. Keine Bewegung. Kein Klimpern. Kein Zucken. Alles totenstill, bis auf den Tumult im Hintergrund.

„Da ist nichts mehr zu machen“, seufzt er und Diana sieht ihn ratlos an.

Sie würde gerne den Todeszeitpunkt wissen, denn dass dieser Hochwürden dahingeschieden ist, hat sie auch ohne Doktor erkannt.

„Die Totenstarre hat sich wieder gelöst“, merkt er an. „Daher vermute ich, dass er schon seit gestern Abend tot ist.“

„Er ist tot! Pfarrer Johannes ist tot!“, hört sie plötzlich jemanden laut rufen.

„Wir müssen hier raus!“, schreit eine andere Frau.

„Apokalypse!“, brüllt ein Mann.

Chaos bricht aus. Das führt zu einem Ausnahmezustand in der Kirche. Der predigende Pfarrer vor dem Altar ist längst vergessen, in diesem Moment ist jeder sich selbst am nächsten. Es gibt ein Gedränge und ein Gerangel. Das religiöse Geschwader mutiert zu einem unfrommen Haufen, der sich nicht scheut, auch die Ellbogen einzusetzen. Diana hingegen muss jetzt ruhig bleiben. Sie ist ganz gelassen. Den Villachern ist echt nicht mehr zu helfen. Als ob sie noch nie eine Leiche gesehen hätten.

Eine Hand greift auf Dianas Schulter.

„Kann ich etwas tun? Brauchst du Hilfe?“, hört sie die angenehme Stimme ihrer Mutter, die sehr gefasst wirkt.

Erstaunt sieht sie sie an. Wie ihre Mutter die Nerven behält, ist ihr ein Rätsel. Na ja, der Apfel fällt nicht weit vom Stamm. Typisch Neumann.

„Du kannst mir die Leute vom Leib halten, indem du sie bittest, ruhig nach draußen zu gehen“, zeigt sie ihrer Mutter, näher an ihr Ohr zu kommen. „Es wird hier sicher noch länger dauern. Mir wäre es lieber, wenn du auch nach Hause gehst. Ich melde mich, wenn alles geklärt ist.“

Sie nickt.

„Gehen Sie bitte weiter“, kommt sie Dianas Anliegen nach und weist die Leute an, nicht stehen zu bleiben, sondern der Herde zu folgen, was der Kriminalbeamtin nun gerade recht kommt.

Diana zieht ihr Handy aus der Tasche und wählt Sputniks Nummer. Hoffentlich ist er erreichbar und nicht unterm Christbaum eingeschlafen.

„Ho, ho, ho“, hört sie seine vertraute Stimme am anderen Ende der Leitung, die etwas beschwingt klingt.

„Hallo, Sputnik. Du wirst mir das jetzt nicht glauben, aber ich habe eine Überraschung für dich.“

„Oh, und das am Heiligen Abend. Überraschst du mich heute mit einem letzten Abendmahl“, scheint er sich über ihren Anruf zu amüsieren.

„So etwas in der Art. Es ist eher ein Leichenschmaus.“

„Was? Wie meinst du das? Ist dir der Weihrauch zu Kopf gestiegen?“

„Es gibt eine Leiche“, erklärt sie ihm.

„Am Heiligen Abend? Eine Leiche? Du willst mich wohl veräppeln.“

„Schön wär’s. Ein Priester in der Kirche“, wirkt sie ungeduldig.

„Auch das noch. Da hat jemand den Sinn von stille Nacht wohl etwas zu wörtlich genommen?“, brummt er und sie hört, wie er an einem Glas nippt.

„Wann kannst du hier sein?“

„Nicht dein Ernst, oder? Die Kirchen sind im Winter eh kalt. Da wird der Leiche schon nichts passieren. Ich komme morgen gleich in der Früh“, scherzt er, aber Diana hat jetzt keine Nerven dafür.

„Ich bin in der Kirche St. Nikolai und ich erwarte dich in 15 Minuten“, kommandiert sie und legt auf.

Um diese unchristliche Uhrzeit möchte sie keine Diskussionen führen. Sie hat sich den Heiligen Abend auch ganz anders vorgestellt. Ruhig und besinnlich und vor allem ohne Leiche.

Plötzlich steht der andere Pfarrer vor ihr und fällt vor dem Leichnam auf die Knie.

„Pater Johannes“, wimmert er, aber als er das Ding in seinem Mund sieht, werden seine Augen ganz groß. „Blasphemie“, kommt ihm sogleich über die Lippen. „Blasphemie“, wiederholt er und greift nach dem Rosenkranz, der um seinen Hals hängt. „Ich glaube an Gott, den Vater, den Allmächtigen, den Schöpfer des Himmels und der Erde …“, beginnt er zu beten und schließt seine Augen.

Diana möchte nicht unhöflich sein und ihn in seiner Andacht stören, aber sie muss es tun, da Sputnik gleich hier sein wird und sie dem Pfarrer noch unbedingt einige Fragen stellen muss.

„Gegrüßet seist du, Maria, voll der Gnade“, geht sein Gebet in ein Flüstern über.

Die Kommissarin greift nach seinem Oberarm.

„Herr Pfarrer, es tut mir leid, aber ich muss mit Ihnen sprechen … sofort“, versucht sie, ihn aus seinem Mantra herauszuholen, doch er reagiert nicht.

Diana schüttelt ihn leicht, damit er wieder in die Realität zurückkehrt und ihr seine volle Aufmerksamkeit schenken kann. Sie weiß, wenn jemand den Rosenkranz betet, dann ergibt das im Kopf einen Widerhall, der einen in einer Dauerschleife gefangen hält.

„Ich habe es nicht gerne, wenn jemand mein Gebet unterbricht“, sagt er schließlich und fährt leise mit den weiteren Strophen fort.

„Das verstehe ich, aber beten können Sie auch später. Jetzt muss ich herausfinden, was hier passiert ist“, wird Diana rücksichtsloser.

„Wer sind Sie, dass Sie sich anmaßen, mich in meinem Gotteshaus zurechtzuweisen?“, klingt er erzürnt.

„Wenn es sich um eine Leiche handelt, dann darf ich das“, klärt sie ihn auf und reicht ihm die Hand. „Diana Neumann, Kripo Villach“, stellt sie sich vor. „Und Sie heißen?“

„Ich bin Pfarrer Paul. Wie ist er ums Leben gekommen?“

„Das kann ich noch nicht sagen“, zuckt sie entschuldigend mit den Schultern. „Nun ist es wichtig, dass die restlichen Gaffer so rasch als möglich die Kirche verlassen“, zeigt Diana hinter sich auf eine kleine Menschenmenge, die krampfhaft versucht, einen Blick auf die Leiche zu erhaschen, während sie sich noch über den toten Pfarrer beugt.

„Gehen Sie bitte nach Hause. Ich wünsche Ihnen noch schöne Weihnachten“, hebt er seine Hände in die Höhe und begleitet sie zum Kirchentor. „Gott segne euch“, quäkt er und die Schäfchen verschwinden in die dunkle Nacht hinaus.

Diana erhebt sich vom Boden und streckt ihren Körper durch.

„Ich begreife es nicht“, kommt der Geistliche zurück.

„Ich auch nicht. Daher werden wir dem nachgehen. Mein Kollege von der Spurensicherung ist gleich hier. Wann haben Sie den Pfarrer zuletzt lebend gesehen?“, zeigt sie auf den toten Pfarrer.

„Gestern Abend bei den Vorbereitungen für die heutige Messe.“

„Haben Sie ihm geholfen?“

„Nein, er hat alles alleine gemacht. Ich hatte noch eine Krankensalbung.“

„Das heißt, Sie haben ein Alibi.“

„Sie verdächtigen mich, ihm das angetan zu haben?“, ist er entrüstet.

„Ist auch nicht weit hergeholt. Ihr Arbeitgeber ist ja berühmt dafür, über Leichen zu gehen. Ist hier noch ein anderer Pfarrer beschäftigt?“, fesselt sie ihn mit einem verachtenden Ausdruck in ihren Augen.

„Nein, aber ich war das nicht. Ich war danach noch in der Seniorenresidenz meine Mutter besuchen“, verteidigt er sich.

„Gut, ich werde das überprüfen“, erwidert sie kühl. „Was können Sie mir über Pfarrer Johannes sagen?“

„Nicht viel. Er wurde erst vor ein paar Wochen hierher versetzt.“

„Warum das?“

„Es war eine Anordnung der Diözese“, wird seine Stimme flacher.

„Hat er was angestellt?“

Der Pfarrer denkt gar nicht daran, darauf einzugehen. Nicht ohne den Kirchenanwalt.

„Stillschweigen ist auch eine Zustimmung, Herr Pfarrer“, ermahnt sie ihn, seinen Mund aufzumachen.

„Ich verstehe nicht, warum sich die Menschen nicht an die Gebote halten“, weicht er ihr aus, was ihn für Diana natürlich sehr verdächtig erscheinen lässt. Er weiß etwas, das die Kirchengemeinde in Aufruhr versetzen könnte.

„Wenn Sie selbst nicht dazu imstande sind, warum sollen es dann die Menschen Ihrer Gemeinde tun?“, stellt sie ihm die berechtigte Frage, erwartet aber keine Antwort und redet einfach weiter. „Die Wissenschaft weiß schon lange, dass das Unterbewusstsein das Wort ‚nicht‘ nicht verarbeiten kann. Deshalb wären statt Geboten Affirmationen besser, zum Beispiel ‚Liebe, respektiere und achte dich selbst wie deinen Nächsten‘. Daher dürfen Sie sich nicht wundern.“

„Das glaube ich nicht und das Wort ‚Wunder‘ sollte man nicht so unachtsam in den Mund nehmen“, stellt er fest.

„Ach, tatsächlich?“

„Ja, unsere Lehren bewahrheiten und bewähren sich schon seit Jahrhunderten. Wahre Christen würden es nie wagen, am Allmächtigen zu zweifeln. Sie haben wohl noch nicht zu Gott gefunden, meine Tochter“, klingt er väterlich.

Die penetrante Scheinheiligkeit dieser obsoleten Gestalten, die aus den Untiefen der religiösen Machenschaften hervorsteigen, ist gemeingefährlich. Diana platzt der Kragen, an den sie dem Pfarrer am liebsten springen würde.

„Genau, die haben sich alle ganz wunderbar bewährt. So wunderbar, dass die Kirche Menschen im Namen des Herrn niedergemetzelt hat, sie missbraucht und schändet …“, würde sie am liebsten wild um sich schlagen, um ihm die Augen zu öffnen, für welchen Verein er eigentlich tätig ist. „Schon seit Jahrhunderten begeht die Kirche Verbrechen an der Menschheit. Hexenverfolgung, Kindesmissbrauch, Ablasshandel …“, zählt sie auf. „Nicht zu vergessen die Demütigung der Frau von Anbeginn der Zeit. Das Paradies, der Apfel und das dämliche Geschwafel von der Schlange. Dass wir Frauen schuld daran sind, dass der bequeme Adam von seinem göttlichen Vermieter rausgeschmissen wurde. Dass ich nicht lache!“

„Weil die Frau schon zur damaligen Zeit nicht gehorsam war.

Mehrmals wurde sie ermahnt, nicht von der verbotenen Frucht zu kosten, aber sie hat es dann doch getan."

Langsam beginnt der brodelnde Vulkan in ihrem Inneren, Feuer zu speien. Der Vorhof zur Hölle öffnet seine Pforten.

„Herr Pfarrer, Sie wissen doch, wer in den letzten Jahrtausenden das Sagen hatte."

„Der Mann", kommt ihm nur zögerlich über die Lippen.

„Richtig. Und was hat er bis jetzt erreicht?"

Der Pfarrer antwortet nicht darauf, da er in seinem Geiste die Errungenschaften der Männer auflistet, aber er kommt nicht zum Zug. Diana ist ihm einen Schritt voraus.

„Genau. Nichts. Tod und Verderben sind das Einzige, was sie über die Welt gebracht haben. Wir stehen vor dem größten Kollaps der Menschheit. Over and out", fährt sie mit dem ausgestreckten Daumen quer über ihren Hals. „Es ist an der Zeit, dass die Frauen die Kontrolle übernehmen. Jede Frau hat die Stärke, es zu tun, da sie in ihrem Herzen eine Lilith ist. Eva ist hingegen nur ein Abbild von dem, was die Männer gerne hätten, ein Heimchen am Herd, das sie herumkommandieren können und das für ihre Spielchen zur Verfügung steht, um ihre Autorität auszuleben. Wie die Pfarrer es seit Jahrhunderten vormachen. Eine Pfarrhausköchin halten, die kocht, putzt und auch noch für das leibliche Wohl untenrum sorgt. Woher kommen sonst all die ledigen Kinder?", provoziert sie ihn bis aufs Blut.

„Wer sich mit Worten versündigt, noch dazu im Hause des Herrn, wird seine gerechte Strafe bekommen, mein Kind."

„Ich werde Ihnen gleich zeigen, wo der Bartl den Most holt, wenn ich Sie in den Beichtstuhl zum Verhör zitiere. Dann sind auch Sie Ihre Sünden los", erscheint auf Dianas Stirn zwischen ihren Augenbrauen ihre berühmt-berüchtigte Zornesfalte.

„Wir übernehmen ab hier. Dann darf ich nun auch Sie bitten, die Kirche zu verlassen", platzt Sputnik in die filmreife Vorstellung.

„Aber ich muss noch …", dreht er sich um und zeigt zum Altar, wird jedoch von Diana unterbrochen.

„Sie beenden Ihre Arbeit, blasen die Kerzen aus und gehen nach Hause", weist Diana ihn an, sonst nichts mehr anzufassen.

„Das ist mein Gotteshaus. Sie können mich nicht einfach hinausschmeißen."

„Kann ich nicht?", zieht sie eine Augenbraue nach oben. „Und ob ich das kann. Ich kann noch viel mehr. Ich zeige Sie wegen Behinderung der Staatsgewalt an. Sie können gerne eine Nacht in einer unbequemen Zelle verbringen, wenn Ihnen das lieber ist", lässt sie ihren Mann raushängen.

Pfarrer Paul schüttelt nur noch den Kopf, dreht sich um und verschwindet schnellen Schrittes.

Sputnik kichert. So kennt er Diana. Sie nimmt sich kein Blatt vor den Mund, egal in welcher Situation sie sich gerade befindet. Immer bereit, für die Gerechtigkeit zu kämpfen.

„Du hast nicht untertrieben. Das ist wirklich eine schöne Bescherung", gluckst er erfreut, als er seinen Koffer abstellt und der Leiche seine Aufmerksamkeit schenkt.

„Ja, nur die Schleife fehlt", findet sie es schon fast wahnwitzig, dass genau heute am Heiligen Abend ein Pfarrer tot aus dem Beichtstuhl fällt.

„Oder die Frau, der dieses heiße Teil gehört", muss er sich ein Lachen verkneifen, als er wieder zu dem toten Pfarrer schaut, der mit einem großen rosa Silikondildo im Rachen steckend am Boden liegt.

„Ist das nicht Ironie des Schicksals?", wirft Diana die Frage auf, als sie nach den Handschuhen greift, die ihr Sputnik hinhält.

„Meinst du, hat er noch vor seinem Ableben seine Sünden gebeichtet?“

„Hm, vielleicht hat jemand seine Sünden gebeichtet und wollte danach den Pfarrer zum Schweigen bringen“, vermutet Diana und dreht ihn mit Sputnik auf den Rücken.

„Der hat doch Schweigepflicht.“

„Ja genau, dann glaubst du auch an heiße Eislutscher.“

„Na dann ein Mord im Namen Gottes. Der Arme“, bekommt Sputnik Mitleid, als er das rötlich angelaufene Gesicht und die herausquellenden Augen sieht. „So was passiert auch nur in Villach. Ein Hoch auf diese Stadt.“

„War das nicht der Spruch des Bürgermeisters in diesem Sommer?“, erinnert sich Diana.

Belustigt nickt Sputnik.

„Ach, du meine Güte. Hubsi!“, fällt es Diana plötzlich ein. „Mit ihm habe ich noch nicht gesprochen“, gesteht sie.

„Musst du auch nicht. Ich würde vorschlagen, dass das unser süßes Geheimnis bleibt. Warum schlafende Rentiere am Weihnachtsabend wecken?“, sieht er seine Kollegin eindringlich an.

„Du hast recht. Behalten wir das für uns, bis wir wissen, was tatsächlich passiert ist. Ich hoffe nur, dass diese mediengeilen Aasfresser keine Bilder gemacht haben und 5 Minuten Villach nicht gleich vor der Kirchentür steht. Ich hab mich zwar schnell über ihn gebeugt und es ist dunkel in der Kirche, aber man weiß ja nie.“

„Also werde ich auch deine Spuren auf dem Leichnam finden?“

„Hast du das jemals nicht getan, seit wir uns kennen?“, zwinkert sie ihm zu.

Mittwoch, 25. Dezember 2019, 00:57 Uhr

„Rechtsmedizin, Dr. Gärtner."

„Gott sei Dank, dass du es bist", begrüßt Diana Mr. Hyde erleichtert, als sie seine Stimme hört. „Bist du heute allein im Dienst?", fragt sie vorsichtig und hofft, dass Dr. Jekyll noch im Urlaub ist.

„Dir auch frohe Weihnachten, Diana", sagt er, ohne auf ihre Nachfrage einzugehen.

„Ja, entschuldige, schöne Weihnachten und ein braves Christkind, aber wir haben eine Leiche."

„Das ist ja bei euch in Villach nichts Neues", erwidert er scherzhaft und sie hört ihn in etwas Knuspriges beißen.

„Können wir den toten Pfarrer jetzt noch vorbeibringen?"

„Einen Pfarrer?", ist sein Interesse geweckt. „Einen Geistlichen hatte ich noch nie auf meinem Tisch. Das ist ein Geschenk des Himmels. Immer her damit. Die alzheimergeplagte Oma kann ich morgen auch noch aufschneiden", pfeift er ins Telefon und beendet das Gespräch.

Mittwoch, 25. Dezember 2019, 01:05 Uhr

„Rufst du den Aschi an?“, schlägt Sputnik vor.

„Nein, das bringt nichts, der ist mit seiner neuen Flamme am Feuerberg“, erklärt Diana.

„Am Feuerberg? Nicht, dass er sich bei der Hitze seinen steifen Docht verbrennt“, grient er.

„Was Besseres fällt dir nicht ein?“

„Oh doch. Ich kenne einen Taxifahrer, der schuldet mir noch einen Gefallen“, keucht Sputnik, als er versucht, den Toten zu bewegen.

„Einen Taxifahrer? Bist du von allen guten Geistern verlassen? Dann können wir gleich persönlich beim Wolfgang Fellner anrufen.“

„Nein. Warum? Wir machen das wie in diesem Film, ach, wie heißt der, du weißt schon, der Film, wo sie den Toten überall mithingenommen haben“, versucht Sputnik, die Situation aufzulockern. „Den kennst du sicher. Wo sie so getan haben, als ob er noch leben würde. ‚Ferris macht blau‘?“, überlegt er. „Nein, der war's nicht, aber irgendwas mit B … “

„Super, du hast mich auf eine Idee gebracht“, klatscht Diana in die Hände. „Wir rufen Hubsis Chauffeur an. Er kann uns die Leiche in die Pathologie schaffen.“

„Und mich sollen die guten Geister verlassen haben, du Tochter des Wahnsinns. Wie kommst du jetzt auf Hubsis Chauffeur?"

„Na, weil der Bernie heißt."

Verwirrt schaut er Diana an. Er braucht ein paar Sekunden, um zu begreifen, was sie gemeint hat.

„Ach, stimmt. ‚Immer Ärger mit Bernie', jetzt weiß ich's wieder. Aber du bist verrückt. Der bekommt sicher Schnappatmung, wenn er davon erfährt."

„Das sage ich ihm natürlich nicht. Zumindest nicht gleich", zieht sie ihr Handy aus der Hosentasche und wählt Bernies Nummer.

Es dauert eine Weile, bis er abhebt, aber er muss immer auf Abruf sein, auch am Heiligen Abend. Das weiß Diana.

„Diana? Ist was mit dem Chef?", klingt er verschlafen.

„Nein, nein, Hubsi geht's gut … nehme ich an … aber ich brauche deine Hilfe", beginnt Diana. „Dringend", sagt sie mit Nachdruck, damit er den Ernst der Lage in ihrer Stimme erkennen kann.

„Wie kann *ich* dir behilflich sein?"

„Du musst Sputnik, mich und einen angeheiterten Pfarrer nach Klagenfurt bringen."

„Wo soll ich euch abholen?", antwortet er, ohne weitere Fragen zu stellen.

„Bei der Nikolaikirche. Direkt vor der Kirchentüre. Wann kannst du hier sein?"

„In zehn Minuten. Ich beeil mich."

„Perfekt. Bis gleich."

Mit diesen Worten legt sie auf und widmet sich wieder dem toten Pfarrer.

Mittwoch, 25. Dezember 2019, 01:16 Uhr

„Ich nehme ihn bei den Füßen“, schlägt Diana vor und umfasst seine Knöchel. „Jetzt greifst du unter seine Oberarme und stemmst ihn hoch“, dirigiert sie Sputnik, doch er schaut skeptisch.

„Vielleicht sollten wir ihn beide bei den Füßen nehmen und ihn einfach rausschleifen.“

„Nein. Dann hat er doch neue Blessuren am Hinterkopf.“

„Darauf kommt es jetzt auch nicht mehr an. So wie der auf den Boden geknallt ist.“

„Ich möchte meinen Kopf auch am liebsten gegen den Boden knallen, wenn ich daran denke, dass ich theoretisch die ganze Bagage, die heute Abend zugegen war, befragen müsste“, erkennt sie und schlägt mit der flachen Hand auf ihre Stirn.

„Und praktisch?“

„Ich bin doch nicht blöd, dass ich über die Feiertage ein Massenverhör einleite. Außerdem kann ich mir beim besten Willen nicht vorstellen, dass ein Mitglied der Kirchengemeinde den Pfarrer auf dem Gewissen hat.“

„Was hat der anwesende Geistliche dazu gemeint?“

„Der Pfarrer Paul konnte mir nur berichten, dass sein Kollege vor Kurzem nach Villach versetzt worden ist, aber warum, weiß er nicht.“

„Das nimmst du ihm ab?"

„Nicht wirklich. Das wäre zu einfach. Mir scheint, dass der Gottesmann mehr über die Versetzung weiß, aber es nicht sagen darf."

Mit großer Anstrengung versucht der Spurensicherer, gleichzeitig mit Diana den Toten hochzuheben, aber sie können sein Gesäß nur ein paar Zentimeter vom Boden bewegen.

„Vielleicht sollten wir Bernie fragen, ob er uns helfen kann?"

„Du und deine Ideen", meckert Diana. „Wenn er die Leiche angreifen muss, könnte es sein, dass er uns gar nicht mehr helfen möchte. Wir müssen das alleine machen", fordert sie ihn heraus. „Nur wie?", wirkt Diana verzweifelt.

„Komm her", zeigt er mit zwei Fingern, dass sie sich ihm nähern soll.

„Du übernimmst die linke und ich die rechte Seite vom Pfarrer. Wir ziehen ihn beide hoch und schleifen ihn nach draußen."

„Du meinst, das funktioniert?"

Sie setzen den Pfarrer auf, knien sich neben ihn und legen seine Arme um ihre Schultern.

„Bei drei stemmen wir uns hoch", schlägt Sputnik vor und Diana sammelt all ihre Kräfte. Ein Leichtgewicht ist der Priester nun auch wieder nicht.

„Eins, zwei, drei!", wird er immer lauter und wuchtet mit der Kommissarin im gleichen Augenblick den leblosen Körper hoch.

Geschafft. Der Pfarrer steht. Aber nur fast. Er scheint nach vorne zu kippen, doch beide halten dagegen.

„Komm, wir müssen so schnell wie möglich die Kirchentür erreichen, bevor er uns wieder entgleitet", atmet er heftig.

Beide starten gleichzeitig los und eilen auf das Tor zu, aber es ist geschlossen.

„Verdammt", knurrt Sputnik.

„Ich mach das schon“, bietet sie an und greift mit der linken Hand nach der großen Klinke.

„Drück sie schon hinunter“, wird Sputnik ungeduldig, aber Diana schafft es nicht, da sie zu schwer ist.

Er beugt sich zur Tür, um ihr zu helfen. In diesem Moment fällt der Kopf der Leiche nach vorne und schlägt gegen das massive Holz.

„Scheiße“, flucht Diana laut und drückt mit Sputnik die Schnalle hinunter.

Die Tür geht auf und beide stolpern mit dem toten Pfarrer die Stufen hinunter.

Hubsis Chauffeur ist überpünktlich. Er wartet sogar schon neben dem Dienstwagen, um ihnen die Autotüre zu öffnen, aber als er sieht, dass der Pfarrer sich nicht rührt, hält er kurz inne.

Mit letzter Kraft können sie den Hochwürden noch hochhalten und Diana lässt sich mit der Leiche auf die Rückbank plumpsen.

„Igitt, der Pfarrer stinkt“, bekommt sie kaum Luft.

„Nach Alkohol“, vollendet Sputnik den Satz, huscht um die Limousine herum und öffnet die Tür, um die Kommissarin aus ihrer misslichen Lage zu befreien.

Kräftig zieht er an den Armen, um den Pfarrer in der Mitte der Rückbank zu positionieren. Diana kann sich wieder bewegen und setzt sich hinter den Beifahrersitz.

„Du möchtest echt auf der Rückbank sitzen bleiben. Bist du dir sicher?“, fragt Sputnik, als er neben Hubsis Chauffeur einsteigt.

„Wo soll ich sonst sitzen? Bei euch vorne ist für mich kein Platz. Willst du mich etwa im Kofferraum verschwinden lassen?“, stupst sie mit einem Finger gegen seine Schulter. „Gib Gas, Bernie!“, fordert Diana den Chauffeur auf, um nicht noch mehr Zeit zu vergeuden. „Ich weiß, das werden lange dreißig Minuten“, japst sie leise, als sie den Kopf des Toten auf ihre Oberschenkel legt.

Mittwoch, 25. Dezember 2019, 02:12 Uhr

„Wenn das nicht Don Camilla und Peppone sind", wartet Mr. Hyde schon vor dem Krankenhaus mit einem Rollstuhl auf die Truppe.

Sputnik und Diana springen aus dem Auto und zerren zusammen mit dem Pathologen die Leiche von der Rückbank.

„Der ist aber ganz schön schwer", murrt der Rechtsmediziner.

„Die Fastenzeit kommt ja erst", stellt Sputnik trocken fest.

Die beiden Männer ziehen ihn mit ihren Armen eingehakt unter den Achseln des Toten auf den Rollstuhl, während Diana die Füße hochhebt und in die Fußraster des Rollstuhls stellt. Mr. Hyde befestigt die Leiche mit einem Spanngurt an dem Stuhl, damit er nicht nach vorne kippt. Schnell verlassen sie den Parkplatz, um kein Aufsehen zu erregen.

Diana bedankt sich bei Bernie und bittet ihn, Hubsi nichts zu sagen. Es reicht, wenn er es in der Früh von der Kommissarin persönlich erfährt. Und dass sein Dienstwagen kurzzeitig zum Leichenwagen umfunktioniert wurde, bleibt ihr Geheimnis, appelliert sie an ihn, umgehend das Auto zu reinigen, nicht dass Hubsi ihren nächtlichen Ausflug bemerkt.

Als der Chauffeur um die Ecke biegt, hastet Diana den beiden Kollegen, die bereits in die Pathologie verschwunden sind, nach.

Mit größter Anstrengung hieven sie den Pfarrer zu dritt auf den Tisch.

„Nun ist er endlich dort, wo er hingehört", sagt Sputnik und beginnt zu lachen. „Hölle, Hölle, Hölle", singt er vor sich hin.

„Genau", stimmt Mr. Hyde mit ein.

Diana würde sich gerne anschließen, aber es gehen ihr viel zu viele Fragen durch den Kopf und sie macht sich Gedanken über die Fahrt im Dienstwagen des Villacher Bürgermeisters. Ob sie auch wirklich niemand gesehen hat und sie keinen Stress mit Hubsi bekommt.

„Diese Anlieferung geht in die Annalen der Forensik ein", zwinkert Mr. Hyde Diana zu.

„Klar", nickt sie geistesabwesend.

„Beginnen wir."

„Moment", greift Sputnik nach seinem Koffer und holt einen Plastikbeutel hervor, in dem sie den Dildo verwahrt haben.

„Ach, du Heilige Jungfrau Maria", pfeift Mr. Hyde einen hohen Ton durch seine Vorderzähne. „Woher habt ihr das Ding denn?"

Diana nimmt Sputnik den künstlichen Penis aus der Hand.

„Schau her", geht sie auf den Mund der Leiche zu. „Das Ding war da drinnen", erklärt Diana und schiebt den Dildo zwischen den Lippen über die Zunge in den Rachen des Toten zurück. Ganz langsam und mit größter Sorgfalt. Dabei entgeht ihr, wie die beiden jede ihrer Bewegungen fasziniert mitverfolgen.

„Voilà, so habe ich ihn vorgefunden."

„Du alleine?"

„Nein, noch zig andere Personen, die an diesem Weihnachtsabend in der Kirche waren", steht sie ihm Rede und Antwort.

„Wo hast du ihn gefunden?", möchte er wissen, während er sich dem leblosen Körper widmet.

„Er ist aus dem Beichtstuhl gefallen."

„Guter Witz, Diana“, glaubt Mr. Hyde ihr kein Wort und begutachtet die Beine des Toten.

„Wenn ich es dir doch sage, er ist aus dem Beichtstuhl gefallen, direkt vor meine Füße.“

Mr. Hyde schüttelt den Kopf.

„Glaubst du mir nicht?“

„Doch, aber es ist sehr merkwürdig. An den Beinen kann ich keine Abschürfungen, Blutergüsse oder Ähnliches feststellen, außer dass er Fußpilz hatte.“

„Wo hat er sich den eingefangen?“

„Am Jakobsweg wohl nicht“, reimt sich Sputnik zusammen.

„Wer weiß, wo sich der so rumgetrieben hat“, überlegt Diana.

„Du meinst wohl eher, was er so getrieben hat.“

„Wie kommst du darauf?“

„Na, weil er Dreck am Stecken hat“, lacht der Spurensicherer.

„Im wahrsten Sinne des Wortes“, ächzt Mr. Hyde und verzieht den Mund, als er den Unterleib des Pfarrers betrachtet und mit einem Wattebausch über die Eichel fährt. „Gewaschen hat er sich danach anscheinend nicht“, kommentiert der Rechtsmediziner das Bild, das er durch die Lupe sieht.

„Ich kenne mich in Kirchendingen nicht aus“, mischt sich Sputnik wieder ein, „aber wie war das mit der letzten Ölung?“

„Vielleicht hatte er es eilig?“

„Das Weihwasser ist doch eh immer beim Eingang, oder? Kurz eintunken und wieder raus“, witzelt Sputnik.

„Igitt, du bist so grausig“, kneift Diana ihre Augen zusammen und gibt einen angeekelten Laut von sich, da sie sich daran erinnert, wie sie ihre Finger darin eingetaucht hat.

„Dann wäre der Saft des Adam a) dort, wo er seine Wirkung entfalten kann, b) wo er kein Unheil anrichtet, c) wo er sich wie ein Fisch im Wasser fühlt oder d) wo er vom Regen in die Traufe kommt“, kann er nicht mehr aufhören, da er die Vorstellung zu amüsant findet.

„Sollen wir den Fifty-fifty-Joker nehmen oder gleich den Assinger anrufen?“, fragt Diana.

„Der tat nur ans sogn: ‚Die Hund spinnen‘“, antwortet Sputnik mit einem der Kultsprüche des beliebten Moderators.

„Laut Pfarrer Paul musste er noch Vorbereitungen für die Christmette treffen. Daher war er im Stress, vermute ich“, betont sie, um auf den Ernst der Lage hinzuweisen.

„Meinst du, hat er es im Beichtstuhl getrieben?“, spricht er seine Gedanken laut aus.

„Mit dem Dildo?“, lässt sie sich dazu verleiten, Sputniks Theorie weiterzuverfolgen.

„Vielleicht hat er ja zu tief in den Messwein …“, beginnt er zu grinsen.

„Gespuckt?“, antwortet sie ihm.

„Jetzt macht mal halb lang, ihr zwei“, unterbricht Mr. Hyde das belanglose Geplänkel.

„Glaubst du, dass er schwul war?“, fragt Sputnik nach.

„Keine Ahnung. Auf was willst du hinaus?“

„Angenommen, er fühlte sich zu Männern hingezogen“, lächelt er sie vielsagend an. „Das würde unseren Täterkreis ganz schön eingrenzen und wir müssten nur in den eigenen Reihen suchen, oder?“

„Die Drogen, die du nimmst, hätte ich auch gerne.“

„Was auch immer er mit wem auch immer getan hat, er hat es freiwillig gemacht“, wirft Mr. Hyde einen sachdienlichen Hinweis ein. „Er hat keine Blessuren, Blutergüsse oder irgendwelche Abschürfungen, die darauf hindeuten, dass er mit Gewalt zu etwas gezwungen wurde.“

Mr. Hyde zieht den Dildo aus dem Mund des Toten und inspiziert diesen genau.

„Rosa, was für eine Farbe“, lästert er höhnisch. „Das verwenden doch eher Frauen, oder, Diana?“

„Ja, Diana, plauder du doch mal aus deinem Nachttischkästchen“, amüsiert sich Sputnik köstlich.

„Da musst du schon selber nachschauen. Du weißt ja, wo es ist“, neckt sie ihn. „Wenn du dich traust und dich nicht wieder aus dem Staub machst.“

„Oh nein“, gibt Mr. Hyde erschrocken von sich. „Er hat kein Gaumensegel mehr“, schnauft er über und Panik macht sich breit.

Diana glaubt, aus allen Wolken zu fallen.

„Nein, bitte nicht auch das noch“, fleht sie und möchte sich selbst vergewissern. Ruckartig nimmt sie die Pinzette vom Tablett.

„Er hat wieder zugeschlagen“, wird die Stimme des Pathologen kratziger.

„Vielleicht hat der ja von Natur aus keines“, hofft sie, dass Mr. Hyde etwas übersehen hat. „Der kann doch nicht schon wieder den Nächsten auf dem Gewissen haben, bitte nicht.“ Plötzlich wird ihr heiß und kalt. „Vor einer Woche hat Tanja ihren letzten Atemzug getan und jetzt ist ihm ein Pfarrer zum Opfer gefallen. Aber wie passt das zusammen?“

„Möglicherweise hat er es auf Menschen mit einer zu blühenden sexuellen Fantasie abgesehen“, äußert sich Sputnik.

„Du meinst Neigungen, die gegen die guten Sitten verstoßen?“

„Ja, genau. Alle, die nicht nur auf Blümchensex stehen, sondern auf Swingen, Schwule und Lesben, Freudenmädchen … und Frauen, die sich mit rosarotem Spielzeug vergnügen“, zeigt er auf Diana.

„Dann wäre ja so gut wie jeder ein potenzielles Opfer“, klingt sie heiser, ohne auf ihre eigenen Vorlieben einzugehen.

Die Kommissarin bedrängt Mr. Hyde, damit er einen Schritt zur Seite tritt, und sieht direkt in die Mundhöhle des Toten, um sich selbst ein Bild davon zu machen. Sie führt die Pinzette sachte in den Rachen, genau dorthin, wo normalerweise das Gaumenzäpfchen platziert ist.

„Mehr Licht“, weist sie Mr. Hyde an, der ihr in seinem anhaltenden Schockzustand mit einer kleinen Lampe den Mundraum ausleuchtet. Die Pinzette berührt das Fleisch und sie zupft daran. „Es ist da“, jauchzt sie und zieht es mit der Pinzette von der Rachenwand.

„Wahrscheinlich hat der Dildo die Uvula ganz nach oben gedrückt“, vermutet der Rechtsmediziner erleichtert.

„Und sie ist auch recht klein geraten“, verschafft die Hilfspathologin Klarheit.

„Du meinst, wie die Nase des Mannes so auch sein Johannes“, zeigt Sputnik auf den Penis des Pfarrers.

Diana dreht die Augen über.

„So ein Schwachsinn kann auch nur dir einfallen“, kann sie nicht anders, als ihm ein Lächeln zu schenken, da sich in ihr ebenfalls Erleichterung breitmacht, es nicht mit dem Mörder von letzter Woche zu tun zu haben.

„Schwachsinn ist mein zweiter Vorname“, erwidert er mit einem lüsternen Augenaufschlag, der auch Mr. Hyde nicht entgeht.

„Machst du mich gerade an?“, ist sie verwundert über die Vibes, die er aussendet.

„Hättest du das gerne?“

„Könnt ihr zwei bitte woanders weitermachen. Ihr geht mir auf die Nerven. Euer Gequatsche ist mir heute zu viel. Ich schau mir das alles an und werde noch ein paar Tests veranlassen, aber in aller Ruhe“, bittet Mr. Hyde die beiden, zu verschwinden.

„Aber …“, hat Diana Einwände, sie aus der Pathologie zu werfen.

„Feiert noch schön und auf Wiedersehen", schiebt er die zwei Ulknudeln zur Tür.

„Melde dich bitte, wenn du neue Informationen hast", sagt Diana beim Hinausgehen und greift nach Sputniks Oberarm, der ihr stärker und durchtrainierter erscheint als sonst. Sie zieht ihn mit sich.

„Der hatte heute auch noch keinen Sex", neigt Sputnik seinen Kopf zu Diana.

„Das habe ich gehört, Sputnik."

Doch dieser zuckt nur mit seiner Schulter und trottet Diana hinterher.

„Könntest du den Taxifahrer, der dir noch einen Gefallen schuldet, jetzt bitten, dass er uns nach Villach bringt?", bekommt Mr. Hyde noch mit, wie Diana ihrem Kollegen die Frage stellt, bevor sich die Pforten der Rechtsmedizin für diese Nacht hinter ihnen schließen.

Mittwoch, 25. Dezember 2019, 06:37 Uhr

Diana streckt gähnend ihre Hände in die Höhe. Sherlock meldet sich mit einem lauten Miauen, erhebt sich und beginnt, ihre Bettdecke mit seinen Vorderpfoten zu bearbeiten. Sie öffnet ihre Lider und sieht ihn direkt an.

„Guten Morgen, mein Süßer", begrüßt sie ihn und sucht mit ihrem Blick das Bett ab. „Wo ist Columbo?", fragt sie Sherlock, als sie seinen Bruder nicht entdecken kann.

„Stehst du schon wieder Schmiere für den frechen Kerl?"

Ein Rascheln aus der Küche dringt an Dianas Ohr. Abrupt setzt sie sich auf und ihre Füße schlüpfen in die großen Tigerpatschen. Schnell huscht sie in die Küche, um Columbo von einem morgendlichen Fressgelage abzuhalten.

„Columbo", zeigt sie streng mit ihrem Zeigefinger auf ihn. Sein Kopf steckt in der großen Papiertüte mit seinem Trockenfutter.

Er reagiert nicht. Es ist nur ein Knacken zu hören.

„Columbo", wiederholt sie seinen Namen, nur lauter.

Der Kater zuckt zusammen und fällt in eine Schockstarre.

„Sieh mich an", fordert sie ihn auf.

Sein Körper beginnt leicht zu zittern. Fast lautlos geht er ein paar Schritte rückwärts. Langsam zieht er seinen Kopf heraus und sieht zu Diana hoch. Mit unschuldigem Gesichtsausdruck versucht er, sie umzustimmen, dass seine Tat eine gute war. Doch Diana setzt einen bösen Blick auf und fuchtelt mit dem Zeigefinger hin und her.

„Beim nächsten Tierarztbesuch werde ich wieder getadelt, warum du so einen dicken Bauch hast."

Gleich darauf stellt sich sein buschiger Schwanz auf und kläglich miauend stürmt er auf ihre Beine zu, um sie zu umgarnen, damit die Bestrafung nicht allzu schlimm ausfällt. Sie kann es ihm einfach nicht übel nehmen. Diana versteht ihn. Leckeres Futter sollte nicht verschmäht werden, aber nicht zu viel auf einmal und schon gar nicht ohne ihr Einverständnis.

Sie streichelt über seinen Kopf und krault ihm den Nacken. Er revanchiert sich mit einem liebenswürdigen Schnurren, dass sie sich sogleich einlullen lässt und ihm ein Schälchen öffnet. Das Geräusch der Folie hat Sherlock angelockt, der nun miauend im Türrahmen erscheint. Auch ihm richtet sie sein Frühstück.

Diana sieht auf die Uhr. Es ist nicht einmal sieben Uhr. Hunger hat sie noch keinen und vor hat sie auch nichts, daher erwägt sie, wieder zurück ins Bett zu gehen, um sich noch ein paar Stunden wohlverdienten Schlaf zu gönnen. Die Geschichte mit dem Pfarrer hat bis in die frühen Morgenstunden gedauert. Aber an diesem ersten Weihnachtstag möchte sie nicht jetzt schon wieder daran denken, sondern lieber noch im Land der Träume verschwinden.

Als sie am Couchtisch vorbeigeht, bemerkt sie aus dem Augenwinkel etwas Merkwürdiges. Irgendetwas ist anders. Ruckartig bleibt sie stehen. Ihr Blick fällt auf ihren kleinen Weihnachtsbaum, an dem die kleinen Glitzerkugeln funkeln. Diana geht in die Hocke und wirft einen Blick unter den Baum. Dort liegt ein kleines Päckchen, das ihr erst jetzt auffällt. Das war gestern Abend noch nicht da. Von wem ist das? Von ihrer Mutter? Hat sie es heimlich daruntergelegt, als sie Diana zur Messe abgeholt hat? Ihr ist das wohl entgangen.

Sie setzt sich hin und greift nach der Schachtel. Behutsam entfernt sie die blaue Masche. Was ihre Mutter ihr wohl noch zusätzlich schenkt, kommt ihr in den Sinn, da sie ihr zu Weihnachten schon so viel gegeben hat. Ihre Mutter kann es einfach nicht lassen, denkt sie, aber Diana freut sich riesig. Schon lange hat sie nicht mehr so eine Überraschung bekommen.

Sie hebt den Deckel ab und wirft einen Blick hinein. Darin liegt ein Zettel. Vielleicht eine Einladung zum Essen? Hektisch faltet sie das Blatt auseinander.

„Hallo Schätzchen", beginnt sie zu lesen und wundert sich über die Anrede, da ihre Mutter sie mit diesem Wortlaut noch nie in ihrem Leben angesprochen hat. Diana vermutet nichts Schlimmes dabei und liest leise weiter.

„Hast du mich schon vermisst? Du hast alle Hände voll zu tun, stimmt's? Ich habe dir nämlich ein Geschenk nach dem anderen bereitet. Ich hoffe, du freust dich darüber. Endlich einmal Fälle, die es wert sind, gelöst zu werden, damit du dich nicht nur mit den üblichen Schmalspurganoven in Villach beschäftigen musst."

Der Brief ist definitiv nicht von ihrer Mutter, greift sie sich auf die Stirn, da sie den Absender nicht zuordnen kann.

„Ich bin dafür, dass wir beide ein Spiel spielen. Wenn du die Fälle löst, ergebe ich mich. Wenn nicht, mache ich weiter. Du hast ab jetzt vier Wochen Zeit, um mir auf die Schliche zu kommen und herauszufinden, warum diese armseligen Wichte ihr Leben lassen mussten und wie ich ihnen dabei geholfen habe. Ich kann in deinen Augen sehen, dass dir meine Idee gefällt."

Diana hebt ihren Kopf und blickt um sich. Niemand zu sehen. Sie steht auf und greift unter die Couch, wo sie eine Waffe versteckt hat. Man kann ja nie wissen. Sie lässt den Brief liegen und sucht auf leisen Sohlen das Wohnzimmer ab. Dianas Herz schlägt ihr bis zum Hals und die ersten Schweißperlen beginnen, sich auf der Stirn zu tummeln. Mit flacher Atmung, die Arme ausgestreckt mit der geladenen Waffe in der Hand und dem Finger am Lauf, schleicht sie durch die Wohnung, von einem Zimmer ins andere. Jeder Schrank wird geöffnet, jeder Vorhang beiseitegeschoben und unters Bett schaut sie dreimal, nur um auf Nummer sicher zu gehen. Aber sie kann niemanden entdecken, außer die zwei Katzen, die es sich wieder auf der Decke gemütlich gemacht haben.

Erleichtert geht Diana zurück ins Wohnzimmer, behält die Waffe aber bei sich. Erneut nimmt sie den Brief zur Hand, um die letzten Zeilen zu lesen.

„Ich werde dir Hinweise liefern, damit du die Morde so schnell als möglich aufklären kannst und dein Hubsi wieder beruhigt schlafen kann. Und wehe, du verpfeifst mich, ohne mit mir gespielt zu haben. Dann wird es ihm schlecht ergehen, deinem Sputnik. Oder vielleicht doch dem Herrn Bürgermeister. Mal schauen, worauf ich gerade Lust habe. Ich melde mich.“

Diana zittert am ganzen Leib. Kalter Schweiß tritt auf ihre Stirn. Ihre Augenlider zucken. Hässliche Bilder von blutüberströmten und halb verwesten Körpern schießen ihr durch den Kopf. Der modrige Geruch von Londons Straßen, in denen sie die Leichen gefunden hat, steigt Diana in die Nase. Ihr Magen beginnt zu rebellieren. Ein Würgereflex lässt sie ihren Mund automatisch öffnen und drückt ihre Zunge nach vorne. Ein Geräusch, das durch Mark und Bein geht, lässt sie erschaudern. Aber sie erbricht nicht. Nein. Ekel durchflutet ihren Körper, der sie zum Hinlegen zwingt. Alles dreht sich, alles bewegt sich. Nichts ist mehr so, wie es war. Sie schließt ihre Augen. Es ist alles nur ein schlechter Traum, redet sie sich ein. Sie muss einfach hier liegen bleiben und warten, dass sie daraus erwacht.

Danksagung

Mein erster Dank richtet sich an meinen Verlag SchriftStella, der es mir ermöglicht hat, meinen ersten Krimi – und hoffentlich noch viele mehr – zu veröffentlichen.

Meiner Lektorin Karin Gilmore bin ich von Herzen dankbar, dass sie mir mit Rat und Tat zur Seite gestanden ist. Ihre Bemühungen, ihre Geduld und ihre Fähigkeit, mich auf geniale Ideen zu bringen, sind beeindruckend. Aber auch ihre Hartnäckigkeit und mein Ehrgeiz haben sich schließlich bezahlt gemacht, um meinen Traum wahr werden zu lassen.

Für die sensationelle Gestaltung des Covers gilt mein ganz besonderer Dank Michaela Feitsch.

Ich bedanke mich auch bei meinen Testleserinnen Dany, Elke, Janine, Julia, Luise, Martha und Pia sowie bei Markus für ihre Zeit, die sie jedem Kapitel geschenkt haben, und für ihr wertvolles Feedback.

Ein liebevolles Dankeschön an meine Familie, die mir in der Zeit des Schreibens den Rücken freigehalten hat.

Meinen Norwegischen Waldkatzen bin ich ebenfalls zu Dank verpflichtet, da sie mich immer auf Trab halten und mich mit ihrem Schnurren daran erinnern, am Ball zu bleiben.

Danke an alle, die mich bei der Verwirklichung meines Traums unterstützt haben!

Über die Autorin

„In jedem Mann steckt etwas Gutes“ ist Bettina Schneiders dritter Roman und zugleich ihr erster Krimi. Als Betty Buttersky veröffentlichte sie ihren Debütroman „Crash! Boom! Ben!“ sowie den Folgeroman „Mit Schirm, Charme und Keksen“. Mit ihrer Kurzgeschichte „Zwei Versuchungen sind keine zu viel“ kam sie ins Finale des Geschichtenwettbewerbs für die Jubiläumsausgabe des Magazins „Séparée“. Dass auch kriminelle Energien in ihr schlummern, hat sie in weiteren Kurzgeschichten bewiesen. Nun ist sie mit ihrem Krimi, der Villach zum Schauplatz des Geschehens macht, aufs Ganze gegangen. Als waschechte Villacherin, die in der Nähe von Villach aufgewachsen und hier zur Schule gegangen ist, in dieser Stadt auch arbeitet und lebt, weiß Bettina Schneider, wovon sie schreibt.